企业管理理论与应用研究系列丛书

企业环境信息披露:理论与证据

沈洪涛　著

该著作受暨南大学管理学院"211 工程"建设项目"企业管理理论与应用"
及广东省人文社会科学重点研究基地——暨南大学企业发展研究所资助
国家自然科学基金(71072125)阶段性成果
教育部人文社科研究基金(09YJA630048)阶段性成果

科学出版社
北　京

内 容 简 介

　　本书对企业环境信息披露进行了理论研究和实证检验。理论研究部分回顾了环境会计的理论观点和企业环境信息披露的实证发现,梳理了中国环境信息披露监管制度的演变过程;实证检验部分构建了中国市场的大样本数据,在描述性分析的基础上,分别从经济学和政治社会学的视角验证了企业披露环境信息的动机和作用。

　　本书的研究特色有三个:一是将社会关注的热点话题与会计学研究的重要问题相结合;二是将政治学和社会学的理论成果引入会计学研究;三是用中国制度背景和市场环境下的大样本数据解决已有研究中未能回答的问题。

　　本书适合于管理学和环境学专业的研究人员、各级政府环保部门和证券监管部门工作人员、企业管理人员,以及非政府环保组织人员阅读参考。

图书在版编目(CIP)数据

企业环境信息披露:理论与证据/沈洪涛著. —北京:科学出版社,2011
(企业管理理论与应用研究系列丛书)

ISBN 978-7-03-031312-6

Ⅰ.①企… Ⅱ.①沈… Ⅲ.①企业管理:环境管理:信息管理-研究
Ⅳ.①F270.7②X322

中国版本图书馆 CIP 数据核字(2011)第 102811 号

责任编辑:马 跃 徐 倩/责任校对:郑金红
责任印制:张克忠/封面设计:陈 敬

科 学 出 版 社 出版
北京东黄城根北街 16 号
邮政编码:100717
http://www.sciencep.com

新 蕾 印 刷 厂 印刷
科学出版社发行 各地新华书店经销

*

2011年6月第 一 版 开本:720×1000 1/16
2011年6月第一次印刷 印张:12 1/2
印数:1—1 800 字数:250 000

定价:**42.00 元**
(如有印装质量问题,我社负责调换)

丛 书 序

暨南大学管理学院"十一五""211 工程"建设项目"企业管理理论与应用"是广东省"十一五""211 工程"重点建设项目之一,其研究内容主要包括组织行为理论研究、基于可持续发展观的信息披露与公司财务研究和生产与服务运营管理研究等三个方面,预计在企业管理理论与应用研究方面形成一批有国际影响和实用价值的学术成果。此次出版的系列丛书就是我院科研人员在建设期间取得的部分研究成果的汇总。

改革开放和信息技术推广以及全球化浪潮,大大地促进了新型组织的出现,适应快速变化的学习型组织、适应企业成长的领导理论都成为我国企业的急需;同时,随着我国制造体系的不断提升、产品结构由低端向中高端的发展,基于信息技术等新的生产运作与物流管理理论和方法的推广应用,对于强化我国加工制造业的比较优势、提升企业的国际竞争能力具有重要意义;另外,财务资源的有效配置与持续创造对于企业的可持续发展至关重要,以可持续发展观的视角,将会计信息披露与公司财务问题联系在一起研究,对于提升我国企业的可持续发展能力也具有不可忽视的理论与实践意义。因此,从以上三个视角对企业管理理论与应用进行深入研究是提升我国企业、特别是珠三角地区企业的国际竞争力,实现成功转型的重要保证。经过三年多的研究,我院科研人员已在上述研究领域取得了初步的研究成果,对有关概念和方法进行了有益的探索并提出了独到的见解,在理论上具有一定的先进性。具体研究内容包括建设性领导和破坏性领导、企业胜任力模型设计与应用研究、企业环境信息披露:理论与证据、基金治理与基金经理锦标赛激励效应研究以及基于 X 列表的可重构 ERP 体系研究等。我们希望通过此次的出版工作,一方面能够和国内外有关同行和专家分享我们在企业管理理论与应用方面的研究成果,另一方面能够得到各位专家提出的批评和建议,使我们能不断提高科研工作质量和科研成果水平,为国家的发展和经济的繁荣做出更大的贡献。

本丛书的编写和出版得到了暨南大学"211 工程"建设领导小组和管理学院有关领导的大力支持,管理学院的有关专家对本次出版工作也提出了许多宝贵的意见,在此向他们表示衷心的感谢。

暨南大学管理学院

企业管理理论与应用研究系列丛书编委会

2011 年 3 月

目　　录

第一章 导　论

第一节　研究背景和意义

一、研究背景

1972 年罗马俱乐部发布了名为《增长的极限》的研究报告。自此之后，以经济学为代表的社会科学对环境问题的关注日益提高。与大的时代背景相一致，会计学自 20 世纪 70 年代起亦开始关注环境问题。其中，企业的环境信息披露是会计学研究的一个重要分支。

随着全球步入低碳经济时代，企业生产经营活动对环境的影响日益为社会所关注。作为企业就其环境表现与外界进行对话的方式和工具，企业环境信息披露受到了监管者、企业和社会公众的高度重视，成为一个重要的现实问题。

2003 年以来，我国相继出台了一系列有关环境信息披露的政策规定。这些规定除了在少数特定的情况下强制企业披露相关环境信息外，都是引导和鼓励企业自愿披露环境信息。近年我国企业自愿披露环境信息的比例显著提高，2008年有 94％的重污染行业上市公司在其年报中披露了环境信息，但企业在披露方式、内容和数量等方面有很大的酌定权。

我国企业环境信息披露的现状如何？哪些因素影响了企业的环境信息披露？企业选择自愿披露环境信息的动机何在？环境信息披露又会给企业带来什么影响？对这些问题的回答不仅有助于认识企业环境信息披露的决策机制，而且有助于深化和拓展自愿性信息披露的理论研究。

二、国内外研究现状

除了早期对披露状况以及企业特征与披露水平关系的描述性分析外，40 年来，环境信息披露研究主要关注以下两大问题：第一，企业披露环境信息的动机。已有的研究从社会学的合法性理论出发，认为企业披露环境信息的主要动机是应对外部压力，进行合法性管理（Neu et al. 1998）。现有的研究主要从环境监管规定（Barth et al. 1997；Hughes et al. 2001；Frost 2007；de Villiers 2003）、同类企业发生的环境事故（Patten 1992；Darrell，Schwartz 1997；Deegan et al. 2000；肖华，张国清 2008）以及媒体报道（Brown，Deegan 1998；Aerts，Cormier 2009）三个方面验证环境信息披露的合法性管理动机。第二，企业披露环境信息的作用。现有的研究证实，有效的环境信息披露有助于企业声誉的建立（Hasseldine et al. 2005），环境信息披露会被企业用作管理公共政策压力的工具（Patten 1991；de Villiers，van Staden 2006；Aerts，Cormier 2009）。环境信息披露对企业在资本市场的业绩也有间接的影响。政府出台环境监管措施或上市公司发生环境事故都会引起资本市场上相关企业股价的负面反应，而企业事前的环境信息披露可以降低这种负面反应的程度（Blacconiere，Patten 1994；Reitenga 2000；Freedman，Patten 2004）。

我国的企业近年才开始披露环境信息，所以我国早期的环境信息披露研究以规范分析为主，最初的几份实证研究是问卷调查（王立彦等 1998；李建发，肖华 2002）。21世纪初，研究者开始关注我国企业披露环境信息的动因。针对企业内部因素的研究显示：公司规模、盈余业绩（汤亚莉等 2006）、所属行业（尚会君等 2007）和独立董事比例（阳静，张彦 2008）对环境信息披露行为有显著影响。最新的研究转向合法性压力与环境信息披露的关系，包括环境法规的发布（尚会君等 2007；朱金凤，赵红雨 2008）和外部监管制度压力（王建明 2008）。肖华和张国清（2008）的研究证实，"松花江事件"发生以后，肇事者"吉林化工"所在的化工行业的公司在其年报中披露了更多的环境信息。目前，国内还没有公开发表的有关环境信息披露效果的研究。

三、研究意义

已有的研究强调企业环境信息披露的合法性管理动机和作用（Patten 1991；de Villiers，van Staden 2006；Aerts，Cormier 2009），但忽视了企业环境信息披露的经济动机，只有少数研究间接地证明了环境信息披露的经济后果（Reitenga 2000；Freedman，Patten 2004）。虽然这些研究从社会因素视角拓展了基于资本市场的自愿性信息披露研究，但也因此未能完整描述营利性企业披露环境信息的动机和效果。我国企业的环境信息披露实践刚刚出现，相关的研究也处于起步阶段，有些方面还是空白。但是我国特有的制度背景和市场环境为企业环境信息披露研究提供了难得的条件。一方面，2003年以来，我国加大了对企业环境表现和环境信息披露的监管力度，环境保护部、中国证券监督管理委员会（以下简称中国证监会）、中国保险监督管理委员会（以下简称中国保监会）、中国人民银行以及证券交易所先后为此发文；另一方面，2007年以来，我国推出了"绿色金融"政策，从企业上市和再融资、银行贷款发放、环境责任保险等方面入手，利用经济手段和市场力量解决企业环境污染问题，环境信息披露将直接影响企业的融资能力和资本成本。这些为同时从社会因素和经济因素出发，全面观察企业环境信息披露的动机和效果、效益和成本以及管理者应对不同相关利益者的行为特征，提供了难得的契机。因此，在强调可持续发展和重视环境保护的大背景下，企业环境信息披露是一个值得关注的重要课题，但国内外已有的研究存在明显的不足，而我国特有的制度背景和市场条件为深化和拓展相关理论研究提供了机会。

本书的学术意义在于：①将基于资本市场的财务信息披露研究向非财务信息披露领域进行了延伸，考察了环境信息披露的资本市场动机，丰富了实证会计理论的经验证据；②发展了已有的环境监管政策与环境信息披露关系的研究，突破了环境信息披露研究中传统的合法性理论视角，将环境信息披露纳入主流的代理理论和信息不对称理论的框架中加以考量，有助于全面认识环境信息披露的动机；③借助我国"绿色证券"的制度背景，将企业面临的政府监管压力与企业自身的资本市场动机融合在一起加以分析，并在我国特有的社会和政治背景中剖析监管政策执行力度对于企业的资本市场信息披露决策机制的影响，在信息披露研究领域中有所创新；④首次从媒体报道的视角对我国企业环境信息披露进行检验分析，也是第一份关于我国企业环境信息披露合法性管理作用的实证研究；⑤同时考察企业环境信息披露的数量、质量和总体水平，突破了国外同类研究中仅关注披露数量或将数量与质量简单相加进行分析的局限，使得研究更为严谨和全面；⑥区分了企业合法性压力和合法性水平，并分别用媒体报道数量和媒体报道的倾向性（J-F 系数）来衡量，不仅可以更加清晰地认识企业环境信息披露的前因和后果，而且可以避免已有研究中（Aerts，Cormier　2009）使用 J-F 系数检验动机和作用而造成的内生性问题。

本书的实践意义在于：①有助于企业环境信息的监管者、提供者和使用者认识我国企业环境信息披露的现状和规律，为其决策提供理论参考和依据；②有助于了解我国环境保护和环境信息披露相关政策的效果以及对企业、资本市场和公众的影响；③有助于揭示政府、社会、市场和企业共同解决企业环境问题，协调生态效益和经济效益的可能性、效果和运行机理，为监管层和实务界处理外部性问题提供有益的思路。

四、本书的研究特色与可能的创新

本书的主要研究特色主要有三个：一是将社会关注的热点问题与会计学研究的重要问题相结合；二是将政治学和社会学的理论成果引入会计学理论研究；三是用中国制度背景和市场环境下的数据解决国外已有研究中未能回答的问题。

本书可能的研究创新主要有两个：一是研究思路上，拓宽环境信息披露的动机和效果研究，透过合法性管理和资本市场，全面分析环境信息披露中的社会因素和经济因素，克服了已有的环境信息披露研究中忽视经济效率和资本市场作用的不足，以及已有的自愿性信息披露研究中单一经济视角的局限，既能全面认识环境信息披露的动机和作用，又拓展了信息披露研究的广度。二是在研究方法上，首次运用来自我国企业的大样本数据构建反应环境信息披露水平的环境信息披露指标（EDI）、衡量合法性压力的 J-F 系数，并通过手工收集建立我国企业环境信息披露和企业环境表现新闻报道数据库。此外，解决了自愿性信息披露研究中最突出的内生性问题。"绿色证券"政策、环境信息披露与资本成本三者之间，环境信息披露与媒体报道之间，都存在内生性问题。通过分别采用两阶段最小二乘法（TLSL）和"领先滞后方法"（lead-lag approach）加以解决。由此，在方法和数据上为该领域的后续研究做出基础性的贡献。

第二节　研究的主要内容和框架

全书包括理论研究和实证研究两大部分。本书的理论研究部分对国内外环境会计的理论研究和企业环境信息披露的实证分析进行了全面的回顾，结合我国近年来对环境信息披露和企业环境活动监管的制度背景，为从经济学和政治社会学的视角提出企业环境信息披露动机和作用的研究思路和假设提供了理论和制度依据。本书的实证研究部分选取了 2006～2008 年我国重污染行业 A 股上市公司作为研究样本，借助内容分析法量化其财务报告和非财务报告中披露的环境信息，构建了来自中国市场的大样本数据。实证研究部分首先描述了我国企业环境信息披露的总体情况、数量和质量特征，并对财务报告与非财务报告中的环境信息披露情况进行了对比分析；然后从经济学视角分析了企业披露环境信息的动机和作用，发现有再融资需求的企业会更加积极地披露环境信息，并且企业环境信息披露有助于降低企业的权益资本成本；最后从政治社会学的角度进一步地加以检验，发现通过媒体报道数量和倾向性体现的舆论监督以及当地政府部门的监管可以有效地促进企业的环境信息披露，同时环境信息披露也有助于企业提升其环境合法性水平。

全书共分八章，各章的主要内容如下：

第一章，导论。介绍本书的研究背景和研究意义，研究的主要内容和框架，以及研究的理论基础。在理论基础部分，阐明了环境会计的概念、环境会计的分类以及环境会计概念框架的早期研究和最新进展。

第二章，环境会计理论研究综述。按照学术思想的发展脉络从环境会计的目标、理论基础和在社会变革中的作用三个方面对 20 世纪 70 年代以来的环境会计理论研究进行了归纳。通过回顾有关环境会计目标和理论基础的研究，梳理了在反思和批判传统会计的决策有用性目标的过程中发展出环境会计受托责任目标的思想脉络，分析了基于新古典经济学、合法性理论、相关利益者理论和政治经济学的环境会计，并总结了环境会计理论研究的三个特征。通过回顾有关环境会计在社会变革中的作用的理论研究,梳理出了具有代表性的四种观点,即"自由观"、"共和观"、"沟通观"和"激进观",并分析了它们各自所依托的哲学思想,为环境会计研究以及认识会计与社会的关系提供启示。

第三章,企业环境信息披露的实证研究综述。对国外和国内有关企业环境信息披露的实证研究进行了回顾。先是综述性地介绍国外企业环境信息披露的特征、动因和作用。国外环境信息披露特征主要从披露渠道、披露方式和披露的国际及行业比较三方面展开;披露的动因包括企业特征、环境表现等企业内部因素和环境监管规定的出台、环境事故的发生以及新闻媒体的报道等外部合法性压力因素;披露的作用则主要包括披露的市场反应和合法性管理作用。随后同样从描述性分析、影响因素研究和作用研究三方面综述国内企业环境信息披露实证研究。由于国内重要期刊上发表的企业环境信息披露的实证研究文章寥寥可数,已有的实证研究仍然停留在描述性分析,有少数研究涉及环境信息披露的影响因素,关于环境信息披露作用的研究在国内还是空白。因此,国内研究综述以介绍描述性研究发现为主,作用研究方面的综述则向社会责任信息披露方向进行了延伸。

第四章,环境信息披露的制度背景。制度因素在企业环境信息披露实践和理论研究中起着重要的作用,因此,在进行具体分析前先对国际和国内有关环境信息披露和企业环境活动的监管规定进行全面的说明。这一章首先介绍国际上主要的环境信息披露实践,包括污染物排放及转移登记制度、环境影响评价报告、政府环境信息公开和产品环保标识四种代表性的披露方式;然后分别沿着政府环境信息公开和企业环境信息披露两条脉络全面梳理了改革开放以来我国环境信息披露的政策演变历程;最后对我国最新出台的"绿色金融"政策及其三个组成部分,即"绿色信贷"、"绿色保险"和"绿色证券",进行了全面的介绍和剖析,为基于资本市场的实证检验提供了制度依据。

第五章,我国企业环境信息披露的现状。分别对我国企业通过年报和独立的社会责任报告披露环境信息的现状进行描述和比较分析,并检验公司特征和公司治理因素对企业环境信息披露的影响作用。在已有研究的基础上,从四个方面进行了改进:①扩大了研究样本。选取了原国家环境保护总局认定的 13 个重污染行业所有 A 股上市公司作为研究样本,由此得出的结论可以较为全面地反映我国重污染行业披露环境信息的情况。②更新了数据。研究对象是样本公司 2006 年、2007 年和 2008 年的年报和社会责任报告,体现了 2007 年原国家环境保护总局发布《环境信息公开办法(试行)》前后的变化,借此说明我国重污染行业环境信息披露的最新动态。③数量与质量并重。除了对环境信息的披露数量进行分析外,还对披露质量进行了评价,同时对我国企业环境信息披露内容从数量和质量两个方面进行了定量研究。④涵盖了年报和独立的社会责任报告。2006 年以来，随着我国企业社会责任报告的数量迅速增加，越来越多的企业不仅在年报中披露环境信息，而且通过独立的社会责任报告披露环境信息，因此同时分析年报和独立报告中的环境信息披露并进行比较，为企业环境信息披露研究提供新的视角和证据。

第六章，企业环境信息披露的经济性动机与作用。企业作为营利主体，经济利益是其所有决策的出发点，在环境信息披露中也不应例外。我国"绿色金融"政策的出台，将外部性的环境风险内化为企业的经营风险和财务风险，直接影响企业的融资能力和资本成本。投资者在决策时需要了解企业环境消息。在这样的政策背景下，企业披露环境信息不仅是为了应对合法性压力，同时也具备经济性的动机。因此，在我国推出"绿色证券"政策对重污染行业上市公司实行再融资环保核查的制度背景下，从资本市场的视角出发研究企业环境信息披露的经济性动机。首先，通过对我国重污染行业上市公司的再融资需求与公司年报中环境信息披露关系的研究，从环境信息披露动机的角度回答：企业资本市场再融资动机是否能显著促进企业的环境信息披露水平？来自国家环保部门的核查压力是否会比地方核查更显著地促使有再融资需求的企业提高其环境信息披露水平？然后，在分析了企业环境信息披露的资本市场交易动机后，进一步检验企业环境信息披露是否能减少资本市场上的信息不对称，降低投资者的预测风险，从而降低企业资本成本。同样以我国政府逐渐推进的再融资环保核查政策为背景，以重污染行业上市公司为研究对象，从环境信息披露作用的角度回答：环境信息披露水平的提高是否会显著降低权益资本成本？进一步地，监管政策，特别是再融资环保核查政策的出台和执行力度是否会对上述二者之间的关系产生显著影响？

第七章，企业环境信息披露的社会性动机与作用。由于环境问题具有显著的外部性，经济因素难以全面解释企业的环境信息披露行为，还需要从其他视角考察企业环境信息披露，其中，政治社会学的合法性理论是最主要的一种解释。基于政治社会学的合法性理论，并借助新闻学的"议程设置"和"信息补贴"概念，研究我国企业披露环境信息的合法性管理动机和作用，有助于更加全面地认识企业环境信息披露的决策机制。首先，分析媒体报道所构成的合法性压力对企业环境信息披露的作用，以及政府监管对舆论监督作用的影响，以检验企业环境信息披露的合法性管理动机，从企业环境信息披露决策动机的角度回答：媒体关于企业环境表现的报道数量和倾向性是否能显著提高企业的环境信息披露水平？当地政府对环境信息披露的监管力度是否会显著增强媒体报道对企业环境信息披露的促进作用？然后，考察企业在这一动机下的环境信息披露行为是否能达到预期的效果，由于动机和效果实际上就像硬币的两面，因此在回答了企业环境信息披露是否具有合法性管理动机之后，需要从企业环境信息披露决策后果的角度回答：企业的环境信息披露是否有助于增加媒体关于企业环境表现的正面报道，提高企业的环境合法性水平？

第八章，结论与研究展望。首先从环境会计的理论研究、企业环境信息披露的实证研究、我国的企业环境信息披露实践、我国企业环境信息披露的影响因素，以及企业环境信息披露的动机和作用五个方面总结了全书的研究发现和主要结论，然后提出了从企业环境信息披露的制约力和企业环境信息披露的决策者行为两方面深化研究的内容，并通过案例分析、问卷调查和实地访谈等丰富研究的方法。

研究框架如图 1.1 所示。

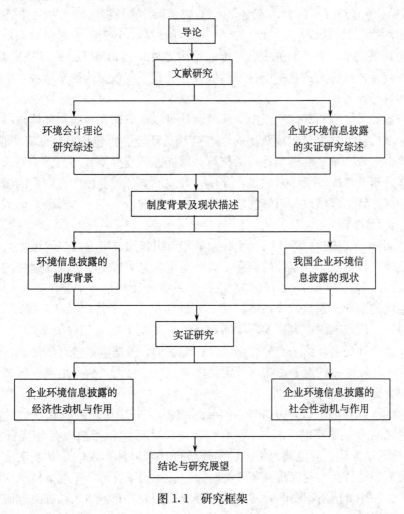

图 1.1　研究框架

第三节　研究的理论基础

本书将企业环境信息披露放在环境会计的理论框架下进行讨论和研究，所以有关环境会计的概念、分类和概念框架构成了本书的理论基础。

一、环境会计的概念

理论界对环境会计的概念至今尚未有统一的界定。国外一直致力于环境会计研究的 Gray 和 Mathews 等若干学者就曾给出不同的定义。

Gray 等（1987）认为，环境会计是沟通组织的经济活动对社会中特定利益团体和对社会整体所产生的社会与环境影响的过程。因此，它是会计向资本所有者，尤其是股东，提供财务信息的传统作用之外，还拓展了组织（特别是公司）的受托责任。这一拓展是基于这样的假设：公司不仅仅是为股东赚钱，而是有更宽泛的责任。

格瑞和贝宾顿（2004）提出，环境会计可以被看做是企业对环境事项做出反应所涉及的会计领域，包括新兴的生态会计。环境会计包括：对或有负债/风险的核算；对资产重估和资本计划的核算；对能源、废弃物和环境保护等关键领域的成本分析；考虑环境因素的投资评估；开发涵盖环境业绩所有内容的新的会计信息系统；评估环境改善措施的成本和效益；开发以生态（非财务）形式来表示资产、负债和成本的会计技术。

Mathews（1993）将环境会计看做是"组织告知或影响众多使用者的自愿性信息披露，包括定量和定性的信息，其中定量信息可以是财务或非财务的"。

Schaltegger 和 Burritt（2000）主张，环境会计"是一个涉及各种活动、方法和系统的会计子系统，该系统记录、分析和报告某个特定经济系统（如公司、生产地点、区域、国家等）的环境活动所导致的财务影响和环境影响"。他们认为，环境会计是会计的一个分支，涉及：①活动、方法和系统；②记录、分析和报告；③环境导致的财务影响和特定经济系统（如公司、生产地点、区域、国家等）的生态影响。

Bell 和 Lehman（1999）将环境会计界定为"一门衡量经济和社会活动与自然环境之间相互作用的学科"。环境会计可以"识别和保护现有环境资源的价值"。他们以土地上的植被为例，说明环境会计可以计量或估计以下支出：①有关的员工和委员会为制定政策花费的时间；②为记录各地区土地上植被的位置以及衡量其保护价值所花费的时间和其他资源；③为告知各地区和有关方面执行委员会的政策以及寻求其合作所耗费的成本，按照某些地方法规，可能还要支付税费；④动用制定规章的权利，如树木保护法等。

　　日本环境省在其《环境会计指南手册》中定义环境会计为："企事业单位等立志于可持续发展，以不断保持与社会的良好关系、有效且高效地推行环保活动为目的，对用于环保的成本以及通过环保活动所获得的效益进行认识，尽可能地进行定量（货币单位或数量单位）计量、传达的体系。"（井上寿枝等　2004）

　　最早将环境会计的概念引入国内的学者是葛家澍和李若山（1992）。他们用"绿色会计"这个词介绍了 20 世纪 90 年代西方会计理论的一个新思潮，即环境会计。随后，国内学者在 20 世纪 90 年代对环境会计的概念展开了热烈的讨论，各抒己见。这一讨论仍在进行之中。

　　许家林和孟凡利（2004）归纳了国内研究者对环境会计概念的种种描述，并提出了一个较为全面和综合的观点："环境会计是企业会计的一个新兴分支，它是运用会计学的基本原理与方法，采用多种计量手段和属性，对企业的环境活动和与环境有关的经济活动和现象所做出的反映和控制。需要说明的是，与环境有关的经济活动中的大部分在传统会计中也是予以考虑的，但过去的考虑仅仅着眼于企业是一个营利性的经济组织而未把它看成是一个社会性的组织，未能从环境影响的角度加以考察。环境会计的建立将弥补这一缺陷。"

　　肖序（2010）认为要理解环境会计的本质，需要把握几点：①环境会计是微观经济单位环境管理与会计核算、控制相融合，并以会计工作为主的一个新兴会计分支；②环境会计的基本职能仍是反映和控制；③环境会计的对象是微观经济单位的环境活动及与环境有关的经济活动；④信息披露采用多种计量手段，包括货币计量单位、物理化学计量单位等，其披露的范围不仅涉及货币计量的环境活动资金运动，还应包括以物理化指标表示的环境绩效评价。在此基础上，可将环境会计定义为："以微观经济单位为主体，采用多种计量手段，反映和控制主体内环境活动和有关的经济活动，并对其资金运动和环境绩效信息作出披露的新兴会计分支学科。"

　　《现代会计百科辞典》同时收录了环境会计和绿色会计两个词条。环境会计是"从社会利益角度计量和报道企业、事业机关等单位的社会活动对环境的影响及管理情况的一项管理活动。它旨在指导经济资源作最有效运用及最佳调配，以提高社会整体效益"。绿色会计是"在为了交易和促进公共福利，为了创造未来用途的财富以及保护资源时，根据资源管理者和资源所有者一致同意的惯例来核算、计量这些资源耗费情况的管理活动"。（于玉林　1994）

二、环境会计的分类

　　对于环境会计的分类，会计界主要着眼于企业或组织层面的环境会计，如 Schaltegger 和 Burritt（2000）从企业的环境信息出发讨论环境会计的分类，国际会计师联合会（International Federation of Accountants，IFAC）对组织层面的环境会计进行了分类；一些国家的政府机构则从更为宏观和全面的视角看待环境会计，如美国国家环境保护局（Environmental Protection Agency，EPA）和日本环境省，都将国民经济核算纳入了环境会计之中。

Schaltegger 和 Burritt（2000）将企业的环境会计分为两个分支：环境传统会计和生态会计。环境传统会计属于传统会计的一部分，以货币形式计量企业带来的环境影响，可以进一步划分为管理会计、财务会计和其他会计。环境传统会计中的管理会计回答：①什么是环境成本？如何跟踪和追溯环境成本？②如何处理环境导致的成本？③管理会计师的环境责任是什么？环境传统会计中的财务会计回答：①是否将环境导致的支出资本化或费用化？②环境负债的披露准则和指南是什么？这些准则或指南为环境负债的会计核算提供了哪些建议？③什么是环境资产？如何计量环境资产？④如何核算排放交易许可证？环境传统会计中的其他会计，如税务会计，回答：①污染减除设施补助金的效应、可能性和影响是什么？②垃圾填埋修复成本如何抵税？③清洁生产技术的加速折旧效应和各种环境税带来的后果？生态会计计量企业对环境造成的生态影响，其计量单位是实物，可以划分为对外生态会计、内部生态会计和其他生态会计。其中，对外生态会计收集和披露有关外部利益关系人（如广大公众、媒体、股东、环境基金、非政府组织和压力机构）所关心的环境方面的数据。内部生态会计的目的在于收集以实物单位表示的以供管理当局内部使用的有关生态系统的信息，这种信息对于传统管理会计系统具有补充作用。其他生态会计也以实物单位计量数据，是管理部门控制规定执行情况的一种方式。Schaltegger 和 Burritt（2000）认为，由于环境传统会计和生态会计的重点、信息来源、目的和计量方法之间存在区别，有必要加以区分（图 1.2），但将环境会计区分为这两个不同的分支并不妨碍两者的融合，管理者和利益相关者可以通过不同的分析将这两类会计所提供的信息结合在一起。

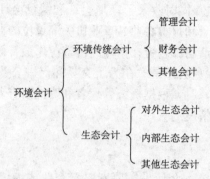

图 1.2　Schaltegger 和 Burritt（2000）对企业环境会计的分类

IFAC 在 2005 年将组织层面的环境会计分为环境财务会计和环境管理会计，如表 1.1 所示。

表 1.1 IFAC 对企业组织层面的环境会计的分类

组织层面的会计	组织层面的环境会计
财务会计（financial accounting，FA）： 向外界（如投资者、税务当局和债权人等）报告企业组织开发的标准化财务信息	环境财务会计（environmental financial accounting，EFA）： 包含环境相关信息的财务报告，如环境相关投资的收益和费用、环境负债以及与企业组织的环境业绩相关的其他重要开支
管理会计（management accounting，MA）： 企业组织开发的支持内部管理人员的日常决策和战略决策的货币计量和非货币计量的信息	环境管理会计（environmental management accounting，EMA）： 通过管理会计系统和实务管理环境和经济业绩。该系统和实务关注能源、水、原材料（包括废弃物）流动的实物量信息，同时也关注相关成本、收入和节约的货币计量信息

资料来源：International Federation of Accountants. 2005. International guidance document. Environmental Management Accounting，8：16.

按照 EPA1995 年发布的 *An introduction to environmental accounting as a business management tool*：*Key concepts and terms*，环境会计可以分为宏观和微观两个层面的三个分支：宏观层面的国民收入核算和报告，微观层面的企业财务报告会计和管理会计（表 1.2）。

表 1.2 美国国家环境保护局对环境会计的分类

环境会计的类别	关注点	使用者
国民收入核算和报告	国家	外部
企业财务报告会计	企业	外部
管理会计	企业、部门、设备、生产线或系统	内部

资料来源：Environmental Protection Agency. 1995. An introduction to environmental accounting as a business management tool：Key concepts and terms. 4.

日本将企业环境会计分为两大类：内部环境会计和外部环境会计。内部环境会计主要是为了在公司内部推荐环境经营、给经营方针的决策提供帮助、管理环境成本、提高环境绩效，相当于传统的企业会计中的管理会计。随着企业经营过程中环境因素的重要性不断增加，内部环境会计被当做管理手段之一加以运用。外部环境会计用于向外部的投资者、股东和债权人等进行报告，相当于传统的企业会计中的财务会计（井上寿枝等　2004）。日本企业报告环境会计的手段通常包括了财务报告和环境报告两种，并在用环境报告披露环境信息方面处于各国之先。日本从外部环境会计入手，通过引进外部环境会计来推动内部环境会计的发展。然后，环境会计由企业向地方政府和国家核算体系扩展，分别构成了微观环境会计和宏观环境会计。日本环境省对微观环境会计和宏观环境会计的分类见图 1.3，微观环境会计中的内部环境会计和外部环境会计的区别见图 1.4。

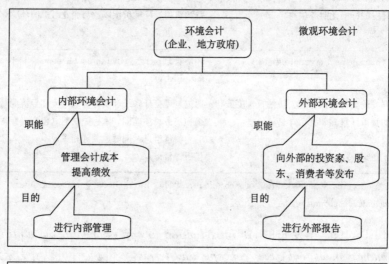

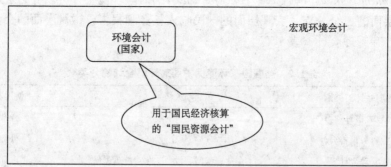

图 1.3　日本环境省对环境会计的分类

资料来源：井上寿枝，西山久美子，清水彩子. 2004. 环境会计的结构. 贾昕，孙丽艳译.
北京：中国财政经济出版社 . 2.

　　本书讨论的企业环境信息披露是属于以企业为主体的微观层面中对外报告的范畴。

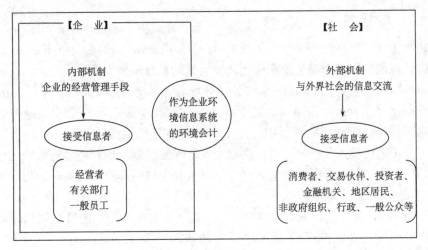

图 1.4 日本环境省构建的企业环境会计体系

资料来源：井上寿枝，西山久美子，清水彩子．2004．环境会计的结构．贾昕，孙丽艳译．
北京：中国财政经济出版社．24.

三、环境会计的概念框架

确如 Ramanathan（1976）所说，会计理论和会计实践的发展都离不开以目标为指引的内在一致的概念框架体系。100 多年前，佩顿和利特尔顿在《公司会计准则导论》中就提出，应该"构建一个框架，在此基础上建立起对公司会计的说明。这里的会计理论，应该是连贯、协调、内在一致的理论体系"。美国财务会计准则委员会（Financial Accounting Standard Board，FASB）从 1976 年发布"概念框架项目的范围和含义"的征求意见稿以来，始终不懈地为制定一套高质量的财务会计概念框架而努力。1978 年，FASB 颁布了第一份财务会计概念公告，在 2000 年颁布了第七份公告，前后共颁布了 7 份财务会计概念公告，虽然堪称经典，但仍然受到了诸多批评，认为其未能达到"连贯、协调、内在一致的"要求。同样，国际会计准则理事会（International Accounting Standards Board，IASB）的前身国际会计准则委员会（International Accounting Standard Committee，IASC）在 1989 年 7 月公布《编制和列报财务报表的框架》，因为仅局限于财务报表，不能为其他财务报告信息提供概念基础而备受诟病。传统财务会计在理论上讨论概念框架已经有 70 多年的历史了，各国相关机构制定概念框架也走过了 30 多年的历程，但尚未形成一套被普遍接受的完善的财务会计概念框架。环境会计作为一个新兴的领域，构建概念框架的任务同样重要但更为艰巨。

（一）早期的研究

最早对环境会计展开理论研究的是 Ullmann（1976）和 Ramanathan（1976）。他们的注意力都是放在构建环境会计的概念框架上面。

Ullmann（1976）构想了一个"公司环境会计系统"（corporate environmental accounting system，CEAS）。这个系统是在传统财务会计框架中，通过非财务信息来报告企业对环境的影响。用 Ullmann 自己的话来说：公司环境会计系统是对公司进行投入和产出分析，衡量企业每年的经营活动对环境的影响，包括消耗的物质和能源，产生的废料，向空气、水和土壤中排放的污染。因为涉及很多种物质，所以需要设立特殊的账户。于是 Ullmann（1976）设计了一个"CEAS 单位"，首先用物理单位（如吨、千瓦、立方英尺等）衡量公司的环境投入和环境产出，然后将环境投入和产出的物理数量去乘上一个"平衡因子"（equivalent factor），加总后得到公司一年的经营活动对环境产生的总体影响。"平衡因子"由政府根据稀缺资源的贮藏量、每年的消耗量和预期使用年限计算得出。政府通过分配给各公司"CEAS 单位"，类似于发放环境配额，来控制经济活动对环境的影响。解决了计量的问题之后，Ullmann（1976）又设计了一张"CEAS 资产负债表"，用以报告公司的环境影响。这张资产负债表同样由三个部分构成：①生产过程造成的环境影响，包括消耗的物质和能源，产生和排放的污染和废物；加上②"公司环境会计系统"外的客户使用公司产品产生的环境影响；减去③销售给"公司环境会计系统"内的客户的产品的环境影响。在这张资产负债表中，所有的环境影响都是用"CEAS 单位"来计量。之所以对"公司环境会计系统"内外的客户区别对待，是为了避免重复计算公司对环境的影响，所以采用了类似增值税的做法。Ullmann（1976）建议政府分四个阶段逐步推行"公司环境会计系统"。当时瑞士的 Roco 食品包装公司已经试行"公司环境会计系统"，遇到的最大难题就是缺乏政府提供的"平衡因子"数据。这其实也正是"公司环境会计系统"的致命缺陷所在。如果没有政府的系统数据支持，公司是无法采用"公司环境会计系统"的，而且资源的储量、使用以及污染的排放涉及的不仅仅是一个国家和地区，而是一个全球性的问题，只有各国政府相互合作，才有可能计算出相对可靠的"平衡因子"数据，也只有在全球范围内同时推行"公司环境会计系统"，才可能有效控制经济活动对环境的影响。这恐怕是"公司环境会计系统"最终未能形成气候的主要原因。

Ramanathan（1976）认为，从历史的角度看，会计的理论和实务是围绕目标框架、价值概念、计量方法和报告标准等四个相互关联的方面发展和演化的，社会责任会计的发展没有理由会背离这个逻辑，所以，Ramanathan（1976）试图通过提出一套社会责任会计的目标和概念来构建社会责任会计的理论框架。于是，Ramanathan（1976）基于社会契约的观点，界定了社会责任会计的三个目标以及六个概念。

目标1：确认和计量公司在一定期间的社会贡献净额，其中不仅包括企业内在的成本和效益，而且包括对不同社会群体的外部影响。

目标2：帮助确定公司的战略和实践是否直接影响到个人、集体、社会群体以及下一代的资源和权利，是否符合广泛认同的社会权利，是否合法。

目标3：所有社会成员能获取关于公司目标、政策、计划、业绩和对社会贡献的相关资料。这些相关资料要能反映公共义务，也有利于进行社会选择和社会资源分配的公共决策。最优的报告战略既要考虑成本效益，同时也要平衡公司各社会选民之间潜在的信息冲突。

概念1"社会交易"：社会交易是指企业对社会环境资源的使用和交易，这些资源的使用和交易没有通过市场进行，但影响了该企业各社会选民的绝对或相对利益。

概念2"社会费用（收入）"：由于企业的社会交易造成资源消耗（增加）而给社会带来的损失（收入）。换言之，社会费用是企业负的外部性的测量价值，社会收入是企业正的外部性的测量价值。

概念3"社会收益"：企业在一定期间的社会贡献净额。它是企业传统意义上测量的净收入和社会总收益、社会总费用的汇总。

概念4"社会选民"：独特的社会群体（隐含在目标2中，并在目标3表明），企业与他们之间有一个可推定的社会契约。

概念5"社会权益"：衡量每个社会选民在企业的索取权的变化总和。

概念6"社会资产"：企业对社会总的非市场贡献减去企业存续期间对社会资源的非市场消耗后的余额。

从严格意义上说，Ramanathan（1976）是关于社会责任会计的理论研究。但是他提出的有关社会责任会计的概念框架对社会责任会计的不同方面，包括环境会计，具有普遍指导意义。

（二）最新的进展

继Ullmann（1976）和Ramanathan（1976）之后，虽然有不少学者专注于环境会计的理论研究，并且提出了一些更为激进的观点，但是近30年过去了，进入21世纪，依然没有一个清晰的环境会计概念框架。在世纪交替之际，欧洲会计师联合会（Fédération des Experts Comptables Européens，FEE）在一份题为"朝向环境报告一般公认框架"的征求意见稿中也指出："我们看到有很多不同形式的报告出现，但是这些报告看起来是一些随意安排的结果，而不是经过协调一致和统一的过程形成的。我们相信，公司环境报告发展到今天，企业和使用者都需要一个更为有力的结构和定义。"① Solomon（2000）不免着急地表示："现在看来显然有必要建立一个正式的概念框架来规范公司的环境报告。"情急之下，Solomon（2000）想到了"最为便捷的（但未必是最好的）方法是借助现有的财务报告概念框架作为公司环境报告概念框架的基础"，提出了环境报告可以"追随"财务报告的观点。Solomon（2000）从环境报告的使用者、质量特征、要素、鉴证、报告成本和方式等方面分析了环境报告对财务报告的"追随"：

（1）财务报告的全部使用者都可以看做是环境报告的使用者，唯一的不同是环境报告更为重视其他使用者（除股东外）。关于财务报告的使用者大家有明确的共识，股东被认为是财务报告的首要使用者。但环境报告的使用者除股东外，联合国环境规划署（United Nations Environment Programme，UNEP）认为还包括雇员、立法者和监管机构、地方社区、投资者、供应商、客户和消费者、行业协会、环境团体、科学和教育以及媒体等；Gray 等（1996）认为包括管理层、工会、潜在员工、社区、社会团体、各国政府、地方政府、竞争对手、同行、行业组织及社会。

（2）与财务报告有关的所有质量特征也都与环境报告有关。这一点得到了欧洲金融分析师协会（European Federation of Financial Analysts Society，EF-FAS）和 UNEP 的认同。但环境报告的质量特征并不是照搬现有财务会计质量特征，而是在它的基础上进行适当修改，进一步增强有用性和相关性。企业环境报告虽然接受财务报告的质量特征，但重要性水平有所改变，首要的质量特征可能是透明性和可获取性。

（3）环境报告的要素与财务报告有所不同。环境报告可能需对空气、土地和水等自然资源及企业对环境的污染进行确认和计量。但自然资源类似于财务报告要素的资产，污染类似于财务报告要素的负债。可见，环境报告和财务报告的要素也有一定相通之处。

（4）鉴证对于环境报告和财务报告同样重要。通过鉴证，可以加强环境报告的可信度，但由谁来担任鉴证者尚无共识。虽然可以考虑财务审计者，但他们可能缺乏独立性和环境披露方面的专业知识。有学者认为会计师不是进行环境鉴证的合适人选，因为他们缺乏经验，并有可能受到来自公司管理层的压力。但也有学者指出会计师应当是提供环境鉴证的多学科团队的一部分。越来越多的学者在研究环境鉴证，认为它将会成为一门独立、新兴的专业。

（5）公司应该像承担财务报告成本那样承担环境报告的全部成本。不管是强制还是自愿，信息披露的成本都是庞大的，但企业仍有披露的义务。企业有可能

---

① Fédération des Experts Comptables Européens. 1999. FEE Towards a generally accepted framework for environmental reporting.

隐瞒对他们不利的信息，但相应的公司行为改变可能较难通过鉴证。对于一个自由市场来说，使用者似乎要为自己使用信息而付费，但公司的信息披露能告知外界公司自身的竞争优势和良好的公共关系，这反而能降低某些方面的成本。企业应当承担全部的环境报告成本。

（6）公司环境报告最合适的陈述方式就是公司年报，与财务报告的陈述方式完全一致。现有披露方式主要有公司年报、单独的环境报告及其他媒介，但最主要的方式还是公司年报。披露的数量并不一定意味着披露的质量，大部分公司并没有披露环境信息，即使披露也是令人混淆的、不连贯的。关于公司环境信息披露的时间，认为应该经常和定期披露，大多建议是一年披露一次，可以考虑与公司的年度财务报告一同披露。总之，公司年报是环境报告很好的陈述方式。

Lamberton（2005）将可持续会计作为环境会计的"进化形式"，并"按照传统财务会计模式明确可持续会计模式，以便为可持续会计提供一个结构"。于是，Lamberton（2005）按照财务会计概念框架的构成部分设计了可持续会计的概念框架，共包括五个部分：①可持续会计框架的目标；②支撑可持续会计框架的原则；③获取数据的工具、会计记录和计量技术；④向相关利益者传递信息的报告；⑤依据框架报告信息的质量特征。Lamberton（2005）按此构思推演出了"全面的"可持续会计框架（图1.5）。Lamberton（2005）自己也承认他是"透过传统财务会计模式的镜头看待可持续会计的发展，……可持续会计的理论和实践显示出了传统财务会计模式的一些特征，但是要实现列出的质量特征所要求的严格性和完整性，可持续会计还有更多的工作要做"。同时，他也看到了"要提升可持续会计信息的广度、深度和质量，还有待在传统会计之外展开研究"。

Yongvanich和Guthrie（2006）认为传统的财务会计报告的框架是不完整的，不能合理地衡量企业的经济表现和价值，建议建立一个"扩展的社会环境报告业绩框架"（extended performance reporting framework for social and environmental accounting，EPRF），它包括人力资本、平衡计分卡与社会环境报告三个部分。人力资本是指人力资本报告能识别企业经济价值和所表现的重要资源；平衡计分卡可以确定关键的内部流程，侧重于管理和战略实施；社会环境报告则回应有关公司社会和环境的社会期望和要求。但是使用它们中任何单个要素的报告都是不完整的，它们应该被整合在一起。Yongvanich和Guthrie（2006）指出EPRF实现了经济、环境和社会业绩的同步改善，能更完整地衡量一个企业的价值，可以帮助管理者统筹、调整基于战略的业务流程，提高企业的可持续发展能力。

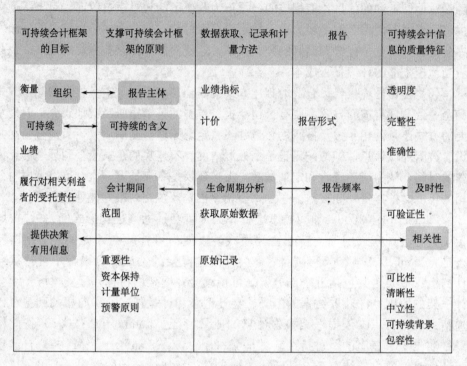

图 1.5　可持续会计综合框架

资料来源：Lamberton G. 2005. Sustainability accounting: a brief history and conceptual framework. Accounting Forum, 29 (1): 7~26.

本章参考文献

葛家澍，李若山. 1992. 90 年代西方会计理论的一个新思潮：绿色会计理论. 会计研究，5：1~6

井上寿枝，西山久美子，清水彩子. 2004. 环境会计的结构. 贾昕，孙丽艳译. 北京：中国财政经济出版社. 22~24

李建发，肖华. 2002. 我国企业环境报告：现状、需求与未来. 会计研究，4：42~50

罗伯·格瑞，简·贝宾顿. 2004. 环境会计与管理（第 2 版）. 王立彦，耿建新主译. 北京：北京大学出版社. 5

尚会君，刘长翠，耿建新. 2007. 我国企业环境会计信息披露现状的实证研究. 环境保护，8：15~21

汤亚莉，陈自力，刘星等. 2006. 我国上市公司环境信息披露状况及影响因素的实证研究. 管理世界，1：158~159

王建明. 2008. 环境信息披露、行业差异和外部制度压力相关性研究——来自我国沪市上市公司环境信息披露的经验证据. 会计之友，6：54~62

王立彦，尹春艳，李维刚. 1998. 我国企业环境会计实务调查分析. 会计研究，8：17~23

肖华，张国清. 2008. 公共压力与公司环境信息披露——基于"松花江事件"的经验研究. 会计研究，5：15~23

肖序. 2010. 环境会计制度构建问题研究. 北京：中国财政经济出版社

许家林，孟凡利. 2004. 环境会计. 上海：上海财经大学出版社

阳静，张彦. 2008. 上市公司环境信息披露影响因素实证研究. 会计之友（中旬刊），11：89～90

于玉林. 1994. 现代会计百科辞典. 北京：中国大百科全书出版社. 256

朱金凤，赵红雨. 2008. 上市公司环境信息披露统计分析. 财会通讯（学术版），4：69～71

Aerts W, Cormier D. 2009. Media legitimacy and corporate environmental communication. Accounting, Organizations and Society, 34 (1)：1～27

Barth M, McNichols M, Wilson P. 1997. Factors influencing firms' disclosures about environmental liabilities. Review of Accounting Studies, 2 (1)：35～64

Bell F, Lehman G. 1999. Recent trends in environment accounting: how green are your accounts ? Accounting Forum, 23 (2)：175～192

Blacconiere W G, Patten D M. 1994. Environmental disclosures, regulatory costs, and changes in firm value. Journal of Accounting and Economics, 18 (3)：357～377

Brockhoff K. 1979. A note on external social reporting by German companies: a survey of 1973 company reports. Accounting, Organizations and Society, 4 (1～2)：77～85

Brown N, Deegan C M. 1998. The public disclosure of environmental performance information: a dual test of media agenda setting theory and legitimacy theory. Accounting and Business Research, 29 (1)：21～41

Churchman C W. 1971. On the facility, felicity, and morality of measuring social change. Accounting Review, 46 (1)：30～35

Darrell W, Schwartz B N. 1997. Environmental disclosures and public policy pressure. Journal of Accounting and Public Policy, 16 (2)：125～154

de Villiers C. 2003. Why do South African companies not report more environmental information when managers are so positive about this kind of reporting? Meditari Accountancy Research, 11：11～23

de Villiers C, van Staden C J. 2006. Can less environmental disclosure have a legitimizing effect? Evidence from Africa. Accounting, Organizations and Society, 31 (8)：763～781

Deegan C, Rankin M, Voght P. 2000. Firms' disclosure reactions to major social incidents: Australian evidence. Accounting Forum, 24 (1)：101～130

Dierkes M. 1979. Corporate social reporting in Germany: conceptual developments and practical experience. Accounting, Organizations and Society, 4 (1～2)：87～107

Dierkes M, Preston L E. 1977. Corporate social accounting reporting for the physical environment: a critical review and implementation proposal. Accounting, Organizations and Society, 2 (1)：3～22

Epstein M J, Dilley S C, Estes R W et al. 1976. Report of the committee on accounting for social performance. Accounting Review, 51 (4)：38～69

Epstein M, Flamholtz E, McDonough J J. 1976. Corporate social accounting in the United States of America: state of the art and future prospects. Accounting, Organizations and Society, 1 (1)：23～42

Francis M E. 1973. Accounting and the evaluation of social programs: a critical comment. Accounting Review, 48 (2)：245～257

Freedman M, Patten D M. 2004. Evidence on the pernicious effect of financial report environmental disclosure. Accounting Forum (Elsevier), 28 (1)：27～41

Frost G. 2007. The introduction of mandatory environmental reporting guidelines: Australian evidence. ABACUS, 43 (2)：190～216

Granof M H, Smith C H. 1974. Accounting and the evaluation of social programs: a comment. Accounting Review, 49 (4): 822~825

Gray R, Bebbington J, Walters D. 1993. Accounting for the Environment. London: Prentice Hall

Gray R, Owen D, Maunders K. 1987. Corporate Social Reporting: Accounting and Accountability. London: Prentice Hall

Gray R, Owen D, Maunders K. 1988. Corporate social reporting: emerging trends in accountability and the social contract. Accounting, Auditing & Accountability Journal, 1 (1): 6~20

Grojer J E, Stark A. 1977. Social accounting: a Swedish attempt. Accounting, Organizations and Society, 2 (4): 349~385

Hasseldine J, Salama A I, Toms J S. 2005. Quantity versus quality: the impact of environmental disclosure on the reputations of UK Plcs. The British Accounting Review, 37 (2): 231~248

Hughes S B, Anderson A, Golden S. 2001. Corporate environmental disclosures: are they useful in determining environmental performance? Journal of Accounting and Public Policy, 20 (3): 217~240

Ingram R W. 1978. An investigation of the information content of social responsibility disclosures. Journal of Accounting Research, 16 (2): 270~285

Jonson L C, Jonsson B, Svensson G. 1978. The application of social accounting to absenteeism and personnel turnover. Accounting, Organizations and Society, 3 (3~4): 261~268

Lamberton G. 2005. Sustainability accounting: a brief history and conceptual framework. Accounting Forum, 29 (1): 7~26

Lessem R. 1977. Corporate social reporting in action: an evaluation of British, European and American practice. Accounting, Organizations and Society, 2 (4): 279~294

Lewis N, Parker L D, Sutcliffe P. 1979. Financial reporting to employees: the pattern of development 1919 to 1979. Accounting, Organizations and Society, 9 (3/4): 275~290

Mathews M R. 1993. Socially Responsible Accounting. London: Chapman and Hall

Mathews M R. 1997. Twenty five years of social and environmental research: is there a silver jubilee to celebrate. Accounting Auditing & Accountability Journal, 10 (4): 481~531

Mobley S C. 1970. The challenges of Socio-Economic accounting. Accounting Review, 45 (4): 762~768

Neu D, Warsame K, Pedwell K. 1998. Managing public impressions: environmental disclosures in annual reports. Accounting, Organizations and Society, 23 (3): 265~282

Owen D L, Collison D, Gray R et al. 2000. Social and environmental accounting and student choice: an exploratory research note. Accounting Forum, 24 (2): 170~186

Parker L. 1986. Polemical themes in social accounting: a scenario for standard setting. In: Merino B, Tinker T. Advances in Public Interest Accounting Ninebark. Greenwich: JAI Press Inc. 67~93

Patten D M. 1991. Exposure, legitimacy, and social disclosure. Journal of Accounting and Public Policy, 10 (4): 297~308

Patten D M. 1992. Intra-industry environmental disclosures in response to the Alaskan oil spill: a note on legitimacy theory. Accounting, Organizations and Society, 17 (5): 471~475

Ramanathan K V. 1976. Toward a theory of corporate social accounting. Accounting Review, 51 (3): 516~528

Reitenga A L. 2000. Environmental regulation, capital intensity, and cross-sectional variation in market returns. Journal of Accounting and Public Policy, 19 (2): 189~198

Robertson J. 1976. When the name of the game is changing: how do we keep the score? Accounting, Organizations and Society, 1 (1): 91~95

Schaltegger S, Burritt R L. 2000. Contemporary Environmental Accounting. Greenleaf: Sheffield

Schreuder H. 1979. Corporate social reporting in the Federal republic of Germany: an overview. Accounting, Organizations and Society, 4 (1~2): 109~122

Sobel E L, Francis M E. 1974. Accounting and the evaluating of social programs: a reply. Accounting Review, 49 (4): 826~830

Solomon A. 2000. Could corporate environmental reporting shadow financial reporting? Accounting Forum, 24 (1): 30~55

Spicer B H. 1978. Investors, corporate social performance and information disclosure: an empirical study. Accounting Review, 53 (1): 94

Tokutani M, Kawano M. 1978. A note on the Japanese social accounting literature. Accounting, Organizations and Society, 3 (2): 183~188

Ullmann A A. 1976. The corporate environmental accounting system: a management tool for fighting environmental degradation. Accounting, Organizations and Society, 1 (1): 71~79

Yongvanich K, Guthrie J. 2006. An ex tended performance reporting framework for social and environmental accounting. Business Strategy and the Environment, 15 (5): 309~321

第二章　环境会计理论研究综述

环境会计研究源于 20 世纪 70 年代。20 世纪 60 年代后期~70 年代初期，西方环境保护主义的产生直接催生了企业的环境会计实践。与此同时，在重要的会计学术刊物上出现了一批环境会计研究的成果[①]，主要有：*Accounting, Organizations and Society* 发表的 Epstein 等（1976b）、Robertson（1976）、Ullmann（1976）、Dierkes 和 Preston（1977）、Grojer 和 Stark（1977）、Lessem（1977）、Jonson 等（1978）、Tokutani 和 Kawano（1978）、Brockhoff（1979）、Dierkes（1979）、Lewis 等（1979）、Schreuder（1979），*The Accounting Review* 发表的 Mobley（1970）、Churchman（1971）、Francis（1973）、Granoff 和 Smith（1974）、Sobel 和 Francis（1974）、Estes（1976）、Ramanathan（1976）、Spicer（1978），以及 *Journal of Accounting Research* 发表的 Ingram（1978）。

在学术界，有不少学者将环境会计作为社会责任会计的一个方面或是与社会责任会计一起作为一个新领域，即社会责任与环境会计（social and environmental accounting, SEA）进行研究。从严格意义上说，环境问题只是公司社会责任的一个方面，所以环境会计应从属于社会责任会计。Mathews（1997）曾对它们两者的关系进行过回顾：在 20 世纪 70 年代最早出现社会责任会计研究时（Mobley 1970；Beams, Fertig 1971），并没有单独提及环境会计，只是将环境问题作为社会责任会计的一个方面；到了 20 世纪 80 年代，环境危机的出现使得研究兴趣明显转向了环境会计（Parker 1986；Gray et al. 1988），期间发表的社会责任会计的研究文章数量减少，而有关环境会计的文章显著增加。到了 20 世纪 90 年代，环境会计研究"完全主导"了社会责任会计研究。后来的研究者常常将两者统称为"社会责任与环境会计"，如 Owen 等（2000）、Bebbington 和 Thomson（2001）、Lehman（2004）以及 Guthrie 等（2008）。无论是社会责任会计还是环境会计，都是对传统会计的发展，它们共同关注企业经济活动产生的外部性，尤其在如何看待会计的目标、理论基础和社会作用等问题上，立场是完全一致的。所以，在理论研究中，研究者常常不加区分地使用"社会责任会计"、"环境会计"以及"社会责任与环境会计"。

本章的讨论涵盖了环境会计、社会责任会计以及社会责任与环境会计的相关研究成果。

---

① 这一时期的环境会计研究包含在更为宽泛的社会责任会计研究之中。

第一节　环境会计的目标：从决策有用观到受托责任观

按照与传统会计的关系，环境会计的研究可以简单地分为两大阵营：一个阵营是将环境会计作为传统会计的补充，通常将投资者作为环境报告的首要使用者，在传统会计理论的假设和观点下研究环境会计；另一个阵营是将环境与社会放在研究的中心位置，在组织与社会对话的视角下研究环境信息的作用。后者在传统会计看来是野心勃勃的，但后者更为广阔的视野，既有助于环境会计更有作为，又使得环境会计充满批判性。在环境会计研究中，坚守阵地且具有较大影响力的学者大多加入了批判传统会计的阵营，对传统会计的挑战与批判成为环境会计理论研究的"主流"。环境会计对传统会计的批判首先就从最根本点——会计目标展开，旗帜鲜明地批判决策有用观，支持受托责任观，并且赋予了受托责任观以新的含义。

一、对决策有用观的批判

在传统会计的理论体系中，会计目标是最为重要的要素之一，也始终是富有争议的话题之一。20 世纪七八十年代，传统会计阵营中围绕会计目标形成了立场分明的两派：受托责任派和决策有用派。受托责任派认为，会计的目标就是向资源的提供者报告资源受托管理的情况，它应以客观信息为主；决策有用派认为，会计信息的根本目标是向信息的使用者提供对他们进行决策有用的信息。20 世纪 70 年代末，FASB 在其概念公告中将财务报告的目标表述为："财务报告在整个经济中的作用是提供对经营和经济决策有用的信息，而不是确定这些决策应该是什么样的信息。"此后，财务会计的目标是决策有用性的观点，几乎得到西方各主要国家准则制定机构的认同（刘峰　1995）。但是，有观点认为，决策有用与受托责任并不矛盾，两者可以互相包容。受托责任包括广义的受托责任和狭义的受托责任，广义的受托责任包括了决策有用。IASB 则主张，评价受托责任是为了进行经济决策，也就是"受托责任隶属于决策有用性"（葛家澍、张金若　2007）。

在环境会计研究者看来，决策有用观和受托责任观代表了两种截然不同的价值判断，彼此不可调和。Lehman（1995）感叹说，"事实上，现在决策有用观已经完全把受托责任观收归囊中"，这样做，"会计抛弃了它的道德责任，将（责任）推给了外部的市场机制。……面对现有的环境问题，以市场为基础的决策有用观存在根本性的问题"。

Puxty 和 Laughlin（1983）从传统会计理论所倚重的新古典经济学出发来批驳决策有用观。他们首先指出，传统会计理论具有福利性假设。无论是 FASB

的概念框架中所述"通过最有效地使用稀缺资源来服务公众的利益"以及"稀缺资源的有效使用提升生活水平"，还是美国会计师协会（American Accounting Associàtion，AAA）提及的"财务报表的取舍应以他们对社会福利的影响为标准"，都说明会计对社会的影响是得到一致公认的。接着，他们梳理了传统会计的新古典经济学逻辑：会计信息直接服务于个体使用者，然后借助于有效的资本市场的运作，再促进经济福利以及社会福利。所以，会计是依赖市场，尤其是资本市场的有效性，来增进社会福利的。于是，Puxty 和 Laughlin（1983）敏锐地抓住了传统会计的命门：市场有效性。会计信息只是市场决策者获得的一组信息中的一个方面。这组广泛的信息提供给市场参与者有关市场不同侧面的情况。信息的质量是决定市场配置资源有效性的重要因素。只要这些信息不是完美的，如会计信息就是不完美的，那么市场的有效性就受到限制。尽管会计报告中的信息得到改善，也就是说有助于个别决策者更好地做出他的资源配置决策，但也未必能改善整体的经济福利。Puxty 和 Laughlin（1983）甚至还推断，在不完美的市场条件下，改善提供给使用者的信息还有可能会对社会福利产生不利影响。他们得出了"在环境复杂的真实世界里，决策有用性不是一个合适的标准"，那么"合适的标准"应该是什么呢？他们坦白地说"这就不是这份研究可以完成的任务了"。

Gray 等（1995a）在回顾英国的社会责任与环境会计研究时，就发现基于决策有用性的社会责任与环境会计实证研究是非常不理想的。支持决策有用性的研究者通常从两方面来检验社会责任与环境会计的有用性：一是通过证券分析师、银行家和其他使用者对会计信息的排序，证实社会责任与环境会计位列"尚属重要"；二是验证社会责任与环境会计信息对股票市场的影响，但没有得出一致的结论。Gray 等（1995a）认为这些实证研究的失败在"一定程度上是由于所依据的决策有用性在理论上的错误"。

二、受托责任的"深绿观"

如果决策有用观不是一个恰当的目标，那么环境会计的目标应该是什么？这也是 Gray 等众学者在环境会计理论研究中的一个重点。Gray 在 20 世纪 80～90 年代里用一系列的研究阐明一个观点：环境会计的目标应该是受托责任。"除非社会责任会计是与受托责任和/或可持续有关，否则它在根本目的上就错了。"[①] 在环境会计的理论研究中，凡是提到"受托责任"时都是使用 accountability，Gray（2001）特地说明这是为了与 stewardship 有所区别。在英文中，先后有三

---

① Gray R. 2001. Thirty years of social accounting, reporting and auditing: what (if anything) have we learnt? Business Ethics: A European Review, 10 (1): 9～15.

个词表示与"受托责任"有关的含义，它们分别是 custodianship、stewardship 和 accountability。最早使用的词应当是 custodianship，如 AAA 在 1966 年的《基本会计理论说明书》中使用这一术语来表示会计信息系统的目标。这一概念的最初含义是指中世纪庄园的管家责任或指宗教术语。后来采用 stewardship，其含义是管家（资源的直接管理者）对主人（资源的所有者）所承担的，有效管理主人所托付资源的责任。在这一概念上发展出 accountability，并取代了 stewardship。除了前面的含义之外，accountability 还增加了一层意思：资源的受托者负有对资源的委托者解释、说明其活动及结果的义务。对受托责任最为经典的表述，是著名会计学家井尻雄士（Yuji Ijiri）提出的。他指出："受托责任的关系可因宪法、法律、合同、组织的规则、风俗习惯甚至口头合约而产生。一个公司对其股东、债权人、雇员、客户、政府或有关联的公众承担受托责任。在一个公司内部，一个部门的负责人对分部经理负有受托责任，而部门经理对更高一层的负责人也承担受托责任。就这一意义而言，说我们今天的社会是构建在一个巨大的受托责任网络上毫不过分"（葛家澍　1996）。

在环境会计研究者眼中，受托责任又是什么呢？ Gray（2001）下了一个简短的定义：简单来说，受托责任是关于识别责任并将有关责任的信息提供给有权利获得信息的人们。Lehman（1995）则借用 Williams 的定义：受托责任是一种交易引起的义务关系，其中一方需向其他方说明其行为。Gray（1992）用"将环境放在中心地位"的"深绿观"（deep green）重新审视受托责任的本质和目的，以及受托责任观下信息的内容、形式和传递方式。

以环境为中心的"深绿观"认为，受托责任是定义和重新定义公众的方法，其过程具有社会性和民主性。受托责任关注的是获取信息的权利和提供信息的义务。获取信息的权利是所有多元论或参与式民主的基本要素，提供信息的义务源自个人受托责任的原则，这是"深绿观"的中心，也是个人发展的原则。Gray（1992）分析了受托责任观背后的两个目的：一是建立更紧密的社会关系并将权利交回给大众；二是可以增加组织的透明度，使得更多组织内部的事物变得可以看得见，也有更多的方式可以看得见。那么，公众对组织的哪些信息有权利？ Gray 等认为，信息的内容应该由法律和准法律（quasi-law）来确定，但应包括组织对社会和环境的影响。有关组织对社会和环境影响的信息有三种形式：一是投入数据，如耗用的物理和人力资源，产生的环境影响和干扰，在采购、投资和雇佣活动中的道德表现等；二是过程数据，如效率数据（资源投入产出比）、事故率、对员工的控制等；三是产出数据，如污染排放，产生、废弃或储存的废物，实施的控制，产生的压力等。这些数据又用什么样的形式来传递受托责任呢？ Gray 等认为，受托责任并不一定要用现在的财务计量单位来反映。事实上，组织与社会和环境有关的事项应尽可能不加分解地进行描述，由公众按照其合适的方式对数据进行"评价"，这样更为符合受托责任观的参与式民主的理念。

三、受托责任的道德观

　　Gray 的受托责任观被 Lehman 等贴上了"中间道路"（middle-ground）的标签。Gray 自己也一再表明自己的立场是"接受现状……既没有摧毁资本主义的野心，也没有改善、解除和/或解放资本主义的想法"（Gray et al. 1987，1988）。对此，Lehman（1995）觉得意犹未尽，于是将环境会计的受托责任目标上升到哲学的高度，在其中加入了正义和道德的因素，"目的是主张采用罗尔斯的思想进行根本制度的变革。正义的观点会为中间道路增加理论上的严酷性，这不是 Gray 等学者的初衷"。

　　Lehman（1995）看到强调市场效率的决策有用观忽略了公平和正义。Lehman（1995）借用了罗尔斯的"基本物品"（primary goods）的概念，从正义论的角度批判决策有用观。罗尔斯的基本物品是指比其他有用物品更重要的，对所有理性的人生都有用的物品，包括权利与自由、机会、收入与财富、自尊等。但是这些基本物品可能没有市场价值，那么一个只关注决策有用信息的社会就会忽略对这些基本物品的说明。Lehman（1995）还引用了诺贝尔经济学奖获得者阿马蒂亚·森关于"贪婪"与"绿色"（greed and green）的著名论述来揭示决策有用性所依托的一般均衡经济分析对公平的忽视："除非'绿色'非要阻碍'贪婪'追逐财富的快乐才能改善自己（'绿色'）的境况，否则允许'贪婪'为了逐利损坏环境的经济符合帕累托最优；如果禁止'贪婪'有损环境的逐利行为使得'贪婪'的处境变坏，那么允许'贪婪'破坏环境才符合帕累托最优。简而言之，一个社会或经济可以是帕累托最优但却是完全无法令人接受的。"Lehman（1995）指出，决策有用观没有认识到会计报告不仅仅是传送一组数字，而且还是传递建立受托责任关系的信息，在这种受托责任关系中存在合法的预期，即提供信息的一方试图满足不同群体的权利。如果将会计的目的界定为决策有用，那么提供一组数字的技术性作用就超过了受托责任的意义。因为正义的观念是人们生活的重要组成部分，所以，"公平"（fairness）一词必须在会计语言中得到确认。这样，受托责任就是一个独立的概念，再也不应该包含在决策有用性之下。在 Lehman 看来，环境报告是"满足受托责任关系的根本所在，它改变了公司的观念"①。因为环境会计要求公司给出和说明使用环境的理由。Lehman（1995）主张的受托责任观，为环境会计加入了道德因素。这代表了环境会计研究中较为

---

　　① Lehman G. 1995. A legitimate concern for environmental accounting. Critical Perspectives on Accounting, 6 (5)：393～412.

激进一派的思想。

从决策有用观到受托责任观转变的实质是从股东利益至上转向相关利益者理论。Gray（2001）在给出受托责任观的定义时，就说道："从组织的角度，我们称组织为之承担责任的人和团体为相关利益者。一个组织的相关利益者是影响组织或受组织影响的任何人。"Brown 和 Fraser（2006）干脆就提出了一个新名词："相关利益者受托责任观"（stakeholder-accountability）。

转向相关利益者理论的环境会计与传统会计并非毫无共同之处：它们都在受托责任之下提供信息给使用者以帮助他们做出决策。但是它们之间更是存在本质区别。传统会计以新古典经济学为基础，将公司看做是股东财富最大化的工具，关注的使用者是以股东为代表的出资人，提供的信息服务于股东在资本市场的经济决策。主张受托责任观的环境会计以相关利益者理论为基础，将公司，尤其是大公司，看做是准公共机构。相关利益者理论看到了大公司在当今社会中拥有显著的经济、社会乃至政治权力，认为公司对社会交付给它们使用的大量财务、人力和社会资源负有受托责任，受公司影响的相关利益者需要确保公司不会滥用权力。信息在这一过程中起到重要的监督作用。环境会计关注的信息使用者是公司负有环境责任的相关利益者，提供信息是公司与社会之间的对话途径，最终目标是有助于建立一个更为开放、透明和民主的社会。

第二节 环境会计的理论基础：从新古典经济学到新政治经济学

会计一直以来被批评，因为缺乏内在统一的理论而显得支离破碎。在关于会计目标的争论中，最后的落脚点都回到了经济学理论上。显然，在 20 世纪占据经济学统治地位的新古典经济学为传统会计提供了坚实的理论基础。新古典经济学信奉亚当·斯密的"看不见的手"，认为市场的竞争价格机制可以自动使稀缺性资源达到最优配置状态。环境会计不甘心陷于传统会计的旧巢中进行修修补补，因为这样既无助于环境会计的发展，同时也无益于传统会计本身的改善（Gray 2002）。环境会计对传统会计目标的挑战只是第一步，接下来要做的就是要摆脱新古典经济学的束缚，寻找适合环境会计的理论基础。学者们尝试了跨学科的相关利益者理论和合法性理论，最终依然回到经济学理论，将新政治经济学作为环境会计的理论基石。

一、新古典经济理论与环境会计

按照新古典经济学的理论逻辑，在一个由自利的个体组成的市场上，如果信息能使得这些自利者按照最大化其财务回报的方式行事，那么信息就很好地服务了市场。如果我们提供了这样的信息，那么市场就是信息有效的。如果市场是信息有效的，那么市场就能以这样或那样的方式来引导新资金投向经济利益较高的投资项目而避开那些经济利益较低的投资项目，实现资源的有效配置。这种过程持续不断地进行，从而实现经济增长的最大化，最终实现社会福利的最大化。在此思想下，所有与伦理、社会或环境问题有关的信息都是多余的"噪音"，干扰了决策者最大化其经济利益的首要使命。这一逻辑框架在传统会计看来是理所当然的，也是传统会计在面对公众利益问题时的最好托辞。但是，按此行事真正能服务公众利益吗？环境会计研究者对此深表怀疑。在这个逻辑框架中，只有"信息有效性"这个命题是经过经验验证的，其余都只是断言、假设、信仰或者是有争议的推断（Gray 2002）。

Gray 等（1995a）从三个方面揭示传统会计所依托的新古典经济理论不适用于环境会计和社会责任会计：首先，支撑传统会计的代理理论和实证会计理论回避了所有关于"应该是"的命题；其次，新古典经济理论放弃了智慧，听命于市场，而环境与社会责任会计恰恰是市场失灵的产物，这些市场失灵包括了不公平、非民主化倾向、信息不对称和外部性等；最后，新古典经济理论的核心假设是所有的行动是由去道德化的短期自利性所驱动，这不仅在实证上难以令人置信，而且也是让人极为反感的。

Gray 似乎意犹未尽，数年后再次对新古典经济学加以驳斥。Gray（2002）指出，按照新古典经济学的分析，只要依靠一个积极的小政府制定好经济活动的规则，那么就可以放心地让资本主义自由运行，借助一个功能良好的市场，它必定能很好地解决社会与环境的问题。但遗憾的是，大家并没有看到这种理想化的结果。Gray（2002）巧妙地借用了自由资本主义重要代表人物之一的经济学大师弗里德曼的名言"没有免费的午餐"，说明自由资本主义的好处让我们付出了"高昂到难以承受的代价"，而且远不止环境恶化、社会不公等问题。在 Gray 看来，环境和社会问题本身带有很深的制度特性，它们之所以出现问题是制度本身出了问题。言下之意就是基于新古典经济学的自由资本主义制度出现了问题。

Milne（2002）则直接指出了以新古典经济学为基础的实证会计理论在环境与社会责任会计研究领域的失败。实证会计理论的鼻祖 Watts 和 Zimmerman 曾试图将环境会计和社会责任会计收编到实证会计理论的麾下。他们在 1978 年那份提出其实证思想的代表作中，将社会责任看做企业应对政治成本的一种方法。"公司采用了一系列的方法，如通过媒体推行社会责任运动、游说政府以及选择会计方法等来减少对外报告的利润。因为公众通常将高利润与垄断租金联系在一起，通过避免公众对高利润的关注，管理者可以减少一些不利企业的政治行为的可能性，从而降低可能的成本。……政治成本的大小与企业规模高度相关。"①之后有关环境与社会责任信息披露的经验研究都是以这一论述作为其理论基础。Milne（2002）在分析六篇有代表性的基于政治成本的实证研究后指出，这些研究存在种种问题：首先，只是单独检验了实证会计理论三个假说中的政治成本假说，没有一份研究是对三个假说进行联合检验，显得解释能力较弱；其次，只是对信息披露而不是对政治成本所假说的管理者降低利润的行为本身进行检验；再次，有些研究是将社会责任信息披露作为降低利润的社会责任支出的结果，有些研究是将社会责任信息披露直接作为社会责任支出的替代变量，方法不一致；最后，有相当一部分研究在检验中混淆了实证会计理论和其他理论，如合法性理论。实证研究大多发现企业社会责任信息披露与企业规模显著相关，但企业规模既可以是政治成本的替代变量，同样也可以是企业合法性管理的替代变量。因此，Milne（2002）概括道，"实证会计理论无法提供有力的证据支持企业管理者通过在年报中披露社会责任信息来实现利益"，"实证会计理论无助于我们认识企业的社会责任信息披露行为"。

二、相关利益者理论与环境会计

任何经济领域的活动都是在一定的政治、社会和制度的框架下开展的，所以不可能脱离这些外部因素来孤立地看待经济问题，环境会计尤其如此。环境会计关心的是企业与其环境之间的相互关系。所以，研究者们转向经济学与社会学、政治学的交叉学科中寻找理论基础。20 世纪 60 年代出现并在 90 年代走向成熟的相关利益者理论进入了他们的视野。

斯坦福研究所（Stanford Research Institute），即现在的斯坦福研究所国际公司（SRI International，Inc.），在 1963 年最早提出了相关利益者的概念："那些如果没有他们的支持企业组织将不复存在的群体。"②相关利益者理论认为"可以影响到一个组织目标的实现或受其实现的影响的人"都可以称为相关利益者（Freeman 1984），股东只是相关利益者之一，供应商、客户、雇员、债权人、社区以及管理者也是在公司中拥有利益或具有索取权的群体，所有这些具有合法利益的个人或群体都应该得到公司利益上的好处，没有哪一个人或哪一群人的利益和好处要比别人占先。为此，相关利益者理论认为，现代公司是由各个利益平等的相关利益者组成，股东只是其中的一员，从而否定了公司是由持有公司普通

① Watts R L, Zimmerman J L. 1978. Toward a positive theory of the determination of accounting standards. Accounting Review, 53 (1): 112~134.

② Freeman R E. 1984. Strategic Management: A Stakeholder Approach. New York: Pitman Publishing Inc, 31.

股的个人和机构"所有"的传统观念。布莱尔（1996）指出，股东并没有承担理论上的全部风险，他们能够通过证券组合来降低风险，而其他相关利益者，如债权人、员工等也承担了部分的风险。当公司的总价值降低到股东所持股票价值等于零时，债权人也成为剩余索取者。供应商、客户、员工等也提供了专用性的投资，员工提供的是一种特殊的人力投资。公司不是简单的实物资产的集合，而是一种"治理和管理着专业化投资的制度安排"，企业是所有相关利益者之间的一系列多边契约，管理者是这一组总契约的代理人，而不仅仅是股东的代理人。管理者不仅仅要为股东，还要对公司其他所有相关利益者服务。

基于新古典经济学的传统会计与相关利益者理论下的环境会计存在两个方面的分歧。

首先是对企业的地位和环境会计的目的的认识不同。新古典经济学下的传统会计将企业看成社会的中心，环境问题是企业日常经营活动的一个方面，关心的是环境对企业和股东价值的影响，认为管理者同样可以"管理"环境。环境支出是财务报告中的一项成本或负债，披露环境信息是为了改善公司形象，在资本市场上获得有利的结果。相关利益者理论则是关注企业与各相关利益者的相互联系。企业的持续生存离不开相关利益者的支持，企业必须找出所需的支持并调整其行为来获得支持（Gray 1995a）。从环境会计的角度来看，相关利益者理论关心企业活动对环境的影响，披露环境信息是企业与相关利益者对话的方式和渠道，是提高公司透明度和履行受托责任的手段。

其次是对待股东与其他相关利益者的态度不同。尽管两种理论都认同考虑相关利益者利益可以实现双赢。但是新古典经济学始终把股东放在首位，只有在能够帮助企业获得"社会许可"或是增加盈利时，相关利益者的利益才是有价值的。一旦股东利益和其他相关利益者的利益发生冲突时，股东利益是理所当然地摆在最重要的位置。所以，许多企业的社会责任行动更多的是关注其形象而不是真正关心相关利益者。传统会计强调的是股东的信息需求和决策需求。在相关利益者理论的支持者看来，会计本身就是为了使得事情更有责任（accountable），是社会管理的重要机制。从相关利益者理论出发，要对关注企业表现的各类相关利益者做出回应，就需要以多重受托责任为目的的会计。员工、消费者和当地社区都有"知情权"，并通过选择"退出"、"声援"或"忠诚"来表示他们对企业的奖赏和惩罚。在受托责任过程中，相关利益者实施奖惩的能力是一个关键。尽管相关利益者之间有很多共同的利益，但是也存在一定的利益冲突。所以，企业要对其耗用的大量财务、人力和环境等资源负起责任，受影响的群体要能够防止企业滥用权利。信息是进行监督的重要手段。正如长期以来，强调信息对股东利益的保护作用一样，社会责任与环境会计就是要扩展信息的监督作用以保护其他相关利益群体的利益（Brown，Fraser 2006）。

三、合法性理论与环境会计

环境会计向相关利益者理论抛出"橄榄枝"，显现出研究者将环境会计的本质看成是一种社会现象的端倪。有一部分研究者干脆转向社会学领域寻找环境会计的新理论，合法性理论恰好迎合了他们的需要。

在西方思想史上对合法性进行系统研究，并使其成为现代政治学和社会学核心概念与主流范式的，是社会学家马克思·韦伯。韦伯认为，任何一种真正的统治关系都包含着一种特定的最低限度的服从愿望，任何统治都企图唤起并维持对它的"合法性"的信仰。这种信仰构成了统治的可靠基础。"合法性意味着接受这个权力体制及权力支持者，并给予肯定的评价"（约翰·基恩　1999）。后来的学者借助韦伯的合法性概念研究组织的合法性问题。例如，Suchman（1995）认为，"合法性是在社会所形成的规范、价值、信仰和观念体系下，对企业的行动是否合乎期望，是否恰当以及是否合适的一般认识和假设"。组织合法性研究将合法性看做是一个组织的价值体系与其所在的社会制度之间的一致性。一个组织如果看上去不是信奉社会所认同的目标、方法和结果的话，那么这个组织是不可能成功，甚至是无法存在下去的。合法性理论与相关利益者理论颇为接近，两者常常互为补充（Deegan　2002）。一方面，相关利益者构成了组织的环境；另一方面，相关利益者理论中识别相关利益者的标准之一就是合法性。①

最早将组织合法性理论运用于社会责任与环境会计研究的是 Ramanathan（1976）。他提出，社会责任会计的目标之一就是"决定公司那些直接影响资源以及个人、社区、社会各部分权力的战略和实践，在于是否一方面与广泛认同的社会重点相一致，另一方面与公司的合法性目标相一致"②。无论是发生合法性危机后的事后补救还是树立良好社会形象的主动预防，社会责任信息披露都是公司合法性管理的一种方式。从事前管理的角度看，Parker（1986）指出，社会责任信息披露是对即将发生的增加披露的合法性压力的提早反应，也是对可能的政府干预或外部利益团体压力的反应。从事后管理的角度看，Dowling 和 Pfeffer（1975）指出，当组织面临合法性危机时，管理者可以采取三种办法：一是改变目标、方法和结果；二是通过沟通改变社会对组织的印象；三是通过沟通与合法的标志、价值观和制度取得一致。后两种方法都是与信息披露有关，而第一种做

---

① Mitchell 等提出的动态相关利益者关系理论认为，相关利益者的识别和特点是基于三个特性：权利、合法性和紧迫性。参见 Mitchell R K，Agle B R，Wood D J. 1997. Toward a theory of stakeholder identification and salience：defining the principle of who and what really counts. Academy of Management Review，22（4）：853～886.

② Ramanathan K V. 1976. Toward a theory of corporate social accounting. The Accounting Review，51（3）：516～528.

法也需要社会获悉这种改变才能奏效。所以，"影响合法性的是公司的信息披露而不是（未披露的）公司行为的改变"（Newson，Deegan　2002）。甚至有学者认为，合法性就是一种披露（Deegan et al.　2000）。基于合法性理论的社会责任和环境信息披露研究断言，公司会继续现有的自愿披露或者进行更多的自愿披露以确保公司的合法性不受损害（Villers，Staden　2006）。

Hogner（1982）观察了美国钢铁公司从 1901 年到 1980 年间共 80 年的年报中的社会责任信息，发现：①美国钢铁公司披露的社会责任行为随着时间变化而变化，尽管某些社会责任行为一直在进行，但在有些年份披露，有些年份却不披露；②披露的主题集中在人力资源和社区关系方面，在 20 世纪 60 年代后出现环境信息；③不是所有披露的信息都是好消息，也有负面的信息。由此，Hogner（1982）得出结论：社会责任信息披露是对社会压力和社会行为的回应，是企业合法性管理的需要。

Lindblom（1994）是将合法性理论系统地运用于社会责任与环境会计的学者。她首先严格区分了合法性（legitimacy）和合规化（legitimation）：前者是一种状态，而后者则是实现这一状态的过程。接着，她描述了公司在合规化过程中可能采用的四种战略。战略一：公司设法教育和告知相关公众有关公司表现和行为的改变。这一战略是当公司认识到其不良表现已经导致"合法性鸿沟"时选用的。战略二：公司设法改变相关公众的认识，而不是改变公司的实际行为。这种战略是当公司发现由于相关公众的误解导致"合法性鸿沟"时选用的。战略三：公司故意将公众的视线从其关注的问题引向其他相关的方面。例如，一个因为污染问题导致"合法性鸿沟"的公司避开污染的话题，转而谈论它参与的环境慈善活动。这种战略带有诱导性。战略四：公司试图改变外部公众对其表现的期望。当公司发现相关公众对其有不切实际或不正确的期望时会采用这种战略。在这四种战略中都会用到社会责任与环境信息披露。

四、新政治经济学与环境会计

事实上，环境会计与传统会计的经济学理论基础之争折射了经济学自身发展过程中的思想演变。对会计理论发展影响至深的是西方经济思想史上规模宏大、旷日持久的"两个剑桥之争"。在 20 世纪 50～60 年代，以英格兰剑桥大学和美国新英格兰剑桥地区为基地，横跨欧美澳亚四大洲展开了一场关于如何发展经济学的大论战。这场论战的挑战者是英国的新剑桥学派，主要代表是剑桥大学的琼·罗宾逊，应战者一方则是以保罗·萨缪尔森为首的美国新古典学派。卷入这场论战的有来自英国、美国、意大利、澳大利亚、印度和加拿大的经济学家。"两个剑桥之争"所囊括的理论内容和范围，是从资本理论开始，进而扩展到经济理论的多个层面。"两个剑桥之争"涉及的经济思想体系，则是从古典主义到马克思主义，从新古典主义到凯恩斯主义。

会计理论对此迅速做出了回应，试图打破新古典经济学一统会计天下的局面，并在政治经济学中找寻出路。其中最有代表性的是 A. M. Tinker 于 1980 年发表在 *Accounting，Organization and Society* 上的"朝向政治经济学会计：剑桥之争的一项经验演示"。

Tinker（1980）首先回顾了新古典经济学的边际思想对会计的影响。他在文章中写道：几乎没有学者可以否认边际主义对会计理论的形成有着"惊人"的影响。众多的研究（Edwards，Bell 1961；Parker，Harcourt 1969；Demski 1973；AAA 1977）都提到边际思想为收益界定、资产计价和财务会计准则的制定提供了指引。Tinker（1980）说，如果我们认真看一下边际主义的概念结构就不难理解会计理论研究者对它的偏爱了。在 Tinker（1980）看来，边际主义的魅力在于它将不同层面——个体层面、企业层面以及经济整体层面的"理性"决策联系在了一起。虽然边际主义是否具备实现这种概念整合的能力备受质疑，但在构建会计理论框架方面，至今还没有哪种主张可以与之抗衡。Tinker（1980）感慨道：也许边际主义已经超越了理论范畴，渗透到了最热心的实务者的潜意识之中。Tinker（1980）借用了凯恩斯在《通论》中的名言，"那些深信自己不受任何学术思想影响的务实主义者，却往往俯首成为一些已故经济学家的奴隶"，来佐证自己无奈的感叹。Tinker（1980）列举了会计分析、经济价值和经济收益、重置成本等来说明会计理论的发展试图直接或间接地衡量边际主义的价值和收益概念。他指出，"剑桥之争"的焦点之一就是边际主义的价值和收益概念。Tinker（1980）接着介绍了"剑桥之争"的主要内容，其目的是借"剑桥之争"揭示作为会计理论基础的边际主义在逻辑上的缺陷使之难以成为解释会计数据的理论。他总结说："剑桥之争"最有趣的一个结果就是将古典政治经济学重新带回到经济学讨论的中心，让大家认识到如果要明白资本主义经济，就需要在边际主义之外加入政治和社会的概念。Tinker（1980）随后推出了一个政治经济学的资本概念。政治经济学的资本概念不同于新古典经济学之处在于它是一个双维度的概念（图 2.1），同时反映了经济资源和社会关系，而不是新古典经济学中仅体现经济资源的单维度概念。

Tinker（1980）找到了一家在塞拉利昂开采铁矿的英国公司——Delco。这家公司在 1930～1976 年的 46 年历经殖民早期、殖民晚期和后殖民期三个不同时期。Tinker（1980）通过分析 Delco 不同时期的财务数据，说明了制度和社会因素对市场价格和会计数据的决定作用。通常人们用财务报表来反映企业的有效性，但往往忽略了市场背后的社会与政治基础。当我们将 Delco 的会计数据与它背后的社会环境联系在一起时，发现的是一个截然不同的计价和收益分配的故事。Tinker（1980）用 Delco 公司的故事告诉大家：市场有效性与社会稳定不是

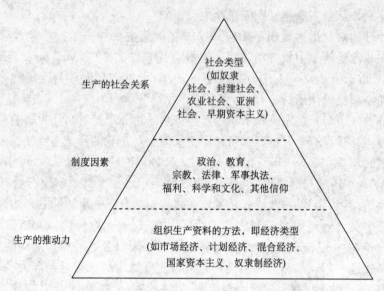

图 2.1　资本的双维度概念及它们的关系

资料来源：Tinker A M. 1980. Towards a political economy of accounting: an empirical illustration of the cambridge controversies. Accounting, Organizations and Society, 5 (1): 147~160.

互相独立的，两者之间复杂的交互作用决定了 Delco 这样的公司的命运。

最后，Tinker（1980）语重心长地提醒同行：会计学家们在对经济领域的理解越来越深入的同时，至少应该对政治和社会领域有同样程度的认识。我们曾经相信市场的自由运行可以解决社会与经济问题，但"剑桥之争"告诉我们这种信任是荒谬的：市场并不是"自由"的，而是有组织的，如果我们想看清楚会计数字，就必须明白市场的组织结构。"剑桥之争"同时也说明了政治和社会条件是经济分析的依据，会计同样无法脱离政治和社会的前提。

Tinker（1980）用"剑桥之争"的理论和 Delco 的实践告诉人们：会计理论素来倚重边际主义实在是所托非人，应"朝向政治经济学会计"，改换门庭。但是究竟什么才是政治经济学会计？Tinker（1980）的文章似乎已经没有足够的篇幅展开了。这项工作由两位来自英国的学者 Cooper 和 Sherer 接着完成。

Cooper 和 Sherer（1984）完全沿用了 Tinker（1980）提出的"政治经济学会计"（political economy of accounting，PEA）。他们将"政治经济学会计"描述为"一种在广泛的组织和制度环境中看待会计功能的研究"。他们归纳出 PEA 具有三大特性。特性一：PEA 认识到社会中存在的权利和冲突，因而要关注财务报告对社会收入、财富和权利分配的影响。会计理论本身就是其所在社会的产物，不应该被看做是中立的，它们也服务于特殊的利益。特性二：PEA 强调经济活动所处社会的特定历史和制度背景。在会计政策和会计实务的发展过程中，国家就扮演了重要的角色。特性三：PEA 用更为开放的眼光看待人类的主动性和会计在社会中的作用，认同人们（以及会计）具有改变和反映不同利益和问题的潜能。而传统的观点通常认为会计只能被动地回应，而不是积极地改变环境。

Cooper 和 Sherer（1984）将 PEA 的这三个特性浓缩为三个"训词"：规范性、描述性和批判性。"规范性"是对会计研究范式的要求，指的是会计研究者应该清楚表明他们所采用的研究框架的规范性要素。借用罗宾逊夫人在《经济哲学》中的观点，即所有的研究都是规范性研究，因为它反映了研究者对于社会应该如何组织做出的价值判断。①而现有的会计研究者很少明确说明这个价值判断。在谈到会计研究的规范性时，不可避免会让人们联想到实证会计的巨擘——Watts 和 Zimmerman。他们一贯主张只有实证研究才是科学研究。Cooper 和 Sherer（1984）反驳道：他们对代理理论的膜顶礼拜本身就是一种规范的做法。Cooper 和 Sherer（1984）说明提倡规范性是出于两个目的：一是有助于将零散的研究纳入一定的范式或研究项目中加以辨别和评价；二是研究者表明其价值判断有助于他们自己对其他范式进行评判。"描述性"是对会计研究内容的要求，提倡会计研究要更多地描述实际运作中的会计，会计对社会的影响以及社会对会计的影响，以便更好地认识会计、会计职业和社会制度之间的关系。会计本质上是一种实践活动，受组织内和组织外的个人与团体的行为影响，同时又反过来影响这些个人和团体的行为。会计研究要描述和解释会计和会计人员在其所处的制度、社会与政治结构以及社会的文化价值之中的行为。"批判性"是对研究者治学态度的要求，不仅仅要求研究者保持独立，而且还要求研究者要将会计放到现有环境之外加以考察。能否做到批判性，取决于研究者能否摆脱他们的社会和教育背景所形成并被会计职业和商业社会所强化的态度和取向。

综合而言，PEA 就是规范性、描述性和批判性的会计研究，它为分析和认识整体经济中会计报告的价值提供了一个更为宽泛和全面的框架。政治经济学会计试图解释和阐明会计报告在社会中分配收入、财富和权利的作用。

尽管 Tinker、Cooper 和 Sherer 等一众学者的研究兴趣并不在环境会计方面，他们是针对传统会计整体提出 PEA 的概念，但他们的思想与环境会计研究的理论发展方向不谋而合。无论是相关利益者理论还是合法性理论，都是要改变新古典经济学的"纯经济"思维，将企业的经济活动放在政治和社会的大环境中加以考量，将会计看做是协调企业与社会关系的工具。所以环境会计研究迅速看到了政治经济学的妙处，政治经济学不仅在理论上比相关利益者理论和合法性理论更为成熟，而且更贴近经济学的语境，因而更能为会计领域所理解和接受。

---

① 罗宾逊夫人认为，"经济学绝不可能是一门完全'纯粹'的科学，而不掺杂人的价值标准，对经济问题进行观察的道德和政治观点，往往同提出的问题甚至所使用的分析方法不可分割地纠缠在一起"。

Gray 等（1995a）干脆给相关利益者理论和合法性理论贴上了政治经济学的标签："相关利益者理论与合法性理论更应该被看做是政治经济学假说框架下的两种（相互重叠）的观点。"Tinker 等（1982）进一步把政治经济学分为马克思主义政治经济学和布尔乔亚政治经济学，前者将阶级利益、结构性不平等、冲突和国家的作用作为分析的核心，后者则是基本忽略了这些要素，更乐意将世界看做本质上是多元的。Tinker 等（1982）指出，结构性不平等是可以在体制中调和、修正和改变，但是布尔乔亚政治经济学却将调和看做是故事的全部，完全忽略了这种调和、修正和改变的过程在处理阶级利益关系中的重要性。如果按照这样的划分方法，Gray 等（1995a）也承认，相关利益者理论与合法性理论关注的都是"调和、修正和改变"，显然这属于布尔乔亚政治经济学，而不是日后社会责任与环境会计研究的激进派所信奉的马克思主义政治经济学。

第三节　环境会计在社会变革中的作用：从自由、共和到激进

关于环境会计的目标和理论基础的讨论使研究者清醒地看到自由市场在公共领域中的缺陷，认识到会计是社会进行沟通的方式，要尊重全体使用者的需求。由此，环境会计研究自然而然地朝着批判性的方向发展，开始思考民主社会中一种新的可能和角度，即像会计这样的制度安排具有创造社会变革的能力。这在本质上是重新审视会计与社会的关系。关于环境会计在社会变革中的作用，学者之间形成了左中右分明的三派观点。

一、Gray 等的自由观

Gray、Owen、Guthrie 和 Parker 等被 Lehman（2001）归入社会责任与环境会计研究的"自由派"。Lehman（2001）认为自由观是 20 世纪 90 年代在 Gray 和 Parker 等与 Puxty 的学术争论过程中成型的。Gray 他们自己也更愿意将自己称为"中间派"，因为他们在 20 世纪 80 年代就提出了"中间道路"（middle ground）的观点。

Gray 等（1988）将对待社会责任报告的立场划分为四种：左翼激进、接受现状、追求知识产权以及右翼激进。两种激进的观点都认为与社会责任报告无关。右翼激进，即纯粹的资本主义立场，其突出代表就是弗里德曼，认为社会责任报告是对自由的干扰，任何超出法定要求的披露只有在有助于企业时才加以考虑。左翼激进立场认为，社会责任报告是一种无足轻重的合法性行为，除了强化现有的权利配置外别无他用。只有处于激进观点之间的立场赞同社会责任报告，这也是大部分社会责任报告研究所持的立场，Gray 等（1988）将这两种立场统

称为"中间道路"。"中间道路"接受现状，其明确且公开的目标既不是摧毁资本主义，也不是改善、放松和/或解放资本主义。"中间道路"是以 Gray 为代表的，包括 Owen 等在社会责任与环境会计领域有较大影响的研究者们所"希望关注和转向"的立场，其要素包括组织合法性、社会契约、民主以及受托责任。"中间道路"的一个重要主题就是强调法律的重要性。法律被看做是企业选择参与的游戏的规则，因而成为企业与社会之间的社会契约的内容，也构成了企业受托责任的基础。法律、社会契约和受托责任使得社会责任报告变得必要和合理。所以，"中间道路"观点下的社会责任报告的核心是"合乎标准的报告"，即表明企业对履行所承担责任程度的情况报告，也是对企业如何遵守游戏规则的情况报告。所以，社会责任报告的框架应该是在"现状"之下被全社会所接受，是由整个社会而不是企业来决定受托责任的规则。

Gray 等提醒大家不要走向极端，否则容易引起可能的对立和反对意见。可以看出，"中间道路"是一种典型的政治妥协手段。这也是"中间道路"遭到批判的主要原因。

"中间道路"的哲学基础是罗尔斯的政治自由主义。政治自由主义的理论原则是罗尔斯在那本改写哲学史的《正义论》中提出并论证的正义两原则。正义的第一个原则是"平等的自由原则"，指一个国家的每一个公民都是平等的、自由的权利主体。正义的第二个原则包括两个层面：机会均等和差别原则。机会均等，即"机会对所有人平等开放"；差别原则，即"任何社会的和经济的不平等都应该这样安排，使其最有利于最少数处于社会最不利地位的人"。其中，差别原则是罗尔斯思想中最闪光也是争论最大的部分。在经济学中，很多从效率出发的最优化安排在决策技术上具有合理性。但是，罗尔斯却认为，这样的经济决策方式在伦理上却是不合理的。

在 Lehman（2001）看来，Gray 等立场鲜明地用坚持罗尔斯主义来促成社会的改革，他们讨论的是现代版的多元论，关注现存的各种不同的观点和价值体系。Gray 等对社会责任与环境会计的推动正是罗尔斯主义理念在会计领域的体现，即在民主社会中不是要排斥少数利益，而是要创造一个公平、开放和密切的社会环境。所以，Lehman（2001）给他们贴上了"自由派"的标签。社会责任与环境会计的自由观在本质上与相关利益者理论是一脉相承的，认为会计是向相关公众而不仅仅是狭隘的财务使用者进行报告的手段。自由观相信在现有的社会结构中可以实现变革，和罗尔斯一样不在理论上讨论政府的作用。

从上述分析可以看出，环境会计的"中间道路"或自由观的特征可以用以下三个词加以概况：尊重个人、接受现实以及多元化。

二、Puxty 和 Lehman 的共和观

Puxty（1986，1991，1997）在对自由观的一系列批判中提出了要凸显社会责任与环境会计的对话功能的"共和观"，Lehman（1999）则称之为"沟通模式"。

Puxty 质疑自由观下的社会进化是否能够满足对话者之间的受托义务。他认为像 Parker 所主张的那样仅仅在年报中增加社会责任和环境信息等于是为了满足少部分人（即出资者）的要求而由整个社会承担代价。相对于社会的其他部门，公司有一种"有组织的力量"，传统会计就是维持公司这种有组织的力量的手段。关键是要对长期以来借经济发展和进步名义行社会不公之实的制度，即不受约束的资本主义制度，进行根本性的改造。会计是一种可以达成有意义的共识的社会机制。如果社会责任与环境会计不能反映社会存在的制度结构（像罗尔斯那样）或者当代社会的沟通结构（如哈贝马斯一般），那么就无法通过它们带来的"逐步"改善实现不被强权主导的民主社会。

按照 Puxty 的共和观，社会责任与环境会计更重要的作用不是在已有的财务报告中增加社会责任与环境信息，而是提高社会对话的质量。从这个意义上看，哈贝马斯就更广泛的公共层面所做的思考对于社会责任与环境会计很有启发。Puxty 的共和观就是建立在哈贝马斯的商谈性政治观的基础之上。Putxy 引发的这场不同流派之间的争论，其焦点在于社会变革是像罗尔斯认为的那样可以通过个体各自完成还是像哈贝马斯主张的需要达成共识方可。

哈贝马斯的商谈性政治观认为，社会的多元利益冲突是不可避免的，但是这种冲突不是不可调和的，通过交往和商谈就可达成共识。哈贝马斯的正义思想的核心内容是交往的合理性，交往合理的典型形式就是不同主体之间为论证各自的观点而进行的理性商谈。哈贝马斯认为，正义是自由平等的个人之间共同商讨的结果。为此，他提出了一个"商谈原则"，即"只有所有可能的相关者作为合理商谈的参与者有可能统一的那些行动规范才是有效的"。对于哈贝马斯来说，一种政治制度、一种权利体系是按照普遍交往的原则确立起来的就是正当的。罗尔斯与哈贝马斯有关社会改革和正义的思想存在三个方面的差异：第一，罗尔斯将个人的自由权利凸显出来，强调的是个人之间的共同契约；哈贝马斯则把个人权利和民主权利同时纳入商谈过程，但个人权利的绝对地位受到一定的限制。第二，在罗尔斯看来，正义是自由的个人按照纯粹正义的程序得到的契约。这是一种价值中立的正义论。哈贝马斯强调，正义是在一定的社会基础上产生的，不可能像罗尔斯所说的价值中立。第三，罗尔斯认为，道德正义是多元的，人们根本不可能达成一致；而哈贝马斯认为道德正义是一元的。当然，这两位当代最伟大的哲学家之间思想的共同之处多于分歧，他们在 20 世纪 90 年代那场影响深刻的

对话被哈贝马斯定义为"家族内部的争议"（王晓升　2008）。

罗尔斯和哈贝马斯的作用在于他们提供了可以用于解决冲突的公正的伦理原则。他们思想中的伦理含义是社会责任与环境会计改革重要的理论依据。他们对普遍原则的追求可以消除不同价值观中的政治性。尽管他们之间对理想的民主有不同的解释，但是他们都致力于建设和促进社会改革和公平的道路。

Lehman（1999）将社会责任与环境会计模式分为三种：第一种是认为自由市场机制能够有效解决环境问题的古典自由模式；第二种是 Gray 等的自由观，或称为程序自由模式，旨在建立信息提供者和使用者之间的良好关系；第三种是沟通模式，这种模式将社会责任与环境会计看做是通过公共领域的沟通促进社会变革的手段。Lehman 本人显然是第三种模式的支持者。

Lehman（1999）将社会责任与环境会计放在泰勒的市民社会语境中加以考量。近年来在欧美声名日盛的哲学家查尔斯·泰勒在"呼吁市民社会"、"市民社会的模式"以及"公民与国家之间的距离"等一系列论文中，对市民社会进行了深入的阐述。他将市民社会理解为"一个自治的网络，它独立于国家之外，在共同关心的事物中将市民联合起来，并通过他们存在本身或行动，能对公共政策产生影响"（何平，杨仁忠　2007）。泰勒的市民社会概念有三层含义：①在最低程度的意义上，市民社会存在于有自由社团之处，而不是出于国家的监护之下；②在较强程度的意义上，市民社会只有在作为整体的社会通过独立于国家监护之外的社团来组织自身并协调自身行为这样的地方才存在；③作为第二种的替代或补充，只要各式各样的社团整体能够有效地决定或影响国家政策的进程，我们便可称之为市民社会（汪昌俊　2001）。泰勒指出，在任何有所作为的市民社会中，都存在着两种机制：一种是公共领域，在其中整个社会透过公共媒体交换意见，从而对问题产生质疑或达成共识；另一种是市场经济，主要功能在于经由谈判达成互惠的协议（查尔斯·泰勒　1997）。通常社会首先被勾画成"经济体"图景，即认为社会是一系列相互关联的生产、交换和消费行为的总和，它有着自己的内在动力和自主性规律。泰勒提醒大家："经济体"只是社会生活的一个方面，趋向无政府状态的政治边际化学说将经济领域看做是社会领域的全部，会使得整个社会的事务安排不是按照集体意志或共同决定的结果，而变成一只"看不见的手"运作的结果，这种将集体命运置于盲目的经济力量之手的做法无疑是一种异化。泰勒十分注重公共领域中的沟通，他和哈贝马斯一样把对话和交往看做是人类生活的本质特征。"我们的认同的形成和存在终其一生都是对话性的。"在 Lehman 的"沟通模式"看来，社会责任与环境会计是市民社会的公共领域中进行沟通的途径。

首先，沟通模式扩展了自由观下的环境会计受托责任。Lehman（1999）指出，Gray 和 Owen 等的自由观将环境会计的受托责任目标局限于公司层面，依赖公司作为社会和环境变革的推动力。这样就会很自然地采用经济方法去处理环境问题，例如，计算环境项目的成本。在沟通模式看来，环境会计的受托责任目标是构建在社会层面而不是公司层面之上的。建立在整个社会层面之上的受托责任才能代表所有公民的利益，而不是有特权的少数人的利益。在沟通模式下，受托责任不仅服务于社会经济系统，而且也服务于公共领域。环境不是神秘的会计等式中的成本，相反，它是社会的重要组成部分。接着，沟通模式让人们重新思考环境会计与公共领域的关系。Lehman（1999）认为，社会责任与环境会计及其审计可以发展成为公共领域的一个部分，通过披露和解释公司对自然的影响，反映出什么是我们社会的"重要"方面以及我们存在于世界的方式。Lehman 还尝试从民主的标准来分析社会与环境审计的作用，它或许可以为社会指明一个批判性和解释性的方向。

　　无论是自由派或是共和派，都不约而同地走到哲学思想中去寻找理论依托。可见，环境会计研究经过几十年的发展已经认识到两个重要的问题：一方面，环境会计的发展有赖于人们对道德伦理的认知；另一方面，之前的环境会计研究过于关注操作性，急于要做些什么，却忽视了对环境会计合理性的论证，这样下去最终会损害原本试图保护的环境。环境会计研究要解决根本的问题，便只有回到思想的根本——哲学。

三、Tinker 等学者的激进观

　　Tinker 等（1991）认为现实世界与 Gray 等信奉的中庸之道恰恰相反，处处充满了冲突。他们在对"中间道路"进行批判的基础上提出了自己的冲突观，这种冲突观被 Lehman（2001）归入"激进"之列。

　　他们在 Gray 等的"中间道路"出台不久就提出了质疑，指出 Gray 等出于政治上的实用主义和可接受性而推行"中间道路"，不仅忽略了社会公平和科学合理，也没有考虑对种种社会弊端的改造。Tinker 等（1991）从哲学、政治和社会关系三个方面对"中间道路"逐一加以剖析。在哲学上，"中间道路"认为某个人的观点与其他人的观点是同等好的。所以在分析的最后，是用个人的观点、感受、偏好和倾向解决争议。但是个人的观点是如何形成的？如何区分水平较高认知和水平较低的认知？个人的认知水平又是如何受教育、宣传和其他意识形态的影响而改变的？这些问题，"中间道路"都没有回答。在政治上，"中间道路"摆出了非常谦卑的姿态：如果我们要改变世界，那就不应该从会计开始。这种政治上的清静无为，是让人们去找一条中庸之道，然后随波逐流。如果质疑现状，就会被"中间道路"贴上"极端主义"的标签。而事实上，会计不仅仅是社会现实的附庸者和反映者，还是社会现实的决定者。在社会关系上，"中间道路"采取了多元化的立场，认为不存在过分的权利集中使得某些利益团体有更大的优势，社会的主要参与者在维持整个社会制度方面利益一致，国家（在组织内部就是管理者）在解决冲突过程中扮演着中立和调和的角色。

Tinker 等（1991）通过上述分析，总结出"中间道路"的三大缺陷：首先，"中间道路"是处于争议和不稳定之中的，无法从过去的"中间道路"推测出未来确定的"中间道路"，需要对同时代的社会环境和社会冲突进行仔细分析才能找出当时的"中间道路"。其次，"中间道路"并不是因为它本身的优点或能力在其他选择中脱颖而出，相反，它的合理性在于它是一种缺乏尊严的政治权宜之计（即支持胜利的一方）。最后，"中间道路"隐含在政治上的清静无为缺乏证据。案例研究中的大量例子显示，在重演和改造现有社会关系的过程中，会计是必不可少的。

接着，Tinker 等（1991）提出了他们的"冲突观"（conflict-based perspective）。冲突观分析的前提是社会对立选民之间存在的对抗，包括社会的、政治的和经济的冲突。冲突观反对像多元论那样将社会冲突看做是一系列社会原子的随机碰撞。相反，它认为社会冲突是结构性的，并且遵循可以看得见的发展模式。更为重要的是，与多元论不同，冲突观认同社会冲突不是平等各方之间的竞争，而是优势和劣势群体之间的争夺。在资本主义制度中同样存在结构性的不平等：员工将他们的人生经验奉献给生产过程，而他们的存在依赖于工作的机会。资本家，或者拥有资本家身份的人，却没有这种人身依附关系，他们的收入来自租金，不是租用他们本人而是租用他们财产的租金，财产又是继承、以往的交易，或者势力的结果。也许有人会问，在现代资本主义社会中，很多人的身份是多重的，一个工人可能同时也是资本家（如购买企业的股票成为股东），那么还存在结构性不平等吗？Tinker 等（1991）的回答是很坚决的：阶级的冲突不是个人之间的冲突，而是社会角色之间的冲突。如果一个人在社会中同时担任了相互冲突的角色，他/她最终会自我损害。例如，一个财务顾问帮助投资者通过一项低成本的技术获利，这项技术可能最终污染了自己所在社区的环境。

在冲突观下，社会冲突的渐进特性便于研究者进行纵向分析。Tinker 等（1991）对社会责任会计的短暂历史进行了纵向梳理，以揭示自由观和冲突观在对社会冲突和会计作用认识上的差异，论证冲突观的合理性。他们将社会责任会计研究划分为五个阶段，每个阶段对应一个社会责任会计的主题，这些主题均带有对时代的批判性。Tinker 等（1991）的历史回顾记录了资本主义的结构性不平等和弊端，它使得资本主义从一个危机走向另一个危机，展示了与"中间道路"所想象的社会平等与自我调和截然不同的历史画卷。在他们看来，会计远不是像 Gray 等自由派所认为的，"如果要改变社会，就不要从会计入手"（Gray et al. 1987）那样无能。社会责任会计主题的演变是各个时代特定社会条件的理论体现和理论构建，社会责任会计成为不同时代解决资本主义冲突的支配力量的一部分。Tinker 等（1991）指出，会计不是依靠技术细节，而是通过在各个时代的危机中所体现出来的社会作用和辨证逻辑性来发挥作用。社会责任会计让人们看到了会计的"否定之否定"作用。会计在各个历史时期都是社会沟通的语言，与其他力量共同决定了社会斗争的结果。

社会责任与环境会计的激进派重新回到政治经济学的框架之中，以政治经济学中的马克思主义作为理论基础，直面资本主义社会的冲突和危机，并将社会责任与环境会计看做是对资本主义的合理化改造，用马克思主义辨证分析的方法重新审视社会与国家的关系，借此寻找会计改革的方向。社会责任与环境会计激进观的关注点在于找到如何处理相互矛盾的社会关系的辩证方法。社会责任与环境会计中的共和观与激进观都反对自由观的妥协和消极，共和观与激进观立场相同，它们之间的区别只是程度上的差异而已。

如果留意一下上述各派观点形成和发展的时间，就会发现，学术兴趣在 20世纪八九十年代转向会计在社会变革中的作用并出现这场争论绝非偶然，这是时代思想在会计理论中的投射。1989～1991 年，苏联及其控制的东欧发生剧烈的政治动荡，共产主义政党纷纷失去政权。苏联解体、东欧剧变，社会主义国家产生了空前的危机。进行改革的社会主义国家纷纷走上市场经济的改革之路，西方提出了"共产主义失败"论。与此同时，1989 年夏福山（Francis Fukuyama）发表了"历史的终结"一文，引起了全球性的轰动和热烈的争论。他在该文中提出，世界上的多数人都已认同自由民主主义政府，因为这一政治形式已经依次征服了它的所有敌人，如君王政治、法西斯主义。而且，他还进一步提出，自由民主主义或许是人类思想进化的顶峰和最后选定的政治形式，从而也就是人类历史的终结点。在这样的时代背景下，需要从新的角度去看待会计，看待会计在后资本主义社会中的意义。会计研究不仅要发展新的和更好的会计，而且要克服现有的阻碍会计发展的制度性障碍。当然，正如 Lehman（2001）所感叹的：说起来要比做起来容易多了。

本章参考文献

查尔斯·泰勒. 1997. 公民与国家之间的距离. 李保宗译. 21 世纪, 4: 4～17
弗兰西斯·福山. 2003. 历史的终结. 黄胜强, 许铭原译. 北京: 中国社会科学出版社
葛家澍. 1996. 市场经济下会计基本理论与方法研究. 北京: 中国财政经济出版社
葛家澍, 李若山. 1992. 90 年代西方会计理论的一个新思潮: 绿色会计理论. 会计研究, 5: 1～6
葛家澍, 张金若. 2007. FASB 与 IASB 联合趋同框架（初步意见）的评价. 会计研究, 2: 3～10
何平, 杨仁忠. 2007. 论市民社会观念的当代转换及其社会历史地位. 求索, 9: 122～125
井上寿枝, 西山久美子, 清水彩子. 2004. 环境会计的结构. 贾昕, 孙丽艳译. 北京: 中国财政经济出
　版社
莱斯利·A. 豪. 2002. 哈贝马斯. 陈世刚译. 北京: 中华书局

联合国贸易与发展会议. 2003. 环境成本和负债的会计与财务报告. 刘刚译. 北京：中国财政经济出版社

刘峰. 1995. 从经济环境看财务会计的目标. 当代财经，11：53~59

罗伯·格瑞，简·贝宾顿. 2004. 环境会计与管理（第2版）. 王立彦，耿建新主译. 北京：北京大学出版社

罗尔斯. 2009. 正义论. 何怀宏等译. 北京：中国社会科学出版社

玛格丽特·M. 布莱尔. 1996. 所有权与控制：面向21世纪的公司治理探索. 张荣刚译. 北京：中国社会科学出版社

乔世震，乔阳. 2000. 漫话环境会计. 北京：中国财政经济出版社. 135

史迪芬·肖特嘉，罗杰·布里特. 2004. 现代环境会计：问题、概念与实务. 肖华，李建发译. 大连：东北财经大学出版社

汪俊昌. 2001. 泰勒的市民社会概念. 浙江学刊，5：28~33

王晓升. 2008. 正义制度建构中道德因素的作用：罗尔斯和哈贝马斯方案剖析. 社会科学辑刊，1：18~22

肖序. 2010. 环境会计制度构建问题研究. 北京：中国财政经济出版社

许家林，孟凡利. 2004. 环境会计. 上海：上海财经大学出版社

于玉林. 1994. 现代会计百科辞典. 北京：中国大百科全书出版社

约翰·基恩. 1999. 公共生活与晚期资本主义. 北京：社会科学文献出版社

AAA. 1977. Statement on accounting theory and theory acceptance (SATTA). Sarasota: American Accounting Association

Beams F A, Fertig P E. 1971. Pollution control through social costs conversion. Journal of Accountancy, 132 (5): 37~42

Bebbington J, Thomson I. 2001. Commentary on "Some thoughts on social and environmental accounting education". Accounting Education, 10 (4): 353~355

Bell F, Lehman G. 1999. Recent trends in environment accounting: how green are your accounts? Accounting Forum, 23 (2): 175~192

Brockhoff K. 1979. A note on external social reporting by German companies: a survey of 1973 company reports. Accounting, Organizations and Society, 4 (1~2): 77~85

Brown J, Fraser M. 2006. Approaches and perspectives in social and environmental accounting: an overview of the conceptual landscape. Business Strategy and the Environment, 15 (2): 103~117

Churchman C W. 1971. On the facility, felicity, and morality of measuring social change. Accounting Review, 46 (1): 30~35

Cooper D J, Sherer M J. 1984. The value of corporate accounting reports: arguments for a political economy of accounting. Accounting, Organizations and Society, 9 (3~4): 207~232

Deegan C. 2002. The legitimizing effect of social and environmental disclosure: a theoretical foundation. Accounting, Auditing & Accountability Journal, 15 (3): 282~311

Deegan C, Rankin M, Tobin J. 2002. An examination of the corporate social and environmental disclosures of BHP from 1983~1997: a test of legitimacy theory. Accounting, Auditing & Accountability Journal, 15 (3): 312~343

Deegan C, Rankin M, Voght P. 2000. Firms disclosure reactions to major social incidents: Australian evidence. Accounting Forum, 24 (1): 101~130

Demski J S. 1973. The general impossibility of normative accounting standards. The Accounting Review, (10): 718~723

Dierkes M. 1979. Corporate social reporting in Germany: conceptual developments and practical experience. Accounting, Organizations and Society, 4 (1~2): 87~107

Dierkes M, Preston L E. 1977. Corporate social accounting reporting for the physical environment: a critical review and implementation proposal. Accounting, Organizations and Society, 2 (1): 3~22

Dowling J, Pfeffer J. 1975. Organizational legitimacy: social values and organizational behavior. Pacific Sociological Review, 18 (1): 122~136

Edwards E, Bell P. 1961. The Theory and Measurement of Business Income. Berkeley: University of California Press

Epstein M J, Dilley S C, Estes R W et al. 1976a. Report of the committee on accounting for social performance. Accounting Review, 51 (4): 38~69

Epstein M J, Flamholtz E, McDonough J J. 1976b. Corporate social accounting in the United States of America: state of the art and future prospects. Accounting, Organizations and Society, 1 (1): 23~42

Estes R W. 1976. Socio-economic accounting and external diseconomies. The Accounting Review, 47 (2): 284~290

Francis M E. 1973. Accounting and the evaluation of social programs: a critical comment. Accounting Review, 48 (2): 245~257

Freeman R E. 1984. Strategic Management: A Stakeholder Approach. New York: Pitman Publishing Inc

Granoff M H, Smith C H. 1974. Accounting and the evaluation of social programs: a comment. Accounting Review, 49 (4): 822~825

Gray R. 1992. Accounting and environmentalism: an exploration of the challenge of gently accounting for accountability, transparency and sustainability. Accounting, Organizations and Society, 17 (5): 399~425

Gray R. 2001. Thirty years of social accounting, reporting and auditing: what (if anything) have we learnt? Business Ethics: A European Review, 10 (1): 9~15

Gray R. 2002. The social accounting project and privileging engagement, imaginings, new accountings and pragmatism over critique? Accounting, Organizations and Society, 27 (7): 687~708

Gray R, Bebbington J, Walters D. 1993. Accounting for the Environment. London: Prentice Hall

Gray R, Kouhy R, Lavers S. 1995a. Corporate social and environmental reporting: a review of the literature and a longitudinal study of UK disclosure. Accounting, Auditing & Accountability Journal, 8 (2): 47~77

Gray R, Owen D, Maunders K. 1987. Corporate Social Reporting: Accounting and Accountability. London: Prentice Hall

Gray R, Owen D, Maunders K. 1988. Corporate social reporting: emerging trends in accountability and the social contract. Accounting, Auditing & Accountability Journal, 1 (1): 6~20

Gray R, Walters D, Bebbington J et al. 1995b. The greening of enterprise: an exploration of the (NON) role of environmental accounting and environmental accountants in organizational change. Critical Perspectives on Accounting, 6 (3): 211~239

Grojer J E, Stark A. 1977. Social accounting: a Swedish attempt. Accounting, Organizations and Society, 2 (4): 349~385

Guthrie J, Cuganesan S, Ward L. 2008. Industry specific social and environmental reporting: the Australian food and beverage industry. Accounting Forum, 32 (1): 1~15

Hogner R H. 1982. Corporate social reporting: eight decades of development at US Steel. Research in Corporate Performance and Policy, 4: 243~250

Ingram R W. 1978. An investigation of the information content of social responsibility disclosures. Journal of Accounting Research, 16 (2): 270~285

Jonson L C, Jonsson B, Svensson G. 1978. The application of social accounting to absenteeism and personnel turnover. Accounting, Organizations and Society, 3 (3~4): 261~268

Lamberton G. 2005. Sustainability accounting: a brief history and conceptual framework. Accounting Forum, 29 (1): 7~26

Lehman G. 1995. A legitimate concern for environmental accounting. Critical Perspectives on Accounting, 6 (5): 393~412

Lehman G. 1999. Disclosing new worlds: a role for social and environmental accounting and auditing. Accounting, Organizations and Society, 24 (3): 217~241

Lehman G. 2001. Reclaiming the public sphere: problems and prospects for corporate social and environmental accounting. Critical Perspectives on Accounting, 12 (6): 1~21

Lehman G. 2004. Social and environmental accounting: trends and thoughts for the future. Accounting Forum, 28 (1): 1~5

Lessem R. 1977. Corporate social reporting in action: an evaluation of British, European and American practice. Accounting, Organizations and Society, 2 (4): 279~294

Lewis N, Parker L D, Sutcliffe P. 1979. Financial reporting to employees: the pattern of development 1919 to 1979. Accounting, Organizations and Society, 9 (3/4): 275~290

Lindblom C. 1994. The implications of organizational legitimacy for corporate social performance and disclosure. New York: Paper presented at the Critical Perspectives on Accounting Conference

Mathews M R. 1993. Socially Responsible Accounting. London: Chapman and Hall

Mathews M R. 1997. Twenty-five years of social and environmental research: is there a silver jubilee to celebrate. Accounting Auditing & Accountability Journal, 10 (4): 481~531

Milne M J. 2002. Positive accounting theory, political costs and social disclosure analyses: a critical look. Critical Perspectives on Accounting, 13 (3): 369

Mobley S C. 1970. The challenges of Socio-Economic accounting. Accounting Review, 45 (4): 762~768

Newson M, Deegan C. 2002. Global expectations and their association with corporate social disclosure practices in Australia, Singapore, and South Korea. The International Journal of Accounting, 37 (2): 183~213

Owen D L, Collison D, Gray R et al. 2000. Social and environmental accounting and student choice: an exploratory research note. Accounting Forum, 24 (2): 170~186

Parker L. 1986. Polemical themes in social accounting: a scenario for standard setting. In: Merino B, Tinker T. Advances in Public Interest Accounting Ninebark. Greenwich: JAI Press Inc. 67~93

Parker R H, Harcourt G C. 1969. Readings In the Concept and Measurement of Income. Cambridge: Cambridge University Press

Puxty A G. 1986. Social accounting as immanent legitimation: a critique of a technicist ideology. Advances in Public Interest Accounting, 1: 95~111

Puxty A G. 1991. Social accounting and universal pragmatics. Advances in Public Sector Accounting, 4: 35~47

Puxty A G. 1997. Accounting choice and a theory of crisis: the cases of post~privatization British Telecom and British Gas. Accounting, Organizations and Society, 22 (7): 713~735

Puxty A G, Laughlin R C. 1983. A rational reconstruction of the decision-usefulness criterion. Journal of Business Finance & Accounting, 10 (4): 543~560

Ramanathan K V. 1976. Toward a theory of corporate social accounting. Accounting Review, 51 (3): 516~528

Rob G, Owen D, Maunders K. 1988. Corporate social reporting: emerging trends in accountability and the social contract. Accounting Auditing & Accountability Journal, 1 (1): 6~20

Robertson J. 1976. When the name of the game is changing: how do we keep the score? Accounting, Organizations and Society, 1 (1): 91~95

Schaltegger S, Burritt R L. 2000. Contemporary Environmental Accounting. Greenleaf: Sheffield

Schreuder H. 1979. Corporate social reporting in the Federal republic of Germany: an overview. Accounting, Organizations and Society, 4 (1~2): 109~122

Sobel E L, Francis M E. 1974. Accounting and the evaluating of social programs: a reply. Accounting Review, 49 (4): 826~830

Solomon A. 2000. Could corporate environmental reporting shadow financial reporting? Accounting Forum, 24 (1): 30~55

Spicer B H. 1978. Investors, corporate social performance and information disclosure: an empirical study. Accounting Review, 53 (1): 94

Suchman M C. 1995. Managing legitimacy: strategic and institutional approaches. Academy of Management Review, 20 (3): 571~610

Tinker A M. 1980. Towards a political economy of accounting: an empirical illustration of the cambridge controversies. Accounting, Organizations and Society, 5 (1): 147~160

Tinker A M, Merino B D, Neimark M D. 1982. The normative origins of positive theories: ideology and accounting thought. Accounting, Organizations and Society, 7 (2): 167~200

Tinker T, Cheryl L, Neimark M. 1991. Falling down the hole in the middle of the road: political quietism in corporate social report. Accounting, Auditing & Accountability Journal, 4 (2): 28~54

Tokutani M, Kawano M. 1978. A note on the Japanese social accounting literature. Accounting, Organizations and Society, 3 (2): 183~188

Ullmann A A. 1976. The corporate environmental accounting system: a management tool for fighting environmental degradation. Accounting, Organizations and Society, 1 (1): 71~79

Villers C, Staden C J. 2006. Can less environmental disclosure have a legitimizing effect: evidence from Africa. Accounting, Organizations and Society, 31 (8): 763~781

Watts R L, Zimmerman J L. 1978. Toward a positive theory of the determination of accounting standards. Accounting Review, 53 (1): 112~134

Yongvanich K, Guthrie J. 2006. An extended performance reporting framework for social and environmental accounting. Business Strategy and the Environment, 15 (5): 309~321

第三章 企业环境信息披露的实证研究综述

第一节 国外研究综述

20 世纪 50 年代以来，发达国家在第二次世界大战后经济快速发展的同时，环境污染问题日趋严重。这引起了社会公众、政府和企业的关注，环境保护的呼声越来越高，各国政府陆续出台了环境保护的法律法规。20 世纪 70 年代后，随着各国环境法规和监管的日趋严格，加上若干重大环境事故的发生，环境活动逐渐成为企业经营活动的重要组成部分。环境信息披露，作为企业向外界传递其环境表现信息的工具和社会监督企业环境保护活动的途径，逐渐受到重视，发达国家披露环境信息的企业越来越多。20 世纪 80 年代至今，一些国家和国际组织先后推出企业环境信息披露的规定和指南，发达国家的企业环境信息披露开始普遍化。由此，研究者开始进行大样本的实证研究。国外有关企业环境信息披露的研究分别从描述性分析、影响披露的因素和披露的后果等方面展开。

一、企业环境信息披露的描述性分析

已有的描述性分析揭示了数十年来企业环境信息披露的趋势、披露渠道、披露方式以及国家和行业分布上的差异。

（一）企业环境信息披露的趋势

Hogner（1982）以及 Guthrie 和 Parker（1989）对单个企业早期的社会责任和环境信息披露分别进行了跟踪研究。Hogner（1982）对美国钢铁公司从 1901～1980 年社会责任和环境信息披露的研究发现，美国钢铁公司披露的社会责任和环境信息随着时间推移而变化。美国钢铁公司年报中对特定社会责任活动信息的披露时有时无，在 1960 年后开始披露环境信息。Guthrie 和 Parker（1989）对澳大利亚一家主要的采掘企业 BHP（Broken Hill Proprietary Company Ltd.）公司从 1885～1985 年这 100 年的社会责任和环境信息披露进行了趋势分析。他们发现该公司对环境信息的披露断断续续，最早出现在 1950 年左右，之后到 20 世纪 60 年代末停止了披露，20 世纪 70 年代前期和 20 世纪 80 年代又恢复披露，但披露程度一直较低。

Niskala 和 Pretes（1995）对芬兰环境敏感行业的 75 家大企业在 1987～1992 年年报中披露的环境信息进行分析。他们发现，披露环境信息的企业有明

显增加的趋势。1987 年只有稍多于四分之一的企业在年报中披露环境信息，到 1992 年则有将近一半的企业披露环境信息。Gray 等（1995）用内容分析法对英国企业 1979～1991 年年报中披露的社会责任和环境信息进行了分析。他们发现，1979～1991 年，披露社会责任和环境信息的企业比率呈上升的趋势；研究期间披露环境信息的企业比率明显增加，1985 年以后，环境信息披露已不再是少数企业的边缘化活动；尽管企业在年报中披露的环境信息平均还不到一页，但无论是自愿披露还是强制披露的环境信息都呈增加的趋势，这一趋势在 1987 年后尤为明显。Deegan 和 Gordon（1996）对澳大利亚企业 1980～1991 年的环境信息披露实践进行了分析。他们发现，随着时间的推移，样本企业披露的环境信息数量逐渐增加，1988～1991 年的增加趋势尤为显著。此外，研究结果还显示，样本企业披露的环境信息中，正面的信息占主导地位，负面的信息极少且在研究期间变化不大。Brown 和 Deegan（1998）研究了澳大利亚 9 个行业的企业 1981～1994 年披露的环境信息。作者等间距地选取了 5 年作为一个期间进行分析。结果显示，包含 9 个行业的总样本年报中的环境信息披露呈现增加的趋势，但各行业企业的变化趋势则稍有差异，部分行业企业披露的环境信息数量在后期出现减少的趋势。Wilmshurst 和 Frost（2000）以及 Deegan 等（2002）对澳大利亚企业环境信息披露的研究也发现，各种形式的企业环境信息披露在增加，并随着时间推移有继续增加的趋势。

也有一些学者对发展中国家企业的社会责任和环境信息披露趋势进行了分析。Tsang（1998）在对新加坡企业的社会责任和环境信息披露趋势分析中发现，企业环境信息披露在 1993 年达到最高（占年报中句子的 0.64％），之后开始减少，至 1995 年减少了 62.5％（占年报中句子的 0.24％）。Jamil 等（2002）随机选取了 100 家马来西亚企业，对这些企业 1995～1999 年的环境信息披露趋势进行分析。他们发现，1995～1999 年，披露环境信息的企业减少了将近 50％。de Villiers 和 van Stade（2006）对 140 多家南非企业在 1994～2002 年年报中披露的环境信息进行了研究，结果与 Tsang（1998）的发现相一致，1994～1999 年企业年报中披露的环境信息呈增加的趋势，但之后开始减少。

（二）企业环境信息披露的国家和行业间差异

Guthrie 和 Parker（1990）对美国、英国和澳大利亚的企业社会责任和环境信息披露实践进行了比较分析。他们以企业在 1983 年年报中披露的社会责任和环境信息的页数为依据，发现：美国企业的社会责任信息披露程度最高，澳大利亚企业最低；环境信息也是如此，并且澳大利亚企业没有披露不利的信息。Buhr 和 Freedman（2001）比较分析了美国和加拿大企业的环境信息披露情况。他们通过对 1988 年和 1994 年企业年报、上市公司的 10K 报告（美国）和 AIF 报告（加拿大）以及独立的环境报告中披露的环境信息的具体项目数量进行计算并归类，发现：1988 年，美国企业平均的披露项目总数（9.25）几乎是加拿大企业平均披露项目总数（4.7）的两倍；而 1994 年，虽然二者都有较大的增加，但加拿大企业的平均披露项目总数（32.09）则远远大于美国企业的这一数字（19.96）。Tschopp（2005）从 SA8000 鉴证、ISO14001 报告标准和 GRI 指引（Global Roporting Initiative）的采用等方面对美国和欧盟国家的企业社会责任和环境信息披露进行了比较，发现：美国执行这些国际公认标准的企业数量比欧盟少得多；尽管欧盟和美国都没有企业社会责任和环境信息披露的强制规定，但欧盟企业社会责任和环境信息披露实践比美国企业要好。

Fekrat 等（1996）用评分法对 18 个国家 6 个环境敏感行业的 168 家企业 1991 年年报中的环境信息披露进行了比较，结果显示：不同国家、不同行业的企业环境信息披露存在明显差异，美国披露环境信息的企业比其他任何一国都多，日本企业披露程度最低；对于环境诉讼信息，美国企业比其他任何国家企业的披露程度都高出很多；从行业来看，林业企业环境信息披露程度最高，汽车行业企业披露程度最低，化工行业企业披露差异最大。Davis 和 Batterman（1997）对美国《财富》50 强企业的分析发现，不同行业的环境信息披露存在较大的差异。木制品行业和纸制品行业进行环境信息披露的企业为 100%，化工行业为 89%，石油天然气行业为 50%，食品行业和运输设备行业为 33%。Adams 等（1998）以法国、德国、英国、瑞士、瑞典和荷兰 6 个西欧国家中各国最大的 25 家企业为样本，对其 1992 年年报进行了比较，发现：从国家来看，德国企业环境信息披露的项目总数、定量项目数和定性描述长度均最大，荷兰企业均最小；按各国企业环境信息披露项目总数从大到小排列，依次为德国、英国、瑞典、瑞士、法国和荷兰；从行业来看，按企业环境信息披露水平从大到小排列，依次为石化钢铁电力行业、一般制造和汽车行业、工程和建设行业、服务零售和食品行业。Niskala 和 Pretes（1995）分析了芬兰环境敏感性企业 1987 年和 1992 年的环境信息披露，结果显示：不同行业进行环境信息披露的企业比例不同，大部分行业的披露比例随时间推移而提高，其中林业和能源生产行业披露环境信息的企业比例最高，两年均达 100%；化工和塑胶行业的比例也较高且稳定，两年均为 66.7%；电力电子行业、金属及金属制品行业和运输行业 1987 年的比例均为 0，而 1992 年分别上升为 66.7%、35.7% 和 28.6%。

（三）企业环境信息披露的渠道

早期的环境信息披露渠道主要是年报，相关信息分布在年报中的不同部分，包括"管理层讨论与分析"、"财务报表及附注"、"董事会报告"及"分部报告"等，如 Ingram 和 Frazier（1980）、Wiseman（1982）、Freedman 和 Wasley

（1990）、Gray 等（1995）、Darrell 和 Schwartz（1997）、Bewley 和 Li（2000）、Hughes 等（2000，2001）、Patten（2002）、Al-Tuwaijri 等（2004）以及 Cho 和 Patten（2007）等所研究的都是企业年报中披露的环境信息。其中有部分研究发现，年报中的环境信息披露更多的是强制性披露，年报不同部分披露的环境信息也有所不同。Al-Tuwaijri 等（2004）在对环境信息披露、环境表现和经济表现关系研究中，发现样本企业年报中的环境信息披露多为非自愿披露。Hughes 等（2000，2001）对企业在年报中不同部分披露的环境信息进行了比较，发现"管理层讨论和分析"部分以及"财务报表附注"部分披露的环境信息比"董事会报告"部分多，且前者更具有强制披露的性质。Darrell 和 Schwartz（1997）以化工、消费品、林业和石油行业等 4 个行业的 57 家受美国经济优先委员会（Council on Economic Priorities，CEP）监管的企业为样本，对 1989 年阿拉斯加石油泄露事件发生前后三年，即 1988～1990 年企业年报中的环境信息披露进行了研究。他们将年报分成财务部分和非财务部分，并对这两部分中的环境信息披露给予不同的赋值，结果显示：4 个行业的企业年报中财务部分的环境信息披露与非财务部分的环境信息披露 1988～1989 年和 1989～1990 年均有增加，但后者比前者增加的幅度更大。Niskala 和 Pretes（1995）对芬兰企业的研究中分析了年报的不同部分，包括董事会报告、年度回顾、未来展望、财务报表、报表附注、经营分部信息和单独环境信息披露部分的环境信息。他们发现，在年报中的"未来展望"、财务报表和报表附注部分披露环境信息的企业比例较低，而在年报中的"董事会报告"、"年度回顾"、"经营分部信息"和单独的环境信息披露部分披露环境信息的企业比例较高，其中在"年度回顾"部分披露环境信息的企业比例最高，1987 年为 17.3%，1992 年为 33.3%。

　　随着技术的发展，企业环境信息披露的渠道越来越多样化，出现了独立环境报告、公司网站和新闻媒体等披露渠道。

　　Buhr 和 Freedman（2001）在有关美国和加拿大企业环境信息披露的一份研究中发现：1988 年还没有样本企业公布独立的环境报告；到 1994 年，有 12 家美国企业和 15 家加拿大企业公布了独立的环境报告。这在一定程度上表明独立的环境报告在 20 世纪 90 年代才逐渐被企业采用。Adams 和 Frost（2004）认为，随着技术的出现，组织越来越多地用网站发布与企业经营有关的信息，包括社会责任和环境信息。Isenmann 和 Lenz（2002）以环境信息披露为例研究了通过网站披露企业报告的好处，认为专业网站的使用可以增加企业在组织内外部发布信息、交流和管理经营活动的方式。Frost 等（2005）分析了澳大利亚企业通过年报、独立报告和公司网站三种渠道披露的可持续发展信息，发现：可持续发展信息最主要的披露渠道是独立的可持续发展报告，其次是公司网站，年报中涉及 GRI 指标的程度最低，对于公司可持续发展信息的披露，年报这一信息来源的价值相对较小。他们认为，公司年报只能提供有限的可持续发展信息，而其他的渠道可能是更好的信息披露方式，通过传统的年报提供可持续发展信息的方式可能会被其他新的渠道所取代。Guthrie（2006）和 Frost（2007）的证据显示，其他可供选择的披露渠道，如独立报告和网站的采用会导致企业年报中披露的社会责任和环境信息减少。Guthrie 等（2008）在对企业年报和公司网站披露的社会责任和环境信息进行研究时发现，企业更倾向于选择公司网站而不是年报来披露社会责任和环境信息。Clarkson 等（2008）认为独立的环境报告或社会责任报告和公司网站上的披露更具有自愿披露的性质，在研究企业环境信息披露与环境表现的关系时，应选用这两种渠道披露的环境信息。Aerts 和 Cormier（2009）在检验企业媒体合法性与环境信息披露的关系时发现，通过年报和新闻媒介两种不同渠道披露的环境信息对媒体合法性的影响有显著不同。他们的研究还表明，媒体合法性是企业通过新闻媒介披露环境信息的动因之一，但不是企业在年报中披露环境信息的动因。

（四）企业环境信息披露的方式

企业环境信息披露的方式主要有定性披露、非财务量化披露和财务量化披露三种。

Ness 和 Mirza（1991）分析了 131 家英国企业 1984 年年报中披露的环境信息，发现 91% 的环境信息披露是定性描述的，9% 是非财务量化的，没有企业披露财务量化的环境信息。Niskala 和 Pretes（1995）对芬兰环境敏感行业企业 1987 年和 1992 年的环境信息披露进行了分析，结果显示：1987 年有大约四分之一（26.7%）的样本企业披露了环境信息，而 1992 年则有将近一半（48%）披露了环境信息，其中，1987 年对环境信息进行定性披露、非财务量化披露和财务量化披露的企业比例分别为 22.7%、18.7% 和 13.3%；1992 年这一数据分别上升到 48%、20% 和 20%。从这些数据可以看出，进行定性披露的企业明显比进行非财务量化披露和财务量化披露的企业多；1992 年与 1987 年相比，进行三种形式披露的企业比例均有较大的提高，其中进行定性披露的企业比例提高最多。此外，他们还比较了不同行业和不同内容的披露方式，发现不同行业和不同内容会采用不同的环境信息披露方式。Deegan 和 Gordon（1996）对澳大利亚企业的环境信息披露的分析发现，企业披露的大多数都是描述性的定性环境信息。Guthrie 等（2008）研究了澳大利亚食品饮料行业企业的社会责任和环境信息披露，用披露行数衡量信息披露的数量，发现定性披露的数量最多，占总披露 91.2%，非财务量化披露较少，为 8.2%，财务量化披露最少，仅为 0.6%。

Cho 和 Patten（2007）将环境信息披露的方式区分为货币性披露和非货币性披露两种，并用评分法对敏感性行业和非敏感性行业企业与诉讼无关的环境信息披露情况进行了分析。分析发现，所在行业类型（敏感性和非敏感性）不同、环境表现不同的企业对货币性披露和非货币性披露的运用会有所不同。在非敏感性行业，环境表现差的企业非货币性披露程度相对更高；在敏感性行业，非货币性披露没有明显差异；敏感性行业中环境表现差的企业货币性环境信息披露的程度明显高于敏感性行业中环境表现好的企业以及非敏感性行业中环境表现差的企业。

二、企业环境信息披露的影响因素分析

已有的研究证实，企业的环境信息披露受到诸多因素的影响，既有企业内部的因素，包括企业特征和企业环境表现；也有外部因素，包括不断变化的社会关注、负面的媒体报道、重要的环境事件的发生、政治群体的关注和环境指控等。外部因素造成的压力可能会使企业的社会合法性受到威胁，企业会通过披露环境信息告知相关公众企业环境表现的实际改善来改变公众对企业环境表现的认识，通过强调其他表现转移公众对企业环境问题的注意力以及改变公众对企业环境表现的期望。

（一）企业特征

通常而言，规模大和环境敏感的企业会更多披露有关环境活动的信息（Cowen et al. 1987；Deegan，Gordon 1996；Hackston，Milne 1996），同时，有效的公司治理会鼓励和推动企业的环境信息披露行为。

Adams 等（1998）对西欧六国企业环境信息披露的分析发现，规模最大组企业环境信息披露的项目总数、定量项目数和定性描述长度均为最大，规模最小组企业相应值均最小。Patten（1991）以 128 家企业为样本对其 1985 年年报中的自愿性环境信息披露进行回归分析，发现企业规模和行业类型是重要的解释变量。Brammer 和 Pavelin（2006）在对大型英国企业的自愿性环境信息披露进行研究时也发现，披露质量与企业规模和环境影响正相关。在加拿大，污染可能性较大的企业更可能披露概括性环境信息。Patten（1992）对《财富》500 强中 21 家石油企业在阿拉斯加石油泄露事件后的 1989 年年报的环境信息披露进行了检验，结果显示，事件后环境信息披露明显增加且披露变化量与企业规模相关。

Karim 等（2006）研究了企业财务报表附注中的环境信息披露程度，结果表明，外资股权集中度较高的企业的环境信息披露较少。Brammer 和 Pavelin（2006）在对大型英国企业的自愿环境信息披露进行研究时还发现，股权分散的企业更可能自愿披露环境信息。随后，Brammer 和 Pavelin（2008）对影响环境信息披露的公司治理因素进行了研究，发现：股权集中度、董事会结构也可能对企业环境信息披露有不同程度影响。Al-Tuwaijri 等（2004）则证实，企业环境信息披露与管理层对环境问题的关注度正相关，即管理层对环境问题的关注会推动环境信息披露。

（二）企业环境表现

不少学者探讨了企业环境表现对环境信息披露的影响，但尚未形成一致的结论。

基于政治学和社会学理论的研究认为，环境表现差的企业由于政治成本和社会合法性要求较高，会通过环境信息披露对企业行为进行合法化管理，即环境信息披露与环境表现负相关。较多的研究支持这一推断，如 Rockness（1985）、Hughes 等（2001）以及 Cho 和 Patten（2007）等。Rockness（1985）调查了人们对美国企业年报中环境信息披露的评价与 CEP 公布的环境表现的关系，发现环境表现最差企业环境信息披露获得的评价最好，环境表现最好企业的环境信息披露获得的评价反而最差。Bewley 和 Li（2000）以加拿大制造业的 188 个企业为样本，对其 1993 年年报中的环境信息披露进行研究，发现：污染可能性更大且政治曝光率高的企业更有可能披露概括性的环境信息。这表明企业环境信息披露与环境表现间具有负相关性。Hughes 等（2001）对美国 51 家制造业企业1992 年和 1993 年年报中"董事会报告"、"管理层讨论和分析"及"报表附注"部分的环境信息披露进行了检验，发现环境表现被 CEP 评为好和中的企业的环境信息披露并无差异，但被评为差的企业往往披露了更多的环境信息。Patten（2002）以来自 24 个不同行业的 131 家美国企业为样本，用按收入调整后的有毒物质排放清单（toxics release inventory，TRI）数据衡量环境表现，对其 1990年年报中的环境信息披露与企业环境表现间的关系进行了检验，发现有害物质排放比率与环境信息披露显著正相关。这表明环境表现差的企业环境信息披露程度比较高，即企业环境信息披露与环境表现二者呈现出负相关关系。

基于经济学的自愿披露理论认为，环境表现好的企业出于经济目的，会通过环境信息披露向外部传递其环境表现信息以减少信息不对称，从而环境信息披露与环境表现呈现正相关关系。支持这一假说的研究主要有 Al-Tuwaijri 等（2004）和 Clarkson 等（2008）。Al-Tuwaijri 等（2004）以 198 家标准普尔 500企业为样本，用有害物质回收比率（即回收的有害物质量占产生的有害物质总量的比例）衡量环境表现，回归结果表明环境表现好的企业披露更多与污染相关的环境信息。Clarkson 等（2008）基于自愿披露理论，以美国 5 个污染最严重的行业（纸浆和造纸、化工、石油和天然气、金属和采矿及设备）的 191 家企业为样本，分析通过社会责任报告或公司网站等渠道自愿披露的环境信息与用有害废弃物回收比率和 TRI/SALES 比率衡量的环境表现之间的关系，发现环境表现与独立报告或公司网站的自愿环境信息披露正相关。

（三）环境监管规定的出台

Barth 等（1997）发现，FASB 和美国证券交易委员会（Securities and Exchange Commission，SEC）与环境有关的规定出台对环境信息披露有实质性影响。Hughes 等（2001）进一步证实：1992 年和 1993 年 FASB 和 SEC 对有关环境信息披露的审查迫使环境表现差的企业披露更多的环境信息。Alciatore 和 Dee（2006）对 1990 年 SEC 和其他监管部门的环保要求增加以来石油和天然气行业的强制性环境信息披露进行了研究，结果显示，在 1990 年企业环境信息披露显著增加，说明监管增加对环境信息披露产生了正面影响。Frost（2007）研究了澳大利亚 1988 年《公司法》中与环境有关的强制报告指引对 71 家澳大利亚公司环境信息披露的影响，发现报告指引出台后澳大利亚公司披露的环境表现信息数量明显增加，信息的质量也明显提高。de Villiers（2003）调查了南非企业不披露环境信息的原因，企业最多提及的原因是缺乏法律法规的要求。

Freedman 和 Jaggi（2005）以全球 120 家污染行业的大型公众公司为样本，对其披露与污染和温室气体排放有关的环境信息的情况进行了分析，结果显示：签订了《京都议定书》的国家的企业，比没签订《京都议定书》的国家的企业有更高的环境信息披露程度；来自于没签订《京都议定书》的国家且在签订了《京都议定书》的国家经营的跨国公司，其环境信息披露程度较低。可见，是否来自于签订《京都议定书》的国家也是企业披露环境信息的决定因素之一。

（四）环境事故的发生

Patten（1992）研究了阿拉斯加石油泄露对石油行业 21 家《财富》500 强企业 1989 年年报环境信息披露的影响，发现涉事企业 Exxon 在年报中用了比较多的篇幅披露该泄露事件及随后的清除情况，用了 3.5 页披露该泄露事件以及 2.5 页披露与该泄露事件无关的环境信息，远远多于 1988 年的 0.6 页；整个石油行业的样本企业 1989 年年报中的环境信息与 1988 年相比明显增加，从 1988 年的 0.61 页增加到 1989 年的 1.90 页。Darrell 和 Schwartz（1997）对 Patten（1992）的研究进行了延伸，他们将样本增加为 4 个行业的 57 家企业，研究期间延长为 1988~1990 年，发现样本企业事故当年年报中的环境信息披露程度与事故前相比有显著提高；事故后一年年报中的环境信息披露程度比事故当年也有所提高，但提高的幅度小于前者。作者认为，这表明环境信息披露与具体的时间和事件有关，企业会从自身的利益出发披露环境信息以应对公共政策压力。Deegan 等（2000）观察了 5 个与环境有关的事故发生后，澳大利亚受影响行业中企业的环境信息披露的变化，发现，其中的 4 个事故后，受影响的企业年报中总的和正面的社会责任和环境信息披露均比事故前明显增多；另外一个事故则因影响小且媒体报道少，受影响的企业年报中的社会责任和环境信息披露在事故前后没有明显变化。

（五）新闻媒体的报道

Brown 和 Deegan（1998）对澳大利亚媒体有关环境的报道与企业年报中环境信息披露程度的关系进行了研究，发现年报环境信息披露程度明显与媒体关注度较高有关，并且企业正面的环境信息披露程度与负面的媒体报道较多有关。Bewley 和 Li（2000）针对加拿大制造业企业的分析发现，与环境问题有关的新闻报道较多的企业更可能披露概括性的环境信息。Clarkson 等（2008）发现，以前年度有不利新闻报道的企业更可能披露一些不易证实的环境信息。Aerts 和 Cormier（2009）也证实，企业环境信息披露和与环境有关的媒体报道间存在明显的正相关关系。

此外，社会和企业的文化和制度因素也会对环境信息披露有所影响。例如，Buhr 和 Freedman（2001）的研究发现，加拿大社会的集体主义特征导致了研究期间企业自愿性环境信息披露程度较高，而美国社会的法制化特征则使得年报中强制性环境信息披露更多。Adams（2002）发现社会整体因素，包括利益相关者、社会和政治事件，会影响企业社会责任和环境信息披露。Newson 和 Deegan（2002）发现企业自愿性社会责任和环境信息披露与本国而非全球公众的期望密切相关。在特定的国家内，企业的社会责任和环境信息披露将受到许多因素的影响，包括不断变化的社会关注、负面的媒体关注、一个主要的社会和环境事件的发生、政客群体的关注和已被证实的环境诉讼。

三、企业环境信息披露的作用分析

已有的研究发现，企业的环境信息披露不仅具有经济后果，如通过资本市场上股票价格的变动影响企业价值、估计企业的环境负债等，而且还能改变企业的社会形象，起到合法性管理的作用。

（一）环境信息披露的资本市场反应

Shane 和 Spicer（1983）是最早检验环境信息披露后果的实证研究。他们用事件研究法对企业环境信息引起的市场反应进行研究，发现 CEP 的企业环境表现报告发布前两天市场会出现负面反应。Stevens（1984）的检验发现，披露的未来预计污染治理成本较高的企业，其股票收益率低于同类企业。Richardson 和 Welker（2001）在有关社会责任和环境信息披露、财务信息披露和权益资本成本关系的实证研究中发现，社会责任和环境信息披露与权益资本成本间有显著的正相关关系，企业社会责任和环境信息披露的增加会导致企业资本成本上升。

通常，政府出台环境监管措施或上市公司发生环境事故都会引起资本市场上相关企业股价的负面反应。但研究发现，企业事前的环境信息披露可以降低这种负面反应的程度。Reitenga（2000）发现，印度 Bhopal 化学物泄露事件后，美国化工行业股票的市场收益与企业年报中环境信息披露程度正相关，环境信息披露越充分的企业股价下跌的幅度越小。Freedman 和 Patten（2004）以 112 家美国企业为样本，发现政府环境政策出台后，年报中环境信息披露较少的企业股票的负面市场反应程度更大，市场会对年报环境信息披露程度高的企业给予回报。这说明环境信息披露可以减弱有关环保政策出台导致的市场负面反应。Blacconiere 和 Patten（1994）在研究环境信息披露的影响时认为，"环境信息的市场价值可能在于投资者将环境信息的缺乏理解为环境风险"，所以"事前的环境信息披露可以降低市场负面反应的程度"。

（二）环境信息披露在估计环境负债中的作用

Cormier 和 Magnan（1997）研究了投资者对企业隐性环境负债的评估，他们发现，市场参与者会通过企业的环境表现来评估纸浆和造纸企业、石油化工企业的隐性环境负债。Clarkson 等（2004）分析了市场对纸浆和造纸行业企业与污染治理有关的环境资本支出的估值，发现投资者通过企业环境表现信息来评估高污染企业与未来污染治理相关的环境负债。Campbell 等（1996）对化工行业企业披露的环境负债信息的研究结果表明，提高环境负债信息披露程度可以减小与预计负债相关的负面估值。Thompson 和 Cowton（2004）用问卷调查和访谈的方法，验证环境报告在债务资本融资过程中的作用，结果显示：银行在发放贷款时会考虑企业的环境风险，并希望企业在年报中，特别是经审计的年报中，增加企业环境信息的披露。这表明银行会借助企业披露的环境信息评价企业的环境风险，从而估计企业的环境负债。Clarkson 等（2008）的实证检验发现，财务杠杆与企业环境信息披露显著正相关。他们认为，债权人通过施加压力，要求企业披露与环境相关的事件，来帮助自己评价企业潜在的未来负债。也就是说，债权人根据企业披露的环境信息评估企业未来环境负债。

（三）环境信息披露的合法性管理作用

合法性理论的支持者，如 Patten（1991）、Darrell 和 Schwartz（1997）、de Villiers 和 van Staden（2006）、Aerts 和 Cormier（2009）认为，有效的环境信息披露有助于企业声誉的建立，环境信息披露被用作管理和引导企业公共政策压力的工具。Neu 等（1998）认为，"环境信息披露给组织提供了一种不必改变组织经济模式就可以维持组织合法性的方法"。

Hasseldine 等（2005）以英国企业为样本，分别从定量和定性两个角度研究了环境信息披露对企业环境声誉的影响，发现环境信息披露质量而不仅仅是数量，对环境声誉的建立有较强的影响。

Patten（1992）以及 Darrell 和 Schwartz（1997）分别研究了 1989 年阿拉斯加石油泄露事件后，石油行业及相关行业企业环境信息披露的变化，发现事件后涉事企业和受影响企业的环境信息披露明显增加。这说明与环境相关的事故发生后，受影响的企业会通过增加环境信息披露来回应因事故引起的社会关注和压力。Deegan 和 Rankin（1996）对 20 家因违反环境保护法被指控的澳大利亚企业的研究结果表明，企业发生诉讼等威胁企业合法性的事件后，会通过增加环境信息披露，特别是正面的环境信息披露，来减轻或消除这种威胁。Toms（2002）在对英国企业环境声誉的决定因素进行分析时，发现年报环境信息披露明显有助于企业环境声誉的形成。de Villiers 和 van Staden（2006）以南非企业为样本对 1994～2002 年环境信息披露进行了趋势研究，发现：当企业认为详细的披露对维持合法性弊大于利时，他们会减少详细披露；有负面环境影响的行业的企业喜欢披露更多的概括性环境信息和更少的详细环境信息。研究认为，当企业面对社会期望变化时，他们将改变自愿披露的程度（高或低）和类型（概括性披露或详细披露）以实现合法性管理目标。

Patten（2005）对企业年报中披露的未来环境资本支出预算与日后实际支出进行比较后发现：披露的环境信息与实际支出以及盈利或价值没有关系，说明企业将环境信息披露作为合法性管理工具而不是披露实际表现的工具。

第二节　国内研究综述

与国外企业环境信息披露领域精彩纷呈的实证研究相比，国内在该领域的实证研究则显得较为沉寂。国内重要期刊上发表的企业环境信息披露的实证研究文章寥寥可数。目前已有的实证研究仍然停留在以描述性分析为主，有少数研究涉及环境信息披露的影响因素，即使是在影响因素研究中，也大多是从企业特征或公司治理的视角出发，鲜有创新性的研究，关于环境信息披露作用的研究在国内至今还是空白。

（一）企业环境信息披露的描述性分析

我国早期的环境会计研究以规范分析为主，最初的几份实证研究是问卷调查（王立彦等　1998；李建发，肖华　2002）。王立彦等（1998）以"公司会计与环境管理"为主题的调查发现：①财会人员具备一定的环境意识，财会主管大多数认为有必要把环境指标与财务会计指标相联系；②财务会计主管对公司经营决策的参与程度很高，大部分的企业财会部门参与处理了有关环境问题；③财会人员已经注意到了环境支出对于企业财务业绩的影响，对不同的会计方法具有一定程度的考虑和认识，具有相当程度的谨慎性；④对于会计工作与公司环境信息工作之间的关系，会计人员只是直觉上认为应当与自己的工作有一定关系，但并未真正理解会计人员参与的必要性。李建发和肖华（2002）的调查得出如下结论：我国现行财务报告无法满足信息使用者了解企业环境问题导致的财务影响的信息需要；信息使用者希望上市公司在财务报告中披露有关环境方面的信息，并规范环境信息的披露；目前，我国企业环境报告在目标方面过于狭隘，在内容和方式方面缺乏可理解性、相关性、可靠性、可比性和透明度；环境信息不仅应包括企业经营活动的环境影响和环境业绩，还应包括环境活动的财务影响。

　　后来随着企业披露的环境信息增多，大样本的经验研究成为可能。作为经验研究的第一步，首先需要了解和分析企业环境信息披露的现状。于是，有一批研究者开始对我国企业披露环境信息的状况进行描述。由于至今没有企业环境信息的数据库，所有的数据都需要手工收集，使得研究的工作量和难度增加。已有的研究基本都是仅仅选择某一些行业、某些地区或某个市场的上市公司作为研究对象。纪珊和王建明（2005）、李晴阳（2010）及卢馨和李建明（2010）等是对某个行业的披露情况进行分析，如石化、钢铁、制造业。周洁和王建明（2007）、方丽娟和耿闪清（2007）以及闵怀等（2010）是对某个地区的披露情况进行研究，如上海、西部、浙江。这些描述性分析普遍认为现阶段我国环境信息披露有如下特点：①披露比例不高，以上市公司为主，主要集中于重污染行业（肖淑芳，胡伟　2005；张星星等　2008）；②上市公司对环境信息的披露逐渐增加，随着时间的推移，披露环境信息的公司越来越多，这些公司所披露的环境信息的内容也经历了从简单到复杂的过程（纪珊，王建明　2005；尚会君等　2007）；③披露内容多为定性描述，信息不全面且可比性差，缺乏连续性，披露的信息主要为历史性信息（李慧　2005；张星星等　2008；肖淑芳，胡伟　2005）；④披露方式不规范（王立彦等　1998；肖淑芳，胡伟　2005）。

　　（二）企业环境信息披露的影响因素研究

　　自 20 世纪 80 年代以来，国外学术界对影响企业披露环境信息的因素进行了大量的实证研究，主要可以分为公司特征、公司治理因素和外部因素三大类。公司特征包括公司规模、盈利能力、行业、财务杠杆等；公司治理因素包括股权性质与结构、独立董事比例等；外部因素包括法律法规、利益相关者的要求、媒体的报道等因素。国内学者在近年也对上述因素展开了分析。

　　（1）公司特征。已有的实证研究发现：①公司规模和环境信息披露水平正相关（汤亚莉等　2006）；②盈余业绩与环境信息披露之间，既有正相关关系（汤亚莉等　2006；殷枫　2006；阳静，张彦　2008），也有负相关关系（李正

2006)。但也有研究发现以 ROE 表示的公司盈余业绩不影响自愿性环境信息披露水平（朱金凤，赵红雨 2008）；③公司财务杠杆不影响公司环境信息披露（李晚金等 2008；朱金凤，薛惠锋 2008）；④所属行业污染越严重，环境信息披露越趋详尽（尚会君等 2007），而且环境信息披露水平在重污染和非重污染行业之间存在明显差异（王建明 2008）；⑤上市越晚的公司环境信息披露越趋于详尽（李慧 2005）；⑥上市公司所在地区对环境信息披露没有影响（阳静，张彦 2008）。

（2）公司治理。国内有关公司治理因素对环境信息披露影响的研究较少，主要是从股权性质及独立董事比例角度讨论公司治理对环境信息披露的影响。研究发现：①直接控股股东的股权性质与环境信息披露没有显著的相关性，可以看出我国国有资本并没有切实履行更多的环境保护责任（李正 2006；李晚金等 2008）；②股权集中与否对公司环境信息的披露也没有显著影响（李晚金等 2008）；③流通股比例的增加使得公司有动机通过环境信息披露对外传递公司稳健经营的信息（阳静，张彦 2008）；④独立董事比例对环境信息披露行为有显著影响（阳静，张彦 2008）；⑤董事长与总经理是否二职合一及独立董事比例因素对环境信息披露没有显著影响，说明我国的公司治理更多地强调企业的经济目标而忽视企业的环境目标（李晚金等 2008）。

（3）外部因素。企业对外披露环境信息主要是外部利益相关者施加压力的结果，这些外部压力来自政府、公众、社区、客户、媒体、竞争对手等，其中，政府压力是一种直接压力，对企业的影响较大。政府通过制定和颁布一系列法规制度引导企业在环境方面的行为。我国上市公司的环境信息披露与环境法规的发布时间具有一定的相关性（朱金凤，赵红雨 2008），环境法规出台后上市公司的环境信息披露更详尽（李慧 2005；尚会君等 2007）。另一种外部压力来自社会公众，这是一种间接的压力，一般通过舆论或市场行为来实现。邹立和汤亚莉（2006）通过博弈模型分析发现，上市公司、股东、政府、社会及公众都对环境信息的披露起到推动作用。国内关于外部因素对企业披露环境信息影响作用的实证研究中比较有代表性的有肖华和张国清（2008）、王建民（2008）以及陈小林等（2010）。肖华和张国清（2008）以 2005 年中石油吉林化工分公司发生爆炸导致的"松花江水污染事件"为契机，对 79 家化工行业上市公司在事件发生前后的环境信息披露进行对比研究，发现这些企业在事件发生后两年的环境信息披露有显著增加，说明企业披露环境信息是"一种为生存'正当性'辩护的自利行为，是对公共压力做出的反应"。王建民（2008）以 2006 年沪市 727 家 A 股上市公司为研究对象，将样本公司划分为重污染和非重污染两大类，以样本公司所在行业近 10 年颁布的环境监管法律法规作为制度压力的替代变量，验证外部制度压力对企业披露环境信息的影响。其研究证实：环境信息披露水平在重污染和非重污染企业之间存在明显差异；企业环境信息披露水平与环境监管制度压力的相关关系十分明显，监管制度压力大，环境信息披露水平高；环境信息披露水平在重污染和非重污染行业之间的差异，部分也是由于环境监管制度差异造成的。可见，环境制度压力是影响环境信息披露水平的一个重要因素。陈小林等（2010）以深市 2002～2006 年的 2 152 家上市公司为样本，检验公共压力和社会信任对企业环境信息披露质量的影响。他们用国有股比例、外资股比例、银行贷款占负债的比例以及是否属于重污染行业等四个指标来共同衡量企业的公共压力，并加入了地区社会信任度指标进行检验，结果发现：国有股比例反应的政府压力，以及外资股股东压力、银行债权人压力是促使企业提高环境信息披露质量的显著因素，社会信任对部分重污染行业企业的信息披露质量有显著的正面影响。

（三）企业环境信息披露的作用研究

我国目前已经发表的研究中还没有关于企业环境信息披露作用的实证研究，仅在学位论文中对此有所探讨。万军（2003）的检验证实，我国现阶段上市公司的环境信息披露整体上还不能影响股价，也不能对投资者产生决策影响。史晓媛（2006）发现，只有个别的环境信息披露事件能够使股票市场产生比较显著的反应，这类事件主要包括能够对企业的主要经营业务和下一步战略发展方向产生直接影响的负面环境信息、企业环境绩效得到公众认可和企业得到政府环保资金补贴等正面环境信息。但是，张玮（2008）发现我国资本市场对正面环境事件的反应不够显著，只是对于强制披露的环境信息会做出显著的负面反应，而对于自愿披露的负面环境信息所做出的反应并不明显。

相比企业环境信息披露作用实证研究基本空白的状况，在企业社会责任信息这个范畴内讨论社会责任和环境信息披露作用的实证研究已有进展。

陈玉清和马丽丽（2005）提供了我国第一份关于社会责任信息的实证研究，检验了市场对全部 A 股公司 2003 年年报中的社会责任会计信息的反应，发现"信息使用者对社会责任会计信息不关注，也就是说，资本市场对此类信息的需求不强"。尽管这一研究在方法上略显粗糙，但是作为社会责任会计研究中的第一篇实证文献，其作用和影响已经超出了文章本身的研究结论。

宋献中和龚明晓（2006）采用了问卷调查的方法对我国上市公司年报中社会责任信息的价值相关性进行研究。他们先对上海证券交易所（以下简称为上交所）510 家上市公司 2004 年年报中的社会责任信息进行分析，选出了有代表性的 17 条信息作为测试项目，向 243 位会计学专家发放调查问卷，评价 17 条信息的决策价值和公共关系价值。对收回的 59 份有效问卷的分析发现：公司年报中的社会责任信息的决策价值和公共关系价值都不高，其中自愿性信息披露的公共关系价值显著大于决策价值，而强制性披露信息的决策价值大于公共关系价值。

宋献中和龚明晓（2007）采用内容分析法对上交所 510 家上市公司 2004 年年报中的社会责任信息进行整体评价，发现公司年报中的社会责任信息质量水平和决策价值都较低。

沈洪涛和杨熠（2008）以 1999～2004 年在上海和深圳交易所上市交易的石化塑胶业 A 股公司为研究样本，观察公司社会责任信息披露所引起的股票价格的变动，发现：社会责任信息具有价值相关性，其披露的数量和质量与股票收益率之间存在显著的正相关关系；社会责任信息对公司价值的影响力在 2002 年出现了转折，从不具有价值相关性发展为具有价值相关性。

本章参考文献

陈小林，罗飞，袁德利．2010．公共压力、社会信任与环保信息披露质量．当代财经，8：111～121

陈玉清，马丽丽．2005．我国上市公司社会责任会计信息市场反应实证分析．会计研究，11：76～81

方丽娟，耿闪清．2007．我国西部重工业城市企业环境信息披露调查研究——石嘴山案例分析．财会通讯（学术版），2：102～106

纪珊，王建明．2005．石化行业上市公司环境信息披露分析．经济师，5：125～126

李慧．2005．环境会计信息披露：对我国重工制造行业上市公司的实证分析．齐鲁珠坛，2：43～46

李建发，肖华．2002．我国企业环境报告：现状、需求与未来．会计研究，4：42～50

李晴阳．2010．钢铁类上市公司环境会计信息披露现状及对策．商业会计，7：70～71

李晚金，匡小兰，龚光明．2008．环境信息披露的影响因素研究——基于沪市 201 家上市公司的实证检验．财经理论与实践，3：47～51

李正．2006．企业社会责任信息披露影响因素实证研究．特区经济，8：324～325

卢馨，李建明．2010．中国上市公司环境信息披露的现状研究——以 2007 年和 2008 年沪市 A 股制造业上市公司为例．审计与经济研究，3：62～69

闵怀，康颖，冯元群等．2010．浙江省企业环境信息披露的现状与完善对策．环境污染与防治，4：101～104

尚会君，刘长翠，耿建新．2007．我国企业环境会计信息披露现状的实证研究．环境保护，8：15～21

沈洪涛．2007．公司特征与公司社会责任信息披露——来自我国上市公司的经验证据．会计研究，3：9～16

沈洪涛，金婷婷．2006．我国上市公司社会责任信息披露的现状分析．审计与经济研究，6：84～87

沈洪涛，杨熠．2008．公司社会责任信息披露的价值相关性研究——来自我国上市公司的经验证据．当代财经，3：103～107

史晓媛．2006．环境信息披露市场反应的实证研究．大连理工大学硕士学位论文

宋献中，龚明晓．2006．公司会计年报中社会责任信息的价值研究——基于内容的专家问卷分析．管理世界，12：104～110

宋献中，龚明晓．2007．社会责任信息的质量与决策价值评价——上市公司会计年报的内容分析．会计研究，2：37～43

汤亚莉，陈自力，刘星等．2006．我国上市公司环境信息披露状况及影响因素的实证研究．管理世界，1：158～159

万军．2003．我国上市公司环境信息披露探索研究．西安交通大学硕士学位论文

王建明．2008．环境信息披露、行业差异和外部制度压力相关性研究——来自我国沪市上市公司环境信息披露的经验证据．会计之友，6：54～62

王立彦，尹春艳，李维刚．1998．我国企业环境会计实务调查分析．会计研究，8：17～23

项国闯．1997．在中国建立绿色会计的构想．财会月刊，3：10～11

肖华．2001．企业环境报告研究．厦门大学博士学位论文

肖华，张国清．2008．公共压力与公司环境信息披露——基于"松花江事件"的经验研究．会计研究，5：15～23

肖淑芳，胡伟．2005．我国企业环境信息披露体系的建设．会计研究，3：47～53

阳静，张彦．2008．上市公司环境信息披露影响因素实证研究．会计之友（中旬刊），11：89～90

殷枫．2006．上市公司自愿性信息披露和盈余业绩关系研究．财会通讯（学术版），3：3～6

张玮．2008．环境信息披露的市场反应研究．复旦大学硕士学位论文

张星星，葛察忠，海热提．2008．我国上市公司环境信息披露现状初步研究．环境保护，6：27～30

周洁，王建明．2007．上海市上市公司环境信息披露的分析．生态经济，6：69～72

朱金凤，薛惠锋．2008．公司特征与自愿性环境信息披露关系的实证研究——来自沪市 A 股制造业上市公司的经验数据．预测，5：58～63

朱金凤，赵红雨．2008．上市公司环境信息披露统计分析．财会通讯（学术版），4：69～71

邹立，汤亚莉．2006．我国上市公司环境信息披露的博弈模型．生态经济（学术版），1：112～116

Adams C A. 2002. Internal organizational factors influencing corporate social and ethical reporting: beyond current theorizing. Accounting, Auditing and Accountability Journal, 15 (2), 223～250

Adams C A, Frost G. 2004. The Development of Corporate Web-sites and Implications for Ethical, Social and Environmental Reporting through These Media. Edinburgh: The Institute of Chartered Accountants of Scotland

Adams C A, Hill W Y, Roberts C B. 1998. Corporate social reporting practices in Western Europe: legitimating corporate behavior? The British Accounting Review, 30 (1): 1～21

Aerts W, Cormier D. 2009. Media legitimacy and corporate environmental communication. Accounting, Organizations and Society, 34 (1): 1～27

Alciatore M L, Dee C C. 2006. Environmental disclosures in the oil and gas industry. Advances in Environmental Accounting and Management, 3: 49～75

Al-Tuwaijri S A, Christensen T E, Hughes K E. 2004. The relations among environmental disclosure, environmental performance, and economic performance: a simultaneous equations approach. Accounting, Organizations and Society, 29 (5～6): 447～471

Barth M, McNichols M, Wilson P. 1997. Factors influencing firms'disclosures about environmental liabilities. Review of Accounting Studies, 2 (1): 35～64

Bewley K, Li Y. 2000. Disclosure of environmental information by Canadian manufacturing companies: a voluntary disclosure perspective. Advances in Environmental Accounting and Management, 1: 201～226

Blacconiere W G, Patten D M. 1994. Environmental disclosures, regulatory costs, and changes in firm value. Journal of Accounting and Economics, 18 (3): 357～377

Brammer S, Pavelin S. 2006. Voluntary environmental disclosures by large UK companies. Journal of Business Finance & Accounting, 33 (7～8): 1168～1188

Brammer S, Pavelin S. 2008. Factors Influencing the quality of corporate environmental disclosure. Business Strategy and the Environment, 17 (2): 120~136

Brown N, Deegan C M. 1998. The public disclosure of environmental performance information: a dual test of media agenda setting theory and legitimacy theory. Accounting and Business Research, 29 (1): 21~41

Buhr N, Freedman M. 2001. Culture, institutional factors and differences in environmental disclosure between Canada and the United States. Critical Perspectives on Accounting, 12 (3), 293~322

Campbell D. 2004. A longitudinal and cross-sectional analysis of environmental disclosure in UK companies: a research note. The British Accounting Review, 36 (1): 107~117

Campbell K, Sefcik S, Soderstrom N. 1996. Disclosure of private information and reduction of uncertainty: environmental liabilities in the chemical industry. Unpublished Working Paper, University of Washington

Che Zuriana M J, Kasumalinda A, Rapiah M. 2002. CSR disclosure in Malaysia: a longitudinal study. Social and Environmental Accounting Journal, 22 (2): 5~9

Cho C H, Patten D M. 2007. The role of environmental disclosures as to viols of legitimacy: a research note. Accounting, Organizations and Society, 32 (7~8): 639~647

Clarkson P, Li Y, Richardson G. 2004. The market valuation of environmental capital expenditures by pulp and paper companies. The Accounting Review, 79 (2): 329~353

Clarkson P, Li Y, Richardson G et al. 2008. Revisiting the relation between environmental performance and environmental disclosure: an empirical analysis. Accounting, Organizations and Society, 3 (4~5): 303~327

Cormier D, Magnan M. 1997. Investor' assessment of implicit environmental liabilities: an empirical investigation. Journal of Accounting and Public Policy, 16: 215~241

Cowen S S, Ferreri L B, Parker L D. 1987. The impact of corporate characteristics on social responsibility disclosure: a typology and frequency based analysis. Accounting, Organizations and Society, 12 (2): 111~122

Darrell W, Schwartz B N. 1997. Environmental disclosures and public policy pressure. Journal of Accounting and Public Policy, 16 (2): 125~154

Davis W P, Batterman S A. 1997. Environmental reporting by the Fortune 50 firms. Environmental Management, 21 (6): 865~875

de Villiers C. 2003. Why do South African companies not report more environmental information when managers are so positive about this kind of reporting? Meditari Accountancy Research, 11: 11~23

de Villiers C, van Staden C J. 2006. Can less environmental disclosure have a legitimizing effect? Evidence from Africa. Accounting, Organizations and Society, 31 (8): 763~781

Deegan C, Gordon B. 1996. A study of the environmental disclosure practices of Australian corporations. Accounting and Business Research, 26 (3): 187~199

Deegan C, Rankin M. 1996. Do Australian companies report environmental news objectively? An analysis of environmental disclosures by firms prosecuted successfully by the environmental protection authority. Accounting, Auditing & Accountability Journal, 9 (2): 50~67

Deegan C, Rankin M, Tobin J. 2002. An examination of the corporate social and environmental disclosures of BHP from 1983~1997: a test of legitimacy theory. Accounting, Auditing & Accountability Journal, 15 (3): 312~343

Deegan C, Rankin M, Voght P. 2000. Firms'disclosure reactions to major social incidents: Australian evidence. Accounting Forum, 24 (1): 101~130

Eric W, Tsang K. 1998. A longitudinal study of corporate social reporting in Singapore: the case of the banking, food and beverages and hotel industries. Accounting, Auditing & Accountability Journal, 11 (5): 624~635

Fekrat M A, Inclan I, Petroni D. 1996. Corporate environmental disclosures: competitive disclosure hypothesis using 1991 annual report data. The International Journal of Accounting, 31 (2): 175~195

Freedman M, Jaggi B. 2005. Global warming, commitment to the Kyoto protocol, and accounting disclosures by the largest global public firms from polluting industries. The International Journal of Accounting, 40 (3): 215~232

Freedman M, Patten D M. 2004. Evidence on the pernicious effect of financial report environmental disclosure. Accounting Forum (Elsevier), 28 (1): 27~41

Freedman M, Wasley C. 1990. The association between environmental performance and environmental disclosure in annual reports and 10ks. Advances in Public Interest Accounting, 3: 183~193

Frost G. 2007. The introduction of mandatory environmental reporting guidelines: Australian evidence. ABACUS, 43 (2): 190~216

Frost G, Jones S, Loftus J et al. 2005. A survey of sustainability reporting practices of Australian Companies. International Conference on Environmental, Cultural, Economic and Social Sustainability, Hawaii, United States

Gray R H, Kouhy R, Lavers S. 1995. Corporate social and environmental reporting: a review of the literature and a longitudinal study of UK disclosure. Accounting Auditing & Accountability Journal, 8 (2): 47~77

Guthrie J. 2006. The death of the annual report. In Paper presented to the human resource costing and accounting conference

Guthrie J, Cuganesan S, Ward L. 2008. Industry specific social and environmental reporting: the Australian Food and Beverage Industry. Accounting Forum, 32 (1): 1~15

Guthrie J, Parker L. 1989. Corporate social reporting: a rebuttal of legitimacy theory. Accounting &Business Research, 19 (76): 343~352

Guthrie J, Parker L. 1990. Corporate social disclosure practice: a comparative international analysis. Advances in Public Interest Accounting, 3: 159~173

Hackston D, Milne M J. 1996. Some determinants of social and environmental disclosures in New Zealand companies. Accounting, Auditing & Accountability Journal, 9 (1): 77~108

Hasseldine J, Salama A I, Toms J S. 2005. Quantity versus quality: the impact of environmental disclosure on the reputations of UK Plcs. The British Accounting Review, 37 (2): 231~248

Hogner R H. 1982. Corporate social reporting: eight decades of development at US Steel. Research in Corporate Performance and Policy, 4: 243~250

Hughes S B, Anderson A, Golden S. 2001. Corporate environmental disclosures: are they useful in determining environmental performance ? Journal of Accounting and Public Policy, 20 (3): 217~240

Hughes S B, Sander J F, Reier J C. 2000. Do environmental disclosures in US annual reports differ by environmental performance ? Advances in Environmental Accounting and Management, 1 (5): 141~161

Ingram R, Frazier K. 1980. Environmental performance and corporate disclosure. Journal of Accounting Research, 18 (2): 614~622.

Isenmann R, Lenz C. 2002. Internet use for corporate environmental reporting: current challenges~technical benefits~practical guidance. Business Strategy and the Environment, 11 (3): 181~202

Jamil C Z M, Alwi K, Mohamed R. 2002. Corporate social responsibility disclosure in the annual reports of Malaysian companies: a longitudinal study. Social and Environmental Accounting, 22 (2): 5~9

Karim K E, Lacina M J, Rutledge R W. 2006. The association between firm characteristics and the level of environmental disclosure in financial statement footnotes. Advances in Environmental Accounting and Management, 3: 77~109

Lindblom C. 1994. The Implications of Organizational Legitimacy for Corporate Social Performance and Disclosure. New York: Paper presented at the Critical Perspectives on Accounting Conference

Barth M E, Maureen F et al. 1997. Factors influencing firms'disclosures about environmental liabilities. Review of Accounting Studies, 2 (1): 35~64

Milne M J, Patten D M. 2002. Securing organizational legitimacy: an experimental decision case examining the impact of environmental disclosures. Accounting, Auditing & Accountability Journal, 15 (3): 372~405

Ness K E, Mirza A M. 1991. Corporate social disclosure: a note on a test of agency theory. The British Accounting Review, 23 (3): 211~217

Neu D, Warsame H, Pedwell K. 1998. Managing public impressions: environmental disclosures in annual reports. Accounting, Organizations and Society, 23 (3): 265~282

Newson M, Deegan C. 2002. Global expectations and their association with corporate social disclosure practices in Australia, Singapore, and South Korea. The International Journal of Accounting, 37 (2): 183~213

Niskala M, Pretes M. 1995. Environmental reporting in Finland. Accounting, Organizations and Society , 20 (6): 457~466

Patten D M. 1991. Exposure, legitimacy, and social disclosure. Journal of Accounting and Public Policy, 10 (4): 297~308

Patten D M. 1992. Intra-industry environmental disclosures in response to the Alaskan oil spill: a note on legitimacy theory. Accounting , Organizations and Society, 17 (5): 471~475

Patten D M. 2002. The relation between environmental performance and environmental disclosure: a research note. Accounting, Organizations & Society, 27 (8): 763~773

Patten D M. 2005. The accuracy of financial report projections of future environmental capital expenditures: a research note. Accounting, Organizations and Society, 30 (5): 457~468

Patten D M, Crampton W. 2003. Legitimacy and the internet: an examination of corporate web page environmental disclosures. Advances in Environmental Accounting and Management, 2: 31~57

Patten D M, Nance J. 1998. Regulatory cost effects in a good news environment: the intra-industry reaction to the Alaskan oil spill. Journal of Accounting and Public Policy, 17 (4/5): 409~429

Reitenga A L. 2000. Environmental regulation, capital intensity, and cross-sectional variation in market returns. Journal of Accounting and Public Policy, 19 (2): 189~198

Richardson A, Welker M. 2001. Social disclosure, financial disclosure and the cost of equity capital. Accounting, Organizations and Society, 26 (7): 597~616

Roberts R. 1992. Determinants of corporate social responsibility disclosure: an application of stakeholder theory. Accounting, Organizations and Society, 17 (6): 595~612

Rockness J. 1985. An assessment of the relationship between U. S. corporate environmental performance and disclosure. Journal of Business Finance and Accounting, 12 (3): 339~354

Shane P, Spicer B H. 1983. Market response to environmental information produced outside the firm. The

Accounting Review, 53 (3): 521~538

Stevens W. 1984. Market reaction to corporate environmental performance. Advances in Accounting, 1: 41~61

Toms J S. 2002. Firm resources, quality signals and the determinants of corporate environmental reputation: some UK evidence. The British Accounting Review, 34 (3): 257~282

Tsang E W K. 1998. A longitudinal study of corporate social reporting in Singapore: the case of the banking, food and beverages and hotel industries. Accounting Auditing & Accountability Journal, 11 (5): 624~635.

Tschopp D J. 2005. Corporate social responsibility: a comparison between the United States and the Union. Corporate Social Responsibility and Environment Management, 12 (1): 55~59

Wilmshurst T, Frost G. 2000. Corporate environmental performance: a test of legitimacy theory. Accounting, Auditing and Accountability Journal, 13 (1): 10~26

Wiseman J. 1982. An evaluation of environmental disclosures made in corporate annual reports. Accounting, Organizations and Society, 7 (1): 53~63

第四章 环境信息披露的制度背景

环境信息披露，又称环境信息公开，是一种全新的环境管理手段。根据《奥胡斯公约》[①]，环境信息指的是下列方面的书面形式、影像形式、音响形式、电子形式或任何其他物质形式的任何信息：①各种环境要素的状况，如空气和大气层、水、土壤、土地、地形、地貌和自然景观、生物多样性及其组成部分，包括基因改变的有机体以及这些要素的相互作用；②正在影响或可能影响以上①项范围内环境要素的各种因素，如物质、能源、噪音和辐射及包括行政措施、环境协定、政策立法、计划和方案在内的各种活动或措施，以及环境决策中所使用的成本效益分析和其他经济分析及假设；③正在或可能受环境要素状况影响或通过这些要素受以上①②项所指因素活动或措施影响的人类健康和安全状况、人类生活条件、文化遗址和建筑结构。环境信息公开主要有两个方面的作用：首先，环境信息公开可以改善获得信息的途径和公众对决策的参与，有助于提高决策的质量和执行，提高公众对环境问题的认识，使公众有机会表明自己的关切，并使政府部门能够对这些关切给予应有的考虑，从而减少环境决策的失误；其次，环境信息公开能够让公众充分地了解、监督和评价企业的污染排放情况、污染治理情况及其造成的环境损失情况，使环境行为表现好的企业在公众和社区获得良好的企业形象，在资本市场和产品市场中获得良好的回报，迫使环境行为表现差的企业加强污染控制、改善环境行为。环境信息披露按照不同的标准可以有不同的分类。根据其公开的媒体不同可分为报纸、广播、电视、网站、新闻发布会、听证会、展览会、广告等，也可以采取环境报告、可持续发展报告和健康、安全与环境报告等固定文件形式；根据其公开的内容不同可分为环境质量公开、环境行为公开等；根据其公开的主体可以分为政府环境信息公开、企业环境信息公开和其他形式环境信息公开[②]。

在过去的几十年中，世界各国都陆续将环境信息披露看做环境管理一个必不可少的手段。目前，全球已经有超过 90 个国家和地区对于政府信息公开制定了相关的法律，20 多个国家建立了公开的污染物数据登记制度。多国的实践证明，环境信息披露对于控制污染和促进减排产生了积极的推动作用。

---

① 1998 年 6 月，欧洲环境第四次部长会议通过了《关于在环境事物中获取信息、公众参与决策和获取司法救济的公约》，简称《奥胡斯公约》。

② 李富贵，熊兵.2005.环境信息公开及在中国的实践.中国人口·资源与环境，4 (15)：22～25.

第一节　国际上主要的环境信息披露实践

在过去的几十年中，环境信息披露成为国际上各个国家环境保护活动以及国际环境保护协议经常使用的一种手段。国际上，环境信息披露的形式有多种，主要的有：①污染物排放及转移登记制度；②环境影响评价报告；③政府环境信息公开；④产品环保标识。

一、企业污染物排放及转移登记制度[①]

企业污染物排放与转移登记制度（pollutant release and transfer register, PRTR）是覆盖范围最广泛的一种环境信息披露工具。PRTR 是从多种污染源排放或转移至环境的潜在有害污染物的一览表或登记簿，是一个国家或区域的环境数据库。PRTR 既包括向空气、水和土壤的排放或转移的相关信息，也包括运送至处理场或废物处理场的废物信息。该登记制度还包括关于特定物质的相关报告，如苯、甲烷或汞，它们与广大污染物形成对比，如挥发性有机化合物、温室气体或重金属。

PRTR 提供了地方、区域、国家和国际信息。根据适当的污染物排放与转移登记系统，地方或区域政府评估地方环境的状况并根据 PRTR 的结果提供对人类健康和环境危害的评估信息。用 PRTR 数据提供此类危害评估的关键信息，使得国家机构或国际组织可在一致性和普遍性的基础上评估和比较环境问题，如考虑多种 PRTR 所涵盖的污染物环境的暴露和运动途径。换言之，污染物排放与转移登记结果可通过分散模式提供信息，以实现按时间和地点对环境状况进行评估。PRTR 可作为政府总体环境政策的一个重要工具，它鼓励报告人减少污染，使广大公众支持政府环境政策。实际上，政府希望建立长期国家环境目标，以促进可持续发展，并将 PRTR 作为重要的工具来客观地验证这些目标的实现情况。

美国 1986 年版的 TRI 是 PRTR 登记制度的首创。此后，20 多个国家都建立了 PRTR 制度。2000 年欧洲委员会根据关于污染防治一体化的 2000 /479 /EC 指令，通过了"关于实行欧洲污染排放登记的决定"，要求欧共体各国政府部门收集、储存从各个工业污染源污染排放信息，并报告给欧洲委员会。该决定从 2003 年开始实施。PRTR 是欧共体自里约会议以来在信息公开方面做出的一个

---

① 本部分的内容主要参考了公众环境研究中心（IPE）和美国自然资源保护委员会（NRDC）的"污染源监管信息公开指数（PITI）"报告（2008 年），以及"绿色和平"编译的《水污染"减排"国际参考》第 4 期。

重要举措，它旨在形成一个污染物排放及转移记录体制。联合国欧洲经济委员会官员评价，对污染物进行登记是将排放信息公之于众的一个有力的且极具成本效益的手段，这有助于给企业形成压力，迫使其主动减少污染。到 2004 年，PRTR 涵盖了欧盟 25 个成员国和挪威约 12 000 座工业设施的排放数据。

PRTR 在削减污染方面的作用明显。1988~1999 年，TRI 报告的 340 种化学品的排放量下降了 45.5%。这种成绩的取得部分是因为清洁大气法的修改、TRI 报告的更改以及其他原因，但是大家认为取得这个成绩的主要功臣是 TRI 披露。印度尼西亚采用的 PROPER 系统用分别代表不同级别的五种颜色来对企业的环境表现进行评级，这个系统公开 18 个月后使得污染水平降低了 40%。PRTR 制度发挥作用的机制在于以下三个方面：①PRTR 成为许多企业减少污染的主要驱动力。污染信息的透明在很多情况下能够促使企业进行自我纠正，减少污染。部分原因是企业以前从未注意到其污染水平，而当 PRTR 要求他们做出排放报告的时候，他们才意识到问题的存在。许多企业领导人正确地认识到污染是一种浪费，会增加企业成本。通过信息披露，企业能够把自己的环境表现与竞争对手进行比较，因而激励他们削减污染。公开某公司的污染情况会让公司蒙羞、损害名声和公司品牌，企业通常都不愿意让公众知道他们比竞争对手的污染程度更高。例如，在美国第一次发布了有毒物质排放数据之后，孟山都公司自愿承诺削减 90% 的有毒化学品排放，美国其他的许多公司也都纷纷做出承诺，拟把有毒物质污染水平降低至 TRI 最初报告水平的 50%~90%。②PRTR 赋予公众权力，加强政府监管。PRTR 的污染信息使得地方社区、环境组织和媒体能够锁定污染者，并针对污染者导致的风险采取行动。地方社区往往对企业行为的监督最为严格，大力地协助环境监管部门的工作，因为后者的工作往往遭遇人手不足、资源紧缺的局面。企业了解公众已获得污染信息这个事实本身就可以促使企业在公众采取行动之前就纠正自身的污染行为。对政府而言，PRTR 有助于实现防治污染、减轻控制管理的负担。没有产生废物，就不需要废物处理设施；没有产生水污染物，也不需要废水处理设施。PRTR 所涵盖的特定化学品或化学品种类可按固有危险性进行区分，总排放/转移量较高的特定污染物未必都非常危险。相反，排放/转移水平较低的污染物产生的危险可能更大。PRTR 可提供意外排放的数据，如因工业企业生产设备失火而产生的外溢或排放。此外，PRTR 的数据有助于讨论各种类型的潜在污染源（从大型机构至中小型公司）的用地计划和许可决定。与国际一致的注册系统也有助于设定和监控国际目标和承诺。数据的分享可帮助各国最大限度地降低危险。③PRTR 将市场和其他利益相关方引入削减污染的行动中来，包括资本市场、银行、购买者以及消费者。在资本市场上，污染数据的披露会导致股票价格下降；在实施"绿色证券"政策的地方，资本市场可以影响企业行为，限制那些未能满足某些环境标准的公司进入资本市场；银行在某些情况下会限制环境记录差的公司获取贷款；消费者可以抵制环境污染严重的公司所生产的产品；在当今世界，"绿色供应链"的作用相当强大，信息公开使得公司购买者能够找出在他们的供应链中违反环境法规的供应商，并采取相应行动。

二、环境影响评价报告①

环境影响评价（environmental impact assessment，EIA），简称环评，是指对规划和建设项目实施后可能造成的环境影响进行分析、预测和评估，提出预防或者减轻不良环境影响的对策和措施，进行跟踪监测的方法与制度。通俗地说，就是分析项目建成投产后可能对环境产生的影响，并提出污染防止对策和措施。在世界各国，EIA被视为一种成功的手段，对环保做出了直接的贡献，因为它防止了破坏环境的项目上马，缓解对环境造成消极影响，增加了公众对未来项目或者行动的认同。

1969年，美国制定了《国家环境政策法》（National Environmental Policy Act，NEPA），在世界范围内率先确立了环境影响评价制度，依据该法设立的"国家环境质量委员会"（Council on Environmental Quality，CEQ）于1978年制定了《国家环境政策法实施条例》（Regulations for Implementing the Procedural Provisions of the National Environmental Policy Act，CEQ条例），又为其提供了可操作的规范性标准和程序。受美国这一立法的影响，日本、澳大利亚、加拿大和欧洲各国也纷纷建立了环境影响评价制度。欧盟在2001年颁布了《战略环评指令》（2001/42/EC指令）。我国在2002年10月28日由第九届全国人民代表大会常务委员会第三十次会议通过《中华人民共和国环境影响评价法》（以下简称《环境影响评价法》），自2003年9月1日起施行。

1970年美国《清洁空气法》第309条对联邦环保局审查环境影响评价的职责做出与《国家环境政策法》相应的规定。第309条赋予环保局的具体权利如下：①公开披露对环境影响报告（EIS）的评审意见。由于《国家环境政策法》的解释条款没有详细的公开披露的要求。国会通过起草《清洁空气法》解决了这一问题。因此赋予了环保局公开披露其对环境影响报告的评论结果的职责和权利；②环保局审查环境影响报告的职责；③环保局广泛地审查提议的联邦行动；④除了要指导环境审查外，联邦活动办公室还需要为环保局地区职员制定指导材料、提供培训课程，并促进环保局和其他联邦部门之间的协调。

从EIA制度的实质内容上看，EIA制度具体涉及环评对象、环评范围、公共参与、替代方案等。从程序环节上看，其核心是编制EIS。从法定的编制程序

① 本部分的内容主要参考：赵绘宇，姜琴琴.2010.美国环境影响评价制度40年纵览及评价.当代法学，1：133～143.

来看，环境影响报告主要包括项目审查、范围界定、EIS 草案的准备、EIS 最终文本的编制等阶段。充分征求和考虑公众意见贯穿于编制环境影响报告书的整个过程。

EIS 的披露，以及公众对 EIS 的审查和评论都是 EIA 发挥作用的关键。公众在环境影响报告书制作过程中的监督作用被认为是《国家环境政策法》大获成功的关键因素。公众在国家环境政策中的作用在于对纳入 EIA 的环境因子提出建议，并对国家环境政策性文件发表看法。公众能够参与环境政策相关的听证会或参加公开集会，甚至能够将自己的看法直接提交到相关领导机关，而这些机关必须考虑公众在提交限期内提出的对环境政策的看法。由于 EIA 制度，联邦计划必须接受公众审查，强化了联邦政府的责任和透明度。公众的评价能使联邦政府机关意识到本来可能会被忽视的信息，其监督能在不知不觉中推动联邦政府机关做出更好的决策。公开披露制度让利益相关团体影响环评中包含的信息的种类和质量。"环境质量委员会"要求政府机构在开始准备环境影响报告之前，必须提供一个供非政府组织（non-governmental organization，NGO）和其他利益相关团体"通知和评论"的时期，以在提议的调查范围内进行评论。另一个"通知和评论"时期是在草案报告公布后，允许评论家对机构搜集的信息进行补充或提出质疑。政府机构必须在最终的草案报告或风险转移后的司法审查中对这些质疑做出回应。因此，《国家环境政策法》实施过程的透明度和渗透性，被司法监督强化，可以迫使该机构考虑到相关的私人团体所掌握的信息。《国家环境政策法》规定的公开披露制度有助于保持更高的透明度和更广泛的政府问责制的建立。

三、政府环境信息公开[①]

2009 年 1 月 21 日，奥巴马在其"致各行政部门和机构负责人的备忘录"中写道："民主国家需要建立问责机制，而问责机制要求政府实现透明度。美国联邦最高法院大法官路易斯·布兰迪斯（Louis Brandeis）曾说过，'阳光是最好的防腐剂'。在我们的民主进程中，《信息自由法案》是为建立公开政府所作的意义深远之国家承诺的最著名表述，该法案旨在通过透明度建立国家的问责机制，其核心理念是问责机制符合政府以及全体公民的利益。"

1946 年，美国国会为了平衡信息公开与国家安全之间的关系，通过了《行政程序法案》（Administrative Procedure Act，APA），其中制定了一个信息公开的条款。按照这个法案，如果某一信息事关公共利益而美国政府将其保密，"那么这种信息是机密的"；如果信息不在该规定范围之内但又构成"官方档案"，那么该信息只能提供给"合适和直接相关的人"。人们普遍认为《行政程序法案》

---

① 本部分内容参考了绿色和平编译的《水污染"减排"国际参考》第 1 期。

根本没有实现信息公开的目标，而且这项法案逐渐地被视为一项限制信息而非公开信息的法律。为了改变这一形势，美国国会在 1966 年通过了《信息自由法案》（Freedom of Information Act，FOIA）。《信息自由法案》大幅增加了可以对公众开放的信息量，赋予公众获取"长期以来不必要向公众隐瞒的"信息的权利。联邦政府部门持有的信息从《行政程序法案》下限制公开变为向公众开放，并且接受公众的监督。《信息自由法案》也包括了 9 项豁免，以避免涉及国家安全、商业机密以及隐私的某些信息公开所造成的伤害。

《信息自由法案》确立了美国政府所持有信息公开的规定，适用于美国联邦政府行政部门持有的记录，包括环境保护署。公众可以依据该法案获取不可自动取得的记录。根据该法案，一些信息和数据必须主动披露给公众。这类"主动"提供的信息包括了污染排放和废气释放数据，以及 TRI。这要求环保署每年收集私人企业有毒物体排放的某些数据并将其公开，使得公众可以从互联网上找到 TRI 的数据。《信息自由法案》促使环保署不断改革和改进信息公开，如迅速建立文件系统和记录、1996 年 11 月起将联邦档案在网上向公众无偿开放、制作已披露文件的目录并于 1999 年年底前在网上公布等。结果，有关环保署政策、实践和决定的大量信息都可以通过网络或者其他电子形式在网上查到，并且不需要启动《信息自由法案》的信息请求程序。

在美国《信息自由法案》之后，政务信息公开体制开始在 90 多个国家建立。各国会主动公开与公众和其他利益相关方的利益最密切的信息，包括环境信息。例如，积极公开 PRTR 和 EIA 数据能够提供公众所需的信息，用以锁定可能造成健康和财产风险的重污染源。在这种情况下，申请公开的相关法律法规更多的是作为一种备用选择，以保证公众获取应公开而未公开的环境信息。

1992 年《关于环境与发展的里约宣言》提出："环境问题最好是在全体有关市民参与下，在有关级别上加以处理，在国家一级，每一个人都应能适当地获得公共当局所持有的关于环境的资料，包括关于在其社区内的危险物质和活动的资料，并应有机会参与各项决策进程，各国应通过广泛提供资料来便利及鼓励公众的认识和参与，应让人人都能有效地使用司法和行政程序，包括补偿和补救程序。"

1990 年 6 月，欧共体理事会通过了《关于自由获取环境信息的 90/313/EEC 指令》（以下简称"90/313/EEC 指令"），并要求所有成员国在 1992 年 12 月 31 日之前实施贯彻该指令的必要的国内法律、法规和行政规定。"90/313/EEC 指令"第 1 条即明确其目标在于"确保获取、传播公共部门所持有的环境信息的自由，并规定获得此类信息的基本条件和情形"。1998 年 6 月，欧洲环境第四次部长会议通过了《关于在环境事务中获取信息、公众参与决策和获取司法救济的公约》，简称《奥胡斯公约》。《奥胡斯公约》被誉为"欧洲环境决策"中的里程碑。在《奥胡斯公约》中，环境信息公开制度作为和环境决策中公众参与以及环境司法并列的三大支柱之一。继《奥胡斯公约》后，欧盟又通过《〈奥胡斯公约〉执行指南》（2000 年）。①根据《奥胡斯公约》的要求，欧洲议会和欧洲理事会于 2003 年 1 月 28 日通过了《关于公众获取环境信息和废止 90/313/EEC 指令的 2003/4/EEC 指令》（以下简称"2003/4/EEC 指令"）。"2003/4/EEC 指令"于 2005 年 2 月 13 日取代"90/313/EEC"指令发生效力。"2003/4/EEC 指令"依《奥胡斯公约》制定，其中不少规定是对《奥胡斯公约》有关条文的具体化，个别规定几乎是《奥胡斯公约》条文的翻版，但"2003/4/EEC 指令"在立法目的、技术和内容上都有所超越。②加拿大（1983 年）、韩国（1996 年）、英国（1999 年）、日本（1999 年）等国也制定了政府信息公开法，这些法律都涉及了环境领域的信息公开。1994 年，德国公布并实施的《环境信息法》是有关环境信息公开的专门性法律，对其他国家环境信息公开制度的开展与运行具有重要的借鉴价值。

　　2009 年，奥巴马政府进一步改变了布什时代对《信息自由法案》的限制性解释方式，并命令美国总检察长颁布适用于《信息自由法案》的新指导方针，重申对于问责制和透明度的承诺。美国总检察长在《联邦政府公报》上公布的该指导方针中写道："我们在执行《信息自由法案》时应秉承这样一种明确的推定，即对相关信息是否公开存有疑虑时，应优先使用公开原则。政府不应仅仅因为一旦信息披露将令政府官员尴尬，或可能会暴露政府的错误和疏失，或因为一些假设或抽象的顾虑，而不公开信息。各行政部门不得出于保护政府官员利益的考虑，而以牺牲公众利益为代价不公开信息。在答复根据《信息自由法案》的申请时，各行政机构应本着合作的精神，立即行动起来，并清醒地认识到自己是为美国人民服务的。所有行政机构均应采用信息公开的推定，就如何遵循和具体执行《信息自由法案》中的原则所承诺的内容进行更新，以此迎接公开政府的新时代。信息公开的推定应适用于涉及《信息自由法案》的所有决定。信息公开的推定也意味着各行政机构应采取积极措施努力实行信息公开。各行政机构不应坐等公众提出具体的信息公开申请，而应主动向公众公开信息。所有行政机构应运用先进技术，告知公众政府的所知、所为。信息应及时公开。"

四、产品环保标识

　　按照我国国家技术监督局 1997 年制定的《产品标识标注规定》中的定义，产品标识是指用于识别产品及其质量、数量、特征、特性和使用方法所做的各种表示的统称，可以用文字、符号、数字、图案以及其他说明物等表示。《产品标

---

①　王彬辉，董伟，郑玉梅．2010．欧盟与我国政府环境信息公开制度之比较．法学杂志，7：43～46．
②　周卫．2006．欧共体环境信息公开立法发展述评．湖北社会科学，4：150～154．

识标注规定》要求：使用不当，容易造成产品本身损坏或者可能危及人体健康和人身、财产安全的产品，应当有警示标志或者中文警示说明；剧毒、放射性、危险、易碎、怕压、需要防潮、不能倒置以及有其他特殊要求的产品，其包装应当标注警示标志或者中文警示说明，标明储运注意事项。

在国际上，产品标识机制在削减污染方面行之有效。最好例子之一是 1986年加州《安全饮用水与有毒物质执法法案》，也就是常说的第 65 号提案。第 65号提案有一系列目标，包括防止有害化学品和物质进入饮用水与消费产品；给有可能暴露于这些化学品的个人发出警告；促使州政府官员告知公众有害和非法排放；鼓励公民通过法院进行执法。法案要求加州州长每年发布一份致癌物质与有毒物质监管计划清单。第 65 号提案采取的方法有三种：①直接禁止某些有毒物质的使用；②通过产品警告标识产生的潜在的市场消极影响来改变私有企业行为；③公民诉讼执法。其中一个主要机制的要求是在某物质被列入名单 12 个月后，企业或行业不应故意让任何人暴露于被识别的致癌或生殖有毒物质中，"除非首先发出了明确和合理的警告"。用于履行这些义务的警告和标识根据暴露类型（消费者、职业性、环境）而异，因此市场的竞争促使这些工业着手削减、代替和消除产品中的有害物质。第 65 号提案也包括了一个强大的公民诉讼执法机制，用于补充执法。因为第 65 号提案的要求，有些产品的配方已经更改。因为公司更愿意排除这些产品中所含的有毒成分，而不愿意看到他们的产品被贴上含有有毒成分的标识。

欧洲共同体关于建立消费品使用中危险增加的情报快速交换体制的 89/45 决议，欧洲理事会在其 1989 年关于未来优先发展消费者保护政策的决议，以及1993 年 4 月 5 日欧洲理事会关于基于消费者利益的产品标签未来行动的决议，目的都是通过标签方式为消费者提供更多信息和透明度，促进环境信息公开与消费者保护政策的结合，确保国内市场的协调功能。欧共体的产品标签制度包括强制性标签和自愿性标签制度。其中，强制性标签的具体规定广泛应用于危险物品、化妆品、家电电器、电器电子设备等许多产品，如 67/548/EEC 号指令。自愿性标签的具体规定，如关于共同体生态标志授予计划的 EEC/880/92 理事会条例。该条例建立了一个对比替代产品对环境的损害为小的产品授予生态标志的自愿性制度，通过引导消费者的消费决策达到环境保护目的。[1]

第二节　我国的环境信息披露政策

我国对环境保护的重视始于 1978 年，邓小平同志首先提出我国应制定环境保护政策；1984 年，中央将环保提到了"基本国策"的地位；1994 年，我国确

---

① 周卫. 2006. 欧共体环境信息公开立法发展述评. 湖北社会科学，4：150~154.

立"可持续发展战略";1997年,《中华人民共和国刑法》增加了"破坏环境资源保护罪";1999年,我国将"国家保护和改善生活环境和生态环境、防治污染和其他公害"写入了《中华人民共和国宪法》;2003年,中央提出以人为本,全面、协调、可持续的科学发展观,提出城乡、区域、经济社会、人与自然和谐、国内发展和对外开放五个统筹发展,环境保护越来越占有重要的战略地位。①2008年5月1日,国务院的《政府信息公开条例》和环境保护部的《环境信息公开办法(试行)》于同日起实施,较为详细地规定了环境保护行政部门公开政府环境信息的行为和企业公开环境信息的要求,是我国环境信息公开的主要法律依据,标志着我国较全面的环境信息依法公开新阶段的开始。无论是在此之前还是之后,我国还出台了众多与环境信息披露相关的政策规定。《环境信息公开办法(试行)》第2条明确规定:"本办法所称环境信息,包括政府环境信息和企业环境信息。"下面,分别从政府环境信息公开和企业环境信息披露两方面回顾我国相关政策的演变历程。

一、我国的政府环境信息公开

(一)《政府信息公开条例》和《环境信息公开办法(试行)》的主要内容和影响

首先,《政府信息公开条例》拓展了政府环境信息公开的主体范围。我国《环境保护法》第11条第2款规定:"国务院和省、自治区、直辖市人民政府的环境保护行政主管部门,应当定期发布环境状况公报。"依据这一原则,只有国务院和省一级政府的环境主管部门才有义务定期公开环境信息。这样的法律规定使得政府环境信息公开的主体范围狭窄,不利于保障公民的环境知情权。《政府信息公开条例》第10条明确规定:"县级以上各级人民政府及其部门应当依照本条例第九条的规定,在各自职责范围内确定主动公开的政府信息的具体内容,并重点公开下列政府信息:……(十一)环境保护……"

其次,《环境信息公开办法(试行)》界定了政府环境信息公开的主要内容。虽然我国环境信息公开在此前已取得了不错的成绩,但从政府环境信息公开的内容来看仍存在着不足。一是我国政府环境信息公开主要集中在水、大气、噪音等环境要素信息,对于非环境要素的环境状况、拟定用来保护这些要素的措施及影响环境要素的各种因素等未做规定。二是环境信息公开的范围模糊,政府在环境信息中必须公开什么、可以公开什么、不能公开什么缺乏明确的范围。《环境信息公开办法(试行)》第11条明确规定了环保部门应当在其职责权限范围内向社会主动公开17项环境信息。

① 潘岳.2004.环境保护与公众参与.理论前沿,13:12~13.

再次，《政府信息公开条例》和《环境信息公开办法（试行）》确立了政府环境信息公开的多种方式。实践中我国政府环境信息公开只采用主动公开形式，政府完全掌握环境信息公开的主动权。由于政府机关本身行政利益的存在，政府不可能完全抛开自身利益，这样的政府信息公开必然有局限性。依据《政府信息公开条例》第 20 条和《环境信息公开办法（试行）》第 16 条规定，公民、法人和其他组织可以采用信函、传真、电子邮件等书面形式或口头形式申请相关部门提供政府环境信息。另外，鉴于有的政府机关在环境信息公开方面随意性较大，《政府信息公开条例》第 15 条和第 16 条还规定，行政机关应当将主动公开的政府信息，通过政府公报、政府网站、新闻发布会以及报刊、广播、电视等便于公众知晓的方式公开。各级人民政府应当在国家档案馆、公共图书馆设置政府信息查阅场所，并配备相应的设施、设备，为公民、法人或者其他组织获取政府信息提供便利。行政机关可以根据需要设立公共查阅室、资料索取点、信息公告栏、电子信息屏等场所、设施，公开政府信息。行政机关应当及时向国家档案馆、公共图书馆提供主动公开的政府信息。

最后，《政府信息公开条例》和《环境信息公开办法（试行）》设定了政府环境信息不公开的救济途径。救济手段十分重要。因为只有法律得到实施并以一定方式进行，法律权利才能被尊重，然后名义上的权利才能变成实际存在的权利。此前，在环境行政领域，当政府不公开应当公开的政府环境信息时，或者公民认为政府应当公开相关的环境信息而政府不予公开时，我国法律、法规并没有明确规定公民可以通过司法救济途径保障自己的权利。依据《政府信息公开条例》第 33 条和《环境信息公开办法（试行）》第 26 条规定，公民、法人和其他组织认为政府部门在政府环境信息公开工作中的具体行政行为侵犯其合法权益的，可以依法申请行政复议或者提起行政诉讼。

（二）其他有关政府环境信息公开的规定

除《政府信息公开条例》和《环境信息公开办法（试行）》之外，在其他环境法律法规中，也零散地规定了政府环境信息公开的内容。例如，1989 年《中华人民共和国环境保护法》第 11 条第 2 款、2002 年《中华人民共和国清洁生产促进法》（以下简称《清洁生产促进法》）第 31 条等，这些信息公开限定在超过污染排放标准的主要污染者的情况，但不够全面。2003 年 4 月，国家环境保护总局发布了《环境保护行政主管部门政务公开管理办法》，规定了政务公开应遵循的原则、内容和形式、程序及要求、组织领导、监督检查等，要求各地环保行政主管部门应公开以下内容：环境质量状况、环保部门规章和标准等规范性文件、环境保护的规划和计划、建设项目环境影响评价的审批等。2004 年 6 月，国家环境保护总局又发布了《环境保护行政许可听证暂行办法》，对严重影响项目所在地居民生活环境质量的建设项目及可能造成不良影响并直接涉及公众环境权益的有关规划，环境保护行政主管部门可以举行听证会，征求有关单位、专家和公众的意见。2007 年 5 月，国家环境保护总局公布了《关于加强全国环保系统政务公开工作的意见》，强调要加强全国环保系统政务公开工作，加快推进环境保护历史性转变。按该项政务公开要求，应公布环境质量状况、环境影响评价制度执行情况、排污费征收情况、环境监察执法情况、突发环境事件和污染物排放情况。2010 年 7 月，环境保护部印发了《环境保护公共事业单位信息公开实施办法（试行）》的通知，要求全国环境保护公共事业单位公开提供社会公共服务过程中制作或获取的信息，以保障公民、法人和其他组织依法获取与自身利益密切相关的信息。

表 4.1 列出了我国政府环境信息公开的相关政策。

表 4.1　我国政府环境信息公开的相关政策

时间	发文单位	文件名称	文件编号
1989.12	全国人民代表大会常务委员会	环境保护法	主席令第 22 号
2002.6	全国人民代表大会常务委员会	清洁生产促进法	主席令第 72 号
2003.4	国家环境保护总局	环境保护行政主管部门政务公开管理办法	环发〔2003〕24 号
2004.6	国家环境保护总局	环境保护行政许可听证暂行办法	国家环境保护总局令第 22 号
2007.5	国家环境保护总局	关于加强全国环保系统政务公开工作的意见	环发〔2007〕68 号
2008.5	国务院	政府信息公开条例	国务院令第 492 号
2008.5	环境保护部	环境信息公开办法（试行）	国家环境保护总局令第 35 号
2010.7	环境保护部	环境保护公共事业单位信息公开实施办法（试行）	环发〔2010〕82 号

（三）我国政府环境信息公开情况评价[①]

公众环境研究中心（Institute of public and Environmental Affairs，IPE）与自然资源保护委员会（Natural Resources Defense Council，NRDC）共同开发了污染源监管信息公开指数，简称 PITI 指数，按照《环境信息公开办法（试行）》的要求，对我国 113 座城市 2008 年度污染源监管信息公开状况进行了初步评价。PITI 指数通过对当地政府所作的超标违规记录公示、信访投诉案件处理结果公示、依申请公开等 8 个指标的系统性、及时性、完整性和用户友好性进行定量和定性分析，对每座城市的污染源监管信息公开状况进行了评价，给出了细项得分

---

① 本部分的资料来自公众环境研究中心和美国自然资源保护委员会的"污染源监管信息公开指数（PITI）"报告（2008 年）。

和总体排名，以系统地评估各地政府部门对《环境信息公开办法（试行）》的执行情况。被评估的 113 座城市涵盖了哈尔滨、济南、石家庄、长沙、广州、成都、乌鲁木齐等 110 座国家环保重点城市，广泛分布于我国的东、中、西部地区。2008 年的评价结果如表 4.2 所示。

表 4.2　2008 年度我国污染源监管信息公开状况评价表

排名	城市	PITI 得分	排名	城市	PITI 得分	排名	城市	PITI 得分
1	宁波	72.9	39	马鞍山	37.9	77	秦皇岛	21.2
2	合肥	66.6	40	济南	36.2	77	岳阳	21.2
3	福州	63.7	41	焦作	36.1	79	安阳	21
4	武汉	61.2	42	东莞	34.3	79	北海	21
5	常州	56.8	43	成都	34.2	81	锦州	20.4
6	重庆	56.7	44	宜昌	33.7	82	呼和浩特	19.4
7	上海	56.5	45	珠海	33.4	83	泸州	19.2
8	南通	56.2	46	盐城	33	84	阳泉	19
9	太原	55.4	47	乌鲁木齐	32.7	85	延安	18.8
10	温州	53.3	48	徐州	32.6	86	枣庄	18.6
11	绍兴	52.6	48	郑州	32.6	87	韶关	18.4
12	大连	51.7	50	大庆	30	88	鄂尔多斯	18.2
13	无锡	51.6	51	石家庄	29.5	89	攀枝花	18
14	深圳	51.1	51	邯郸	29.5	90	济宁	17.8
15	泉州	50.6	53	银川	28.9	91	齐齐哈尔	17.2
16	昆明	49.4	54	洛阳	27	92	兰州	16.6
17	北京	49.1	54	连云港	27	93	九江	16.2
18	台州	48.4	56	长沙	26.8	93	开封	16.2
19	杭州	48	57	唐山	26.6	93	鞍山	16.2
20	南京	47.2	57	厦门	26.6	96	柳州	15.8
21	苏州	47	59	桂林	26.1	97	泰安	15.6
22	淄博	46	60	嘉兴	25.7	98	宜宾	14.4
23	威海	45.4	61	西安	25.4	98	金昌	14.4
24	烟台	44.5	61	铜川	25.4	98	石嘴山	14.4
25	广州	44.4	63	株洲	25.2	101	包头	14
25	佛山	44.4	63	天津	25.2	101	临汾	14
27	扬州	44.3	63	平顶山	25.2	101	湘潭	14
28	长治	42.9	66	贵阳	24.9	101	宝鸡	14
28	中山	42.9	67	曲靖	24.8	105	张家界	12.8
30	汕头	42.9	68	芜湖	24.8	106	大同	12.6
31	潮州	40.4	69	常德	24.4	107	遵义	12.4
32	荆州	40	70	赤峰	24.1	107	绵阳	12.4
33	保定	39.7	71	咸阳	23.3	109	本溪	12
34	南宁	39.2	72	南昌	23.2	110	克拉玛依	11.2
35	沈阳	38.8	73	日照	22.3	111	湛江	10.6
35	牡丹江	38.8	74	潍坊	22.2	112	吉林	10.2
37	青岛	38.4	75	长春	21.7	112	西宁	10.2
38	哈尔滨	38.1	76	抚顺	21.6			

资料来源：公众环境研究中心和美国自然资源保护委员会的"污染源监管信息公开指数（PITI）"报告（2008 年）第 14 页。

"污染源监管信息公开指数（PITI）"报告（2008 年）根据 2008 年的数据分析，对我国目前的环境信息公开做出了下述评价：

（1）环境信息公开取得重要进展。环境信息公开在我国许多地区取得了进展。在污染源监管信息主动公开方面，上海、宁波、太原、武汉等城市已经开始较为系统地公布当地企业日常超标违规的监管记录，北京、重庆、福州、焦作等城市则在信访投诉案件及其处理结果公示方面有良好的表现；而在执行依申请公开方面，合肥、青岛、昆明、郑州等成为对信息公开申请做出积极回应的城市中的佼佼者。

（2）环境信息公开仍处于初级水平。2008 年作为环境信息公开元年，其污染源监管信息公开总体上仍处于初级水平。污染源监管信息公开指数的分值满分为 100 分，其中超过 60％的分值依据法规要求设定，余下部分则主要是依据公众实际需要而设定的倡导性指标。然而，113 个被评价城市中，得分在 60 分以上的城市仅有 4 个，不足 20 分的城市多达 32 个，113 个城市的平均分则刚刚超过 31 分。

（3）污染源监管信息公开与城市所在地区和经济发展水平相关，但后二者均非决定性因素。环境信息公开水平呈现出显著的地域差别，总体上呈现东部高于中部，而中部又高于西部的态势。但环境信息公开和城市所在地区的相关性不是绝对的。位于中西部地区的武汉、重庆、太原的表现称得上是"异峰突起"，东部省区也存在湛江、本溪、泰安等异常低洼的"盆地"。东、中、西部地区被评价城市的得分落差，实际显示了环境信息公开和一个地区的经济发展水平在一定程度上的关联性。但细加分析后，可以发现环境信息公开和经济发展水平的相关性也不是绝对的。例如，江苏省 9 个被评价城市 PITI 指数的平均得分就明显高于广东省 9 个被评价城市，虽然广东省的人均 GDP 较高。

（4）一些排放强度较大、污染较重的城市公开程度很低。以 2007 年万元工业产值的污染物排放强度作为变量进行分析，可以发现，东、中、西部一些污染物排放强度较高的地区，环境信息公开程度非常有限。而以 2005 年空气污染物年日均值作为变量进行分析，看到一些二氧化硫和/或可吸入颗粒物浓度偏高的城市，污染源监管信息的公开程度非常有限。

（5）依申请公开艰难起步，"商业秘密"成拒绝公开借口。为评估《环境信息公开办法（试行）》中对环保部门做出的依申请公开要求，报告编制者向 113 个被评价城市分别申请公开当地 2008 年 9 月的污染企业行政处罚名单和经调查核实的公众对环境问题或者对企业污染环境的信访、投诉案件及其处理结果，其中，有 27 个城市提供了全部或部分名单，但还有多达 86 个城市未能提供名单。拒绝申请的理由除了"不宜公开"之外，还包括这些记录涉及企业商业秘密，申请公开需要上级政府部门开具公函，以及为"保发展"不能公开等。

（6）环境信息公开的完整性为最薄弱环节。综观 2008 年度 113 个城市的污染源监管信息评价，可以发现在其信息公开的系统性、及时性、完整性和用户友好性四个特性中，完整性的得分最低。平均来看，系统性、及时性和用户友好性的实得分占各自总分的比例均在 30％以上，而完整性的得分比例则低于 25％。在实践中，这也反映了现在的信息公开通常不够详细。

通过对评价结果的分析，"污染源监管信息公开指数（PITI）"报告（2008年）认为我国目前的污染源监管信息公开的主要特点是：首先，中国对政府主动公开信息的法律要求不亚于其他国家，但实施情况还在初级阶段；其次，在依申请公开的执行方面，中国尚处于起步阶段；最后，一些重要的环境信息，尤其是直接涉及企业的排放数据和环境影响评价信息等，中国目前的公开程度还较低。

二、我国的企业环境信息披露

我国于 20 世纪 90 年代末在世界银行的帮助下，在镇江市和呼和浩特市试点研究和探索企业环境信息公开化制度，主要是进行企业环境行为信誉评级和公开。它的设计是按照浓度达标→污染治理→总量达标→环境管理→清洁生产这一思路进行的。考虑到反映企业环境行为等级的评价标识应当简单明了和易于记忆，同时考虑到大众对环境问题的认识和习惯，该制度将企业的环境行为分为 5 类，分别用绿色、蓝色、黄色、红色和黑色表示，并在媒体上公布。江苏省镇江市于 2000 年实施这一制度，在市区主要媒体上公布了 91 家企业 1999 年度环境行为评级结果。2001 年 6 月，镇江市第二次公布了 105 家企业 2000 年度环境行为评级结果。2002 年，企业环境行为评级在江苏省逐步推广。①

从 2003 年起，我国陆续出台了一系列环境法律、法规和政策，对企业环境信息披露进行了不同程度的保障和规范。2003 年的《清洁生产促进法》以及 2004 年的《清洁生产审核暂行办法》对被列入强制清洁生产审核名单的第一类重点企业规定了强制性的信息披露义务。2003 年的《环境影响评价法》和 2006年的《环境影响评价公众参与办法》，对于公众在获得有关信息基础上正式参与环评的程序进行了较为详细的规定。

2003 年，国家环境保护总局发布了《关于企业环境信息公开的公告》，以促进公众对企业环境行为的监督。该公告要求，被省级环保部门列入超标准排放污染物或者超过污染物排放总量规定限额的污染严重企业名单的企业，应当按照公告要求在指定期限公布上一年的环境信息，没有列入名单的企业可以自愿参照本规定进行环境信息公开。公告规定了 5 类必须公开的环境信息和 8 类自愿公开的环境信息。

---

① 李富贵，熊兵．2005．环境信息公开及在中国的实践．中国人口·资源与环境，4：22～25.

2005 年国务院《关于落实科学发展观加强环境保护的决定》明确要求企业公开环境信息，并提出应健全社会监督机制，通过实行环境质量公告、公布环境质量不达标的城市，以及听证会、论证会或社会公示等形式，听取公众意见，并鼓励检举和揭发各种环境违法行为，强化社会监督。

推动我国企业环境信息披露的主要举措有环境影响评价、产品环保标识和上市公司环境信息披露。

（一）环境影响评价

我国是最早实施建设项目环境影响评价制度的发展中国家之一。1978 年通过的《关于加强基本建设项目前期工作内容》提出了环境影响评价，使之成为基本建设项目可行性研究报告中的重要篇章。1979 年，第五届全国人大常委会第十一次会议通过了《中华人民共和国环境保护法（试行）》，规定实行环境影响评价报告书制度。以后陆续制定的各项环境保护法律法规，如《中华人民共和国海洋环境保护法》（以下简称《海洋环境保护法》）、《中华人民共和国大气污染防治法》、《中华人民共和国水污染防治法》、《建设项目环境保护管理办法》等均含有环境影响评价的原则规定。1998 年国务院审议通过的《建设项目环境保护管理条例》是我国对建设项目实施环境影响评价制度的基本法律依据。环境影响评价制度在控制新污染源、保护生态环境、实施可持续发展战略方面发挥了重要作用。2003 年 9 月 1 日，《环境影响评价法》正式开始实施，该法的颁布和施行是我国环境影响评价制度发展历史上的一个新的里程碑。我国由原来只单纯针对建设项目进行环境影响评价扩大到对发展规划等战略性活动进行环境影响评价。我国的环境影响评价制度由此向全局性的战略环评方向逐步展开。

我国的项目环评同样倡导公众参与。2006 年的《环境影响评价公众参与办法》，对于公众在获得有关信息基础上正式参与环评的程序进行了较为详细的规定。但这与美国的 EIA 中的公众参与本意不同。我国主要是一种信息获知的意义，其参与意义远不如美国的公众参与对法律、规划、决定等的影响广泛、灵活。以政府活动为环评对象还是企业活动为环评对象这一根本性的差异，决定了我国的环评制度与美国 EIA 在保护环境的力度、评价作用的空间、EIA 次级制度的发挥上存在很大差异。

（二）产品环保标识

我国对利用产品环保标识削减生产过程中的污染也进行了一定的尝试，如设立环境标志、有机食品标志、绿色食品标志等。原国家环境保护总局组建的"中国环境标志产品认证委员会"于 1994 年 5 月 17 日成立，标志着我国环境标志产品认证工作的正式开始。该认证委员会由环保部门、经济综合部门、科研院校、质量监督部门和社会团体等方面的专家组成，是代表国家对环境标志产品实施认证的唯一合法机构。同时，《中国环境标志产品认证委员会章程（试行）》、《环境标志产品认证管理办法（试行）》、《中国环境标志产品认证证书和环境标志使用管理规定（试行）》、《中国环境标志产品认证收费办法（试行）》等一系列工作文件的出台，为环境标志产品的认证奠定了基础。2008 年 9 月 27 日环境保护部发布《中国环境标志使用管理办法》。中国环境标志由环境保护部确认、发布，并经国家工商行政管理总局商标局备案，环境保护部指定的中国环境标志产品认证机构负责中国环境标志的发放以及标志使用的日常管理工作。目前，中国环境标志在家电、办公设备、日用品、纺织用品、建筑装修材料等领域开展 46 类产品的认证，8 000 多个品种规格的产品获得了中国环境标志。通过环境标志，鼓励公众购买和使用安全、健康、节能、节水、废物再生等有利于环境与资源保护的产品。此外，还有一些行业性的规定，如 2007 年由工业和信息化部等七部委联合颁布的《电子信息产品污染控制管理办法》。该办法自 2007 年 3 月 1 日起正式实行，主要内容就是限制与禁止电子信息产品使用 6 种有毒有害物质，以立法方式推动中国电子信息产品污染控制工作。根据该办法，需要加贴电子产品环保标志的电子信息产品涉及手机、笔记本电脑、台式机电脑等多达 1 800 多种电子产品。如果产品中任何一个组成部分的有害物质（指铅、汞、镉、六价铬、多溴联苯、多溴二苯醚）都低于此前信息产业部颁布的行业标准，那么对这个产品使用"绿标"进行标识。如果产品中任一组成部分的有害物质含量高于限量要求，那么这个产品必须采用"橙标"进行标识。2010 年，工业和信息化部组织修订《电子信息产品污染控制管理办法》并公开征求社会意见。

但到目前为止，我国的产品环保标识还没有达到美国第 65 号提案那样的效果。

（三）上市公司环境信息披露

为督促上市公司严格执行国家环保法律、法规和政策，避免由于上市公司环境保护工作滞后或募集资金投向不合理对环境造成严重污染和破坏而带来的市场风险，保护广大投资者的利益，监管部门专门出台了针对上市公司环境信息披露的一系列规定。

1997 年，中国证监会发布了《公开发行证券公司信息披露内容与格式准则第 1 号（招股说明书）》，要求上市公司阐述投资项目环保方面的风险。

2001 年，中国证监会在《公开发行证券公司信息披露内容与格式准则第 9 号——首次公开发行股票申请文件》中明确要求，股票发行人对其业务及募股资金拟投资项目是否符合环境保护要求进行说明。

2001 年，国家环境保护总局发布了《关于做好上市公司环保情况核查工作的通知》，2003 年将其修改为《关于对申请上市的企业和申请再融资的上市企业进行环境保护核查的规定》，规定要求对申请上市的企业和申请再融资的上市企业的环境保护情况进行核查，并将核查结果进行公示。

2005 年，国务院颁布的《关于落实科学发展观加强环境保护的决定》要求企业应当公开环境信息，引导上市公司积极履行保护环境的社会责任，促进上市公司重视并改进环境保护工作，加强对上市公司环境保护工作的社会监督。

2006 年，深圳证券交易所（以下简称为深交所）发布了《上市公司社会责任指引》，在第五章"环境保护和可持续发展"中，就上市公司环保政策的制定、内容和实施等方面提出了指导。该指引指出，公司应按照指引要求，积极履行社会责任，定期评估公司社会责任的履行情况，自愿披露公司社会责任报告。自此，在深交所上市的部分公司相继开始披露社会责任报告，并在其中披露环境信息。少数在上交所上市的公司也开始尝试在社会责任报告中披露环境信息。

2008 年，国家环境保护总局发布了《关于加强上市公司环境保护监督管理工作的指导意见》，要求当发生可能对上市公司证券及衍生品种交易价格产生较大影响且与环境保护相关的重大事件，投资者尚未得知时，上市公司应当立即披露，说明事件的起因、目前的状态和可能产生的影响。国家鼓励上市公司定期自愿披露其他环境信息，推动企业主动承担环境责任。

2008 年，上交所公布了《上市公司环境信息披露指引》，以指导上交所上市公司的环境信息披露。指引规定，上市公司发生文件中的 6 类与环境保护相关的重大事件，且可能对其股票及衍生品种交易价格产生较大影响的，上市公司应当自该事件发生之日起 2 日内及时披露事件情况及对公司经营以及利益相关者可能产生的影响。指引还规定，上市公司可以根据自身需要，在公司年度社会责任报告中披露或单独披露国家环境保护总局令第 35 号文中提及的 9 类自愿公开的环境信息；被环保部门列入污染严重企业名单的上市公司，应当在环保部门公布名单后 2 日内披露主要污染物情况、环保设施情况、环境污染事故应急预案以及公司为减少污染物排放所采取的措施及今后的工作安排等 4 类环境相关信息。

2009 年，中国证监会在《公开发行证券的公司信息披露内容与格式准则第 29 号——首次公开发行股票并在创业板上市申请文件》公告中，除了要求发行人提交公司财务会计资料外，还要提交关于与环境保护相关的其他文件，包括生产经营和募集资金投资项目符合环境保护要求的证明文件，其中重污染行业的发行人需提供符合国家环保部门规定的证明文件。

2010 年，环境保护部出台《上市公司环境信息披露指南》（征求意见稿），明确规定：上市公司应当准确、及时、完整地向公众披露环境信息。上市公司信息披露对象不再局限于有关政府部门而扩大到公众，以满足公众的环境知情权，敦促上市公司积极履行保护环境的责任。《上市公司环境信息披露指南》（征求意见稿）同时要求，火电、钢铁、水泥、电解铝等 16 类重污染行业上市公司应当发布年度环境报告，定期披露污染物排放情况、环境守法、环境管理等方面的环境信息；对于非重污染行业的上市公司，则鼓励披露年度环境报告；依法应开展强制性清洁生产审核的企业且已被环保部门公布的上市公司，其年度环境报告应披露主要污染物的名称、排放方式、排放浓度和总量等环境信息。在定期环境报告之外，《上市公司环境信息披露指南》（征求意见稿）还规定临时环境报告制度，要求发生突发环境事件的上市公司，应当在事件发生 1 日内发布临时环境报告。《上市公司环境信息披露指南》（征求意见稿）首次规定向公众披露环境信息，明确突发环境事件下的环境报告制度，首次要求下属企业中有国家重点监控企业的应公布一年 4 次监督性监测情况。

表 4.3 列出了我国上市公司环境信息披露的相关政策。

表 4.3　我国上市公司环境信息披露的相关政策

时间	发文单位	文件名称	文件编号
1997.1	中国证监会	公开发行证券公司信息披露内容与格式准则第 1 号（招股说明书）	证监 [1997] 2 号
2001.3	中国证监会	公开发行证券公司信息披露内容与格式准则第 9 号——首次公开发行股票申请文件	证监 [2001] 36 号
2001.9	国家环境保护总局	关于做好上市公司环保情况核查工作的通知	环发 [2001] 156 号
2003.6	国家环境保护总局	关于对申请上市的企业和申请再融资的上市企业进行环境保护核查的规定	环发 [2003] 101 号
2005.12	国务院	关于落实科学发展观加强环境保护的决定	国发 [2005] 39 号
2006.9	深交所	上市公司社会责任指引	
2008.2	国家环境保护总局	关于加强上市公司环境保护监督管理工作的指导意见	环发 [2008] 24 号
2008.5	上交所	上市公司环境信息披露指引	监管 [2008] 18 号
2009.7	中国证监会	公开发行证券的公司信息披露内容与格式准则第 29 号——首次公开发行股票并在创业板上市申请文件	中国证券监督管理委员会令第 [2009] 18 号
2010.9	环境保护部	上市公司环境信息披露指南（征求意见稿）	

第三节　我国的"绿色金融"政策

2007 年以来，国家环境保护总局与金融监管部门推出"绿色信贷"、"绿色保险"和"绿色证券"三项绿色环保政策，使"绿色金融"制度初具框架。三柄绿色宝剑对我国的环保事业意义深远。

　　首先，环境污染具有很强的外部性，是"市场失灵"的产物。为了解决"市场失灵"问题，就需要政府的介入。然而政府的介入往往以事后处罚为主，并且可能因官僚主义作风、办事效率低下以及信息不完全等原因而导致"政府失灵"。"绿色金融"的出现，则是试图将环境风险组合到金融风险里面，充分利用金融风险管理技术，借助市场机制、政府管制以及社会监督等多种力量，变事后处罚为事前预防，既解决"市场失灵"，又回避"政府失灵"。其次，环境污染问题大多由微观企业的活动所致，属于微观层面的问题。但是，环境污染问题的解决则必须从宏观层面着眼，从整个经济层面乃至社会层面来加以防治。金融手段，既具有宏观协调的功能，又能够从微观机制入手加以防范和治理，兼具宏观协调和微观防治之功效。再次，在环保问题上，当公众作为消费者对企业进行制约时，不仅处于弱势，而且还存在着一定的利益冲突，因为消费者往往会为追求价廉物美的产品而不得不放松对生产企业在环保方面的约束。但是，当公众作为投资者通过金融机构对企业进行制约时往往就变成了强势一方，并且由于将环境风险因素纳入了投资回报率的考量之中，投资者往往更加关心所投资项目或企业在环保方面所做的努力和成效，以规避因环境风险而带来的损失。最后，环境污染问题成因各异，形式多样，企业会想尽各种办法规避政府的行政监管，逃避处罚。政府的监管由于工作量大、覆盖面广而顾及不全，社会的监督又因为缺乏有效的惩治手段而鞭长莫及。由于金融手段多种多样，并且直接切中污染企业的融资命脉，因此，如果金融机构能够承担起相应的社会责任，并且与政府、社会三方联起手来，就可以对污染企业起到综合治理之功效。此外，环境污染问题之所以防治乏力，归根到底是由于民间企业或政府部门缺乏必要的正向激励和足够的惩戒压力。金融机构一旦介入到环境污染的防治领域，就有可能形成较强的正向激励机制和严厉的惩罚机制。

　　"绿色金融"的直接作用对象是经济微观主体，实施的手段是引导和调节金融生态体系的资金分布。制定和实施"绿色金融"政策的目的，一是通过经济手段迫使企业将污染成本内部化，使企业事前自愿减少污染，而不是事后再治理污染；二是通过加强对企业环境违法行为的社会监督和经济制约，使环保理念和政策与金融生态的目标更加融合，为金融生态环境又好又快发展提供科学、全面、持久的保障。因此，"绿色金融"能够优化金融生态系统的内外环境并以此促进双方的互动良性发展。只有建立在资源节约、环境保护基础上的经济发展才是可持续发展，也只有这样的经济发展环境才是金融机构得以长期良性发展的基础，才是良好金融生态环境的基础。金融机构严格按照"绿色金融"的要求进行操作，对构建以资源节约、环境保护为基础的经济发展环境会起到不可忽视的积极效果。可以说，"绿色金融"与金融生态环境具有良好的互动关系，其实施直接影响金融生态环境的质量，金融生态环境的现实状况也会决定"绿色金融"实施的效果。

一、"绿色信贷"政策

2007 年 7 月，国家环境保护总局、中国人民银行和中国银监会联合发布《关于落实环保政策法规防范信贷风险的意见》，规定对不符合产业政策和环境违法的企业和项目进行信贷控制，要求各商业银行将企业环保守法情况作为审批贷款的必备条件之一。《关于落实环保政策法规防范信贷风险的意见》的出台标志着"绿色信贷"这一经济手段全面进入到污染减排的主战场。

"绿色信贷"首先是一项信贷政策，是中央银行根据国家环境经济政策和产业政策的要求，运用经济、法律及行政手段和措施，对金融机构的信贷总量、投向和质量等进行引导、调控和监督，促使金融机构对研发生产环保设施、从事生态保护建设、开发利用新能源、从事循环经济、绿色制造和生态农业的企业提供倾斜信贷支持，而对污染企业进行信贷限制的信贷政策。"绿色信贷"政策的贯彻落实将达到有效引导资金向环境友好型企业流动的效果。事实上，金融机构在贷款和项目资助中强调企业的环境和社会责任，已经成为国际社会公认的原则之一，如"赤道原则"。赤道原则是 2002 年 10 月世界银行下属的国际金融公司和荷兰银行发起的一项企业贷款准则。这项准则要求金融机构在向一个项目投资时，要对该项目可能对环境和社会造成的影响进行综合评估，并且利用金融杠杆促进该项目在环境保护以及与社会和谐发展方面发挥积极作用。

实际上，我国早在 1995 年就出台了与"绿色信贷"政策相关的法规制度。中国人民银行在 1995 年发出了《关于贯彻信贷政策与加强环境保护工作有关问题的通知》，明确要求各级金融部门在信贷工作中要重视自然资源和环境的保护，把支持生态环境保护和污染防治作为银行贷款考虑的因素之一。

2004 年，国家发展和改革委员会、中国人民银行和中国银监会三部委联合发布了《关于进一步加强产业政策和信贷政策配合控制信贷风险有关问题的通知》，要求对随该通知下发的《当前部分行业制止低水平重复建设目录》所涉及的企业立即组织调查，有关方面按照职责分工，加强沟通协调，认真贯彻国家产业政策和信贷政策，不断优化信贷投向。

2005 年，国务院发布《关于落实科学发展观加强环境保护的决定》，明确规定建立健全有利于环境保护的价格、税收、信贷、贸易、土地和政府采购等体系，对不符合国家产业政策和环境标准的企业，停止信贷。

2007 年 6 月，中国人民银行发布《关于改进和加强节能环保领域金融服务工作的指导意见》，要求金融机构配合国家产业政策，推进产业结构调整和优化升级，切实加强和改进节能环保领域的金融服务工作。

2007 年 7 月和 11 月，中国银监会相继发布《关于防范和控制高耗能高污染行业贷款风险的通知》和《节能减排授信工作指导意见》，要求各银行业金融机构积极配合环保部门，认真执行国家控制"两高"项目的产业政策和准入条件，并根据借款项目对环境影响的程度大小，按 ABC 三类，实行分类管理。

中国工商银行于 2007 年 9 月率先在商业银行中推出了《关于推进"绿色信贷"建设的意见》。中国工商银行提出要建立信贷的"环保一票否决制"，对不符合环保政策的项目不发放贷款，对列入"区域限批"、"流域限批"地区的企业和项目在解限前暂停一切形式的信贷支持等要求。作为国家政策性银行的国家开发银行一方面严格控制向高污染、高能耗的"两高"行业贷款，另一方面建立了"节能减排专项贷款"，着重支持水污染治理工程、燃煤电厂二氧化硫治理工程等八个方面的项目，环保贷款发放额年均增长 35.6%。

表 4.4 列出了我国现有的与"绿色信贷"相关的政策规定。

表 4.4　"绿色信贷"相关的政策规定

时间	发文单位	文件名称	文件编号
1995.2	中国人民银行	关于贯彻信贷政策与加强环境保护工作有关问题的通知	银发〔1995〕24 号
2004.4	国家发展和改革委员会、中国人民银行、中国银监会	关于进一步加强产业政策和信贷政策协调配合控制信贷风险有关问题的通知	发改产业〔2004〕746 号
2005.12	国务院	关于落实科学发展观加强环境保护的决定	国发〔2005〕39 号
2007.6	中国人民银行	关于改进和加强节能环保领域金融服务工作的指导意见	银发〔2007〕215 号
2007.7	国家环境保护总局、中国人民银行、中国银监会	关于落实环保政策法规防范信贷风险的意见	环发〔2007〕108 号
2007.7	中国银监会	关于防范和控制高耗能高污染行业贷款风险的通知	银监办发〔2007〕161 号
2007.11	中国银监会	节能减排授信工作指导意见	银监发〔2007〕83 号

从理论上看，银行参与"绿色信贷"的动力来自两个方面：一是为了规避风险。例如，如果银行向污染企业贷款，该企业被环保部门查处，就意味着该企业可能被施以经济重罚，甚至会停产、关闭，银行的贷款就面临损失的风险。为规避自身风险，银行将会主动和环保部门配合，拒绝向污染企业提供资金。二是获得收益。银行可以抓住环保带来的机遇，参与一些节能环保项目获得收益。然而这两种理想的状态却由于种种现实的体制和技术原因难以达到。从体制方面来看，首先，地方政府和企业之间存在密切的利益关系，甚至一些污染企业是地方

财政收入的重要来源，受到当地政府的保护，隶属于地方政府的环保部门和银行难免受到地方政府的不当干预。其次，环境污染问题是一个典型的"外部不经济"现象，即污染主体行为的私人成本要小于其社会成本。"绿色信贷"实现的一个重要条件是把银行和企业的风险联系在一起。但由于当前污染企业并没有完全承担污染风险，风险还被一些地方政府承担着，对企业来说，由地方政府承担风险等于没有风险。同时，由于污染企业因为少了治污成本，经营状况反而可能好于普通企业。而一些环保型项目投资期限长、管理成本高，有一些甚至经济效益并不太好。商业银行作为追求利益最大化的经济主体，迫于盈利和市场份额的压力，自然缺乏发展"绿色信贷"的动力。从技术方面看，发展"绿色信贷"还存在一些技术难题。例如，环保机构和金融机构的信息沟通还不够及时。"绿色信贷"的标准多为综合性、原则性的，缺少具体的"绿色信贷"指导目录，这会降低"绿色信贷"措施的可操作性。由于缺少推进的激励机制，对于环保做得好的企业和银行缺少鼓励性经济扶持政策，也难以有效吸引商业银行支持环保项目。

二、"绿色保险"政策

国家环境保护总局和中国保监会于 2007 年年底联合发布了《关于环境污染责任保险的指导意见》，这标志着我国开始建立环境污染责任保险制度，正式推出"绿色保险"政策。"绿色保险"，是继"绿色信贷"之后出台的环境经济政策，是各相关部门联合建立环境经济政策体系的又一次探索。

"绿色保险"，又称环境污染责任保险，是国际上普遍采用的制度。环境污染责任保险是以企业发生的污染事故对第三者造成的损害依法应负的赔偿和治理责任为标的的保险。环境污染责任保险可以使被保险人（造成污染事故的单位或个人）把对第三者的赔偿责任转嫁给保险公司，被保险人可以避免巨额赔偿的风险，环境污染受害者又能够得到迅速、有效的救济。过去一旦发生重大环境污染事故，在巨大的赔偿和污染治理费用面前，事故企业只得被迫破产，受害者得不到及时的补偿救济，造成的环境破坏只能由政府花巨资来治理。受害者个人、企业、政府三方都将承受巨大损失。但如果企业参加了环境污染责任保险，一旦事故发生，由保险公司及时给被害者提供赔偿，企业避免了破产，政府又减轻了财政负担，这符合三方的共同利益。但这并不意味企业就可以放心大胆地去污染。因为环境保险的收费与企业污染程度成正比，如果企业发生污染事故的风险极大，那么高昂的保费会压得企业不堪重负。保险公司还会雇用专家，对被保险人的环境风险进行预防和控制，这种市场机制的监督作用将迫使企业降低污染程度。国际经验证明，一个成熟的"绿色保险"制度，是一项经济和环境"双赢"的制度，也是一个能在更大范围调动市场力量加强环境监管的手段。

　　我国从 20 世纪 80 年代起开始试办公众责任保险。中国人民保险公司从 1981 年开始开办出口产品责任保险。不久之后,我国在一些行业推行环境强制责任保险,但主要集中在海洋环境领域。依照《海洋石油勘探、开发环境保护管理条例》(1983 年)第 9 条的规定,从事海洋石油勘探、开发的企业、事业单位和作业者,应当投保污染损害民事责任的保险。企业、事业单位和作业者应具有有关污染损害民事责任保险或其他财务保证。我国是《国际油污损害民事责任公约》的缔约国,该公约规定了强制责任保险。我国《海洋环境保护法》对此做了相同规定,即载运 2 000 吨以上散装货油的船舶,应当持有效的油污损害民事责任保险。《海洋环境保护法》还在第 66 条第 1 款规定:国家完善并实施船舶油污损害民事赔偿责任法律制度;按照船舶油污损害赔偿责任以船东和货主共同担风险的,建立油污、污损赔偿基金。除此之外,我国其他领域的"绿色保险"还没有实质性的进展。

　　2006 年 6 月,国务院在《关于保险业改革发展的若干意见》中提出要大力发展责任保险,其中就包括要发展环境污染责任等保险业务。国家环境保护总局和中国保监会于 2007 年年底联合发布了《关于环境污染责任保险的指导意见》,标志着我国开始建立环境污染责任保险制度,并正式确立我国建立环境污染责任保险制度的路线图。《关于环境污染责任保险的指导意见》对生产、经营、储存、运输和使用危险化学品企业,易发生污染事故的石油化工企业和危险废物处置企业,特别是近年来发生重大污染事故的企业和行业开展环境污染责任保险的试点工作,计划到 2015 年基本完善环境污染责任保险制度,并在全国范围内推广,基本健全风险评估、损失评估、责任认定、事故处理、资金赔付等各项机制。在操作层面,环境污染责任险将按照以下四个步骤实施:一是确定环境污染责任保险的法律地位,在国家和各省(自治区、直辖市)环保法律法规中增加"环境污染责任保险"条款,条件成熟的时候还将出台"环境责任保险"专门法规。二是明确现阶段环境污染责任保险的承保标的以突发、意外事故所造成的环境污染直接损失为主。试点工作先期选择环境危害大、最易发生污染事故和损失容易确定的行业、企业和地区,尤其是以生产、经营、储存、运输、使用危险化学品企业,易发生污染事故的石油化工企业,危险废物处置企业等,特别是近年来发生重大污染事故的企业、行业重点考虑,其他类型的企业和行业也可自愿试行。具体试点方案由环保部门和保险监管部门提出。三是环保部门、保险监管部门和保险机构三方面各司其职。环保部门提出企业投保目录以及损害赔偿标准。保险公司开发环境责任险产品,合理确定责任范围,分类厘定费率。保险监管部门制定行业规范,进行市场监管。四是环保部门与保险监管部门将建立环境事故勘察与责任认定机制、规范的理赔程序和信息公开制度。发生污染事故的企业、相关保险公司、环保部门应根据国家有关法规,公开污染事故的有关信息。在条件完善时，要探索第三方进行责任认定的机制。

在环保部门、保监部门以及有关地方政府的多方努力和共同推动下，江苏、湖北、湖南、深圳、沈阳和宁波等多个省市启动了环境污染责任保险的试点工作，投保企业覆盖危险化学品生产销售储运、内河航道、科技企业、钢铁有色、制药造纸等多个领域和行业，已经取得初步成效。

三、"绿色证券"政策

2008 年 2 月，国家环境保护总局联合中国证监会等部门在"绿色信贷"和"绿色保险"的基础上，推出一项新的环境经济政策——"绿色证券"。国家环境保护总局发布的《关于加强上市公司环境保护监督管理工作的指导意见》，又被称为"绿色证券指导意见"（以下简称《指导意见》），标志着我国的"绿色证券"政策正式出台。《指导意见》包括以下四个方面的内容：①进一步完善和加强上市公司环保核查制度；②积极探索建立上市公司环境信息披露机制；③开展上市公司环境绩效评估研究与试点；④加大对上市公司遵守环保法规的监督检查力度。"绿色证券"政策是在"绿色信贷"和"绿色保险"对企业间接融资进行环保控制的基础上，构建一个以绿色市场准入制度、绿色增发和配股制度以及环境绩效披露制度为主要内容的"绿色证券"市场，从资金源头上遏制"双高"企业的无序扩张，建立良好的环境，促进金融市场和环境的双向互动发展。

企业融资的途径包括两种：一是间接融资，指企业通过商业银行获得贷款；二是直接融资，指企业通过发行债券和股票进行融资。运用成熟的市场手段，可以分别从间接融资和直接融资两个方面对污染企业的融资渠道进行限制。对于间接融资，主要通过鼓励并引导商业银行落实"绿色信贷"政策来实现。对于直接融资，主要是实行"绿色证券"政策，即包括绿色市场准入制度、绿色增发和配股制度以及环境绩效披露制度等内容。与间接融资渠道相比，直接融资渠道是环境经济政策可以大力发挥效应的领域。因为企业要从资本市场上获得资金，无论发行股票还是债券，在发行资格和发行规模方面，都要受到证券监管部门的严格约束。与直接"关停并转"和"区域限批"等行政手段相比，"绿色证券"市场能规范和促进上市公司加强资源节约、污染治理和生态保护，有效限制高能耗、重污染企业的排污行为。因此，构建"绿色证券"市场可能是当前全国环保工作的一个突破口，是一个可以直接遏制高污染、高能耗企业资金扩张冲动的行之有效的政策手段。

《指导意见》规定："重污染行业生产经营公司申请首次公开发行股票的，申请文件中应当提供国家环境保护总局的核查意见；未取得环保核查意见的，不受理申请。"可见，环保核查意见成为证监会受理上市申请的必备条件之一。企业从事低污染低风险生产经营活动不仅为其再融资获取了门票，也为其扩大生产提供了前提，同时各方的共同监督也会促使企业使用一定比例的融资来改进污染治理技术，形成一个良性循环。随着环境信息披露制度的发展，公众可以直观地知道企业经营中的环境风险，直接影响企业的股票价格、资信以及市场竞争力，间接刺激企业从事低污染、低风险的生产。

《指导意见》要求省级环保部门严格执行环保核查制度，做好上市公司环保核查工作并提供相关意见。对于核查时段内发生环境违法事件的上市公司，不得出具环保核查意见，督促企业按期整改核查中发现的问题。而证监会不得通过未出具环保核查意见的企业的上市申请，同时督促上市企业的环境信息披露，监督企业的环境行为。《指导意见》鼓励社会各界举报上市公司的行为。"绿色证券"的重点不仅在上市和再融资的准入制度上把关，同时还加大企业融资后环境监管，调控企业融得的资金真正用于企业的绿色发展。对上市公司环保监管的缺乏会导致"双高"企业利用资金继续扩大污染，或在融资后不兑现环保承诺，造成环境事故发生，潜伏着较大的资本风险，并在一定程度上会转嫁给投资者。这里的资本风险是指企业利用资本进行生产经营，但由于环境事故发生，致使企业需进行大量经济补偿，从而使得资本不仅不能获得收益，还存在收不回投资的可能。对股民来说，上市企业的业绩和经营行为是他们特别关注的。这种从股民自身利益出发的监督行为更有利于真实信息披露。"绿色证券"的推行可以有助于减少企业将资本风险转嫁给投资者的可能性，因为那些存在高风险的企业不再拥有直接融资的机会，扩大污染的几率大大减少。

在我国正式推出"绿色证券"政策之前，国家环境保护和证券监督管理部门自2001年以来已经相继出台了一系列有关上市公司环保核查的政策。

2001年，中国证监会在《公开发行证券的公司信息披露内容与格式准则第9号——首次公开发行股票申请文件》中明确要求，股票发行人对其业务及募股资金拟投资项目是否符合环境保护要求进行说明，污染比较严重的公司应提供省级环保部门的确认文件。相应地，国家环境保护总局发布了《关于做好上市公司环保情况核查工作的通知》，规范各地环境保护行政主管部门按中国证监会有关规定要求给上市公司出具环保情况核查的确认证明的工作。

2003年，国家环境保护总局制定了《关于对申请上市的企业和申请再融资的上市企业进行环境保护核查的规定》，同时废除了原《关于做好上市公司环保情况核查工作的通知》。该规定主要明确了环保核查的对象、内容与要求、程序和权限等内容。这一规定明确将环保核查的对象界定为重污染行业申请上市和再融资的企业，同时将重污染行业暂定为冶金、化工、石化、煤炭、火电、建材、造纸、酿造、制药、发酵、纺织、制革和采矿业。文件中还规定，火力发电企业和跨省从事重污染行业生产经营活动的申请上市企业和申请再融资的上市企业应由省级环保部门提出初步核查意见上报国家环境保护总局，国家环境保护总局组织核定并报中国证监会。2008 年 6 月，环境保护部公布了《上市公司环保核查行业分类管理名录》，进一步将需要核查的行业细化到了 14 个行业：火电、钢铁、水泥、电解铝、煤炭、冶金、建材、采矿、化工、石化、制药、轻工、纺织和制革。

2004 年，国家环境保护总局就贯彻执行《国务院办公厅转发发改委等部门关于制止钢铁电解铝水泥行业盲目投资若干意见的通知》发出紧急通知，要求加大对钢铁、电解铝和水泥生产企业的环境保护审查力度，对钢铁、电解铝和水泥行业生产企业首次公开发行股票和再融资申请须进行环保核查，环保核查的行业范围进一步扩大。

2005 年，国家环境保护总局发布《关于开展电解铝生产企业环境保护核查的通知》，规定各地环保部门应定期对电解铝生产企业进行环保核查，并于每年 3 月 31 日前和 9 月 30 日前将环保核查结果函告总局，总局每半年发布一次电解铝生产企业环保达标公告。

2006 年，中国证监会在修订 2001 年文件基础上，发布了《公开发行证券的公司信息披露内容与格式准则第 9 号——首次公开发行股票并上市申请文件（2006 年修订）》。该文件明确规定，首次公开发行股票并上市申请文件应包括发行人生产经营和募集资金投资项目符合环境保护要求的证明文件，其中重污染行业的发行人需提供省级环保部门出具的证明文件。

2007 年，国家环境保护总局发布了《关于进一步规范重污染行业生产经营公司申请上市或再融资环境保护核查工作的通知》。该文件规定，从事火力发电、钢铁、水泥、电解铝行业的公司和跨省从事环发［2003］101 号文件所列其他重污染行业生产经营公司的环保核查工作，由国家环境保护总局统一组织开展，并向中国证监会出具核查意见。2007 年 9 月，国家环境保护总局为对环保核查的具体开展进行指导，发布了《首次申请上市或再融资的上市公司环境保护核查工作指南》，说明了上市公司申请环保核查需要提交的材料、环境保护技术报告编制要求、省级环保局（厅）应出具审查意见、核查时段等问题。

2008 年 1 月，中国证监会发布了《关于重污染行业生产经营公司 IPO 申请申报文件的通知》，规定：从事火力发电、钢铁、水泥、电解铝行业和跨省从事环发［2003］101 号文件所列其他重污染行业生产经营活动的企业申请首次公开发行股票的，申请文件中应当提供国家环境保护总局的核查意见，未取得相关意见的，不受理申请。

2008 年 2 月，国家环境保护总局发布《关于加强上市公司环境保护监督管理工作的指导意见》，其中的上市环保核查、上市公司环境信息披露和上市公司环境绩效评估被称为"绿色证券"的三驾马车。从之后的执行情况看，上市环保核查制度效果较为明显，对于拟 IPO 和再融资的公司，不进行环保就无法获得通往资本市场或者再融资的"入场券",能促使企业进行环保整改。但对已经上市的高污染企业,现有政策中"软约束"居多,主要是督查和敦促整改等措施,强制力不够。

2009 年,为督促上市公司切实履行环保承诺,持续改进环境行为,环境保护部发布《关于开展上市公司环保后督查工作的通知》,决定对 2007 年和 2008 年通过环境保护部上市环保核查的公司开展环保后督查工作。2010 年 5 月,环境保护部对 2007 年和 2008 年通过环保核查的上市公司进行了后督察,结果显示有 11 家上市公司对存在的严重环保问题尚未按期整改。环境保护部于 2010 年 5 月发布《关于限期完成上市环保核查整改承诺的通知》,指出有关公司要立即整改。2010 年 7 月,环境保护部针对环保核查中出现的问题,下发《关于进一步严格上市环保核查管理制度加强上市公司环保核查后督查工作的通知》,提出以下几点要求:①严格执行上市环保核查各项规定;②严格遵守上市环保核查分级管理制度;③建立完善上市环保核查后督查制度;④完善上市公司环境信息披露机制;⑤加大上市环保核查信息公开力度。

2010 年 7 月与 9 月,环境保护部先后发布《关于开展制革企业达标公告环保核查工作的通知》及《关于开展现有钢铁生产企业环境保护核查的通知》,决定组织开展对制革企业和钢铁企业的环保核查工作,这两个行业的环保核查已经由仅针对上市和再融资的企业扩大到整个行业。

表 4.5 列出了我国有关企业上市和再融资的主要环保核查规定。

表 4.5　"绿色证券"相关的政策规定

时间	发文单位	文件名称	文件编号
2001.3	中国证监会	公开发行证券的公司信息披露内容与格式准则第 9 号——首次公开发行股票申请文件	证监 [2001] 36 号
2001.9	国家环境保护总局	关于做好上市公司环保情况核查工作的通知	环发 [2001] 156 号
2003.6	国家环境保护总局	关于对申请上市的企业和申请再融资的上市企业进行环境保护核查的规定	环发 [2003] 101 号
2004.1	国家环境保护总局	关于贯彻执行国务院办公厅转发发展改革委等部门关于制止钢铁电解铝水泥行业盲目投资若干意见的紧急通知	环发 [2004] 12 号
2005.4	国家环境保护总局	关于开展电解铝生产企业环境保护核查的通知	环发 [2005] 92 号
2006.5	中国证监会	公开发行证券的公司信息披露内容与格式准则第 9 号——首次公开发行股票并上市申请文件(2006 年修订)	证监发行字 [2006] 6 号

续表

时间	发文单位	文件名称	文件编号
2007.8	国家环境保护总局	关于进一步规范重污染行业生产经营公司申请上市或再融资环境保护核查工作的通知	环发［2007］105 号
2007.9	国家环境保护总局	首次申请上市或再融资的上市公司环境保护核查工作指南	
2008.1	中国证监会	关于重污染行业生产经营公司 IPO 申请申报文件的通知	发行监管函［2008］6 号
2008.6	环境保护部	上市公司环保核查行业分类管理名录	环办［2008］373 号
2009.8	环境保护部	关于开展上市公司环保后督查工作的通知	环办［2009］777 号
2010.5	环境保护部	关于限期完成上市环保核查整改承诺的通知	环办［2010］501 号
2010.7	环境保护部	关于进一步严格上市环保核查管理制度加强上市公司环保核查后督查工作的通知	环办［2010］78 号
2010.7	环境保护部	关于开展制革企业达标公告环保核查工作的通知	环办［2010］745 号
2010.9	环境保护部	关于开展现有钢铁生产企业环境保护核查的通知	环办［2010］128 号

　　"绿色证券"与"绿色信贷"、"绿色保险"共同构成了我国环境经济政策体系以及绿色金融体系的初步框架。"绿色信贷"重在源头把关，对重污染企业釜底抽薪，限制其扩大生产规模的资金间接来源；"绿色保险"通过强制高风险企业购买保险，旨在革除污染事故发生后"企业获利、政府买单、群众受害"的积弊；"绿色证券"对希望上市融资的企业设置环境准入门槛，通过调控社会募集资金投向来遏制企业过度扩张，并利用环境绩效评估及环境信息披露，加强对公司上市后经营行为的监管。证券和信贷分别从直接融资渠道和间接融资渠道对企业进行了限制。除此之外，企业在"绿色信贷"或是"绿色保险"中，向有关单位提供的环境信息，也可作为企业向公众披露的信息，使得三项政策之间的企业环境信息互通，保证了政策实施过程中的公开性和公正性。

本章参考文献

李富贵，熊兵. 2005. 环境信息公开及在中国的实践. 中国人口·资源与环境，4 (15)：22～25
潘岳. 2004. 环境保护与公众参与. 理论前沿，13：12～13
王彬辉，董伟，郑玉梅. 2010. 欧盟与我国政府环境信息公开制度之比较. 法学杂志，7：43～46
赵绘宇，姜琴琴. 2010. 美国环境影响评价制度 40 年纵览及评价. 当代法学，1：133～143
周卫. 2006. 欧共体环境信息公开立法发展述评. 湖北社会科学，4：150～154

第五章　我国企业环境信息披露的现状

了解和描述企业环境信息披露的现状是环境信息披露研究的起点和基础。近年，若干研究者对我国企业披露环境信息的现状进行了分析，发现我国企业环境信息披露存在如下特点：①披露比例不高，以上市公司为主，主要集中于重污染行业（肖淑芳，胡伟　2005；张星星等　2008）；②上市公司对环境信息的披露逐渐增加，随着时间的推移，披露环境信息的公司越来越多，这些公司所披露的环境信息的内容也经历了从简单到复杂的过程（纪珊，王建明　2005；尚会君等　2007）；③披露内容多为定性描述，信息不全面且可比性差，缺乏连续性，披露的信息主要为历史性信息（李慧　2005；张星星等　2008；肖淑芳，胡伟　2005）；④披露方式不规范（王立彦等　1998；肖淑芳，胡伟　2005）。这些已有的研究存在着一些有待改进之处，例如，研究时间跨度短、研究样本少、过于侧重信息数量的研究等。因此，本章在已有研究的基础上，从四个方面进行了改进：①扩大了研究样本。本章选取了原国家环境保护总局认定的 13 个重污染行业所有 A 股上市公司作为研究样本，由此得出的结论可以较为全面地反映我国重污染行业披露环境信息的情况。②更新了数据。本章的研究对象是样本公司 2006 年、2007 年和 2008 年年报，体现了 2007 年国家环境保护总局发布《环境信息公开办法（试行）》前后的变化，借此说明我国重污染行业环境信息披露的最新动态。③数量与质量并重。国内外相关研究大多注重对披露数量的评价和分析，事实上，信息披露质量和内容更为重要。Freedman 和 Stagliano（1992）认为，"内容分析法"更应侧重于披露内容而不是披露数量，否则就是不完整的评价。因此，本章除了对环境信息的披露数量进行分析外，还对披露质量进行了评价，同时对我国企业环境信息披露内容从数量和质量两个方面进行了定量研究。④涵盖了年报和独立的报告。2006 年以来，随着我国企业社会责任报告①的数量迅速增加，越来越多的企业不仅在年报中披露环境信息，而且通过独立的社会责任报告披露环境信息。所以，本章将分别对我国企业通过年报和独立的社会责任报告（以下简称"独立报告"）披露环境信息的现状进行分析和描述，并对两者进行比较。本章在最后检验了公司特征和公司治理因素对企业环境信息披露的影响作用。

---

① 本书用社会责任报告泛指各种描述企业伦理、社会和环境影响的报告，其名称可以是可持续发展报告、环境报告、健康环境安全报告、三重底线报告等。

第一节　分析对象和方法

一、分析对象

本章选取了 2006 年前在上交所和深交所上市的所有重污染行业的 A 股公司为研究样本。按照原国家环境保护总局 2003 年发布的《关于对申请上市的企业和申请再融资的上市企业进行环境保护核查的通知》（环发［2003］101 号），我国重污染行业包括冶金、化工、石化、煤炭、火电、建材、造纸、酿造、制药、发酵、纺织、制革和采矿 13 个行业。由于原国家环境保护总局的分类方法与中国证监会 2001 年发布的《上市公司行业分类指引》不一致，本章将环保局规定的重污染行业按照中国证监会的分类方法合并为 8 类，即：采掘业、金属非金属业、石化塑胶业、生物医药业、纺织服装皮毛业、水电煤业、食品饮料业和造纸印刷业。最终研究样本由 502 家重污染行业的 A 股上市公司构成。样本公司 2006～2008 年的年报和独立报告从上交所、深交所、巨潮资讯网以及公司的网站手工收集取得，其他有关数据从国泰安数据库获得。表 5.1 列示了 502 家样本公司的行业及市场分布情况。

表 5.1　样本公司的行业及市场分布情况

行业	公司数	上交所	深交所
采掘	18	11 (61%)	7 (39%)
金属非金属	97	59 (61%)	38 (39%)
石化塑胶	128	67 (52%)	61 (48%)
生物医药	77	42 (55%)	35 (45%)
水电煤气	57	39 (68%)	18 (32%)
纺织服装皮毛	56	32 (57%)	24 (43%)
食品饮料	49	30 (61%)	19 (39%)
造纸印刷	20	13 (65%)	7 (35%)
合计	502	293 (58%)	209 (42%)

注：括号中的百分数表示在该交易所上市的样本公司占所在行业样本公司的百分比。

二、分析方法

本章采用信息披露研究中常用的"内容分析法"。"内容分析法"是通过分析公司已公开的各类报告或文件（特别是年度报告）来确定每一个特定项目的分值或数值，然后得出总的评价。Abbott 和 Monsen（1979）曾下过如下定义："内容分析法是一种用于收集数据的技术，这类数据包括以奇闻轶事和文学等形式记载的定性信息，然后将数据分类以推算出反映不同复杂程度的定量指标。"这种方法也是社会责任和环境信息披露研究中最主要和最多被采用的方法。国外已有的企业环境信息披露研究所采用的评价方法可以分为两类：一类是 Clarkson 等（2008）、Plumlee 等（2009）以及 Clarkson 等（2010）的方法，即以 GRI 指引[①]中与环境有关的 6 类指标作为依据，样本公司有披露 6 类指标中某项环境信息的就赋值 1 分；另一类是 Wiseman（1982）、Cormier 和 Magnan（2003）、Al-Tuwaijri 等（2004）以及 Cormier 等（2009）的方法，将环境信息分为法律法规和环境支出等 6 类，一般化披露赋值 1 分，专门性描述赋值 2 分，货币化或定量化信息赋值 3 分。

　　"内容分析法"需要确定评价项目的分类和赋值方法，然后依此进行评分。本章根据原国家环境保护总局 2007 年公布、2008 年执行的《环境信息公开办法（试行）》第三章"企业环境信息公开"第 19 条"国家鼓励企业自愿公开下列企业环境信息"中所列的 9 项内容，结合上市公司年报的披露特点，将样本公司环境信息披露内容分为 6 项：①企业环境保护方针、年度环境保护目标及成效；②企业年度资源消耗总量；③企业环保投资和环境技术开发情况、企业环保设施的建设和运行情况；④企业排放污染物种类、数量、浓度和去向，企业在生产过程中产生的废物的处理、处置情况，废弃产品的回收、综合利用情况；⑤环保的费用化支出；⑥其他，如政府下发的节能补助、企业发生的环境污染事故等。

　　本章分别从数量和质量两方面评价和分析样本公司的环境信息披露。在对披露数量进行评分时，将样本公司年报中与上述 6 项内容有关的行数作为数量的得分值。由于独立报告的格式较为不统一，本章在对独立报告披露数量进行评分时，采用将独立报告中的字数换算成年报行数的方法。具体的做法是：首先在每个行业中随机选择 5 家公司的年报，在每份报告中选择最长的若干行并统计每行的字数，计算每份报告的行平均字数，然后算出每个行业的年报的行平均字数，最后求得全部样本公司年报的行平均字数，以此作为独立报告"字数换行数"的依据。

　　在对披露质量进行评分时，本章借鉴了 Darrell 和 Schwartz（1997）、Freedman 和 Stagliano（1992）以及 Patten（1992）的方法，结合我国上市公司披露环境信息的情况，选择了显著性、量化性和时间性三个质量维度。其中：①显著性（effect，用 E 表示）的判断标准为环境信息在年报中披露的位置；②量化性（quantification，用 Q 表示）的判断标准为环境信息是货币化信息、数量化但非货币化信息或定性信息；③时间性（timeframe，用 T 表示）的判

---

　　① GRI 制定的指引，2006 年修订后称为 G3 指引，是目前国际上最为通行的企业社会责任报告指引。

断标准为环境信息反映的是现在、未来或者是现在与过去比较的信息。这三个维度的赋值依据如下：①显著性。本章将年报分为两部分，一部分是财务部分，包括财务报表、财务报表附注和补充报表；年报中其余的部分为非财务部分。若环境信息仅在年报中的非财务部分披露，即不显著，赋值 1 分；若在财务部分披露，即为显著，赋值 2 分；既在财务部分披露又在非财务部分披露，即非常显著，赋值 3 分。由于独立报告不存在财务部分和非财务部分，因此独立报告的显著性按如下方式进行赋值：一般的文字叙述为 1 分；有加黑加粗、用小标题等加以突出表示的，赋值为 2 分；有图表的赋值 3 分。②量化性。若披露的环境信息只是文字性描述，即缺乏量化性，赋值 1 分；若披露的是数量化但非货币化信息，有一定的量化性，赋值 2 分；若披露的是货币化环境信息，则量化程度很强，赋值 3 分。③时间性：若披露的是关于现在的环境信息，赋值 1 分；若披露的是有关未来的环境信息，赋值 2 分；若披露的是现在与过去对比的环境信息，赋值 3 分。这三个维度分别体现了信息的三个要素，即位置（where）、方式（how）和时间（when）。同时，显著性反映了环境信息的易接受性和可理解性，量化性反映了环境信息的可比性和可验证性，时间性反映了环境信息的相关性。因此，环境信息披露质量的分数为显著性、量化性和时间性三个维度得分之和。每一质量维度得分的值域为 [0~3]，每一项披露内容的质量得分最低为 0 分，即没有披露此项环境信息；最高为 9 分，即该项内容在财务和非财务部分均有披露、有货币化数据和有对比性的信息。评分时先对每家样本公司的各项披露内容的三个维度分别打分，然后将每家样本公司六项内容的得分相加，得到样本公司环境信息披露质量评价，其值域为 [0~54] 分。

样本公司的环境信息披露水平由经标准化处理的数量得分和质量得分相加得到。

第二节　基于公司年报的分析

本节按照上述"内容分析法"对我国重污染行业上市公司 2006~2008 年年报中环境信息披露的总体状况、披露的数量、披露的质量以及披露的内容进行全面分析。

一、年报中环境信息披露的总体情况

表 5.2 分行业和年度列示了我国重污染行业上市公司中披露环境信息的企业的数量和比例。

表 5.2　年报中披露环境信息的重污染行业上市公司数量和比例

行业	样本公司总数	2006 年	2007 年	2008 年
采掘	18	100%（18）	100%（18）	100%（18）
金属非金属	97	75%（73）	93%（90）	100%（97）
石化塑胶	128	84%（107）	91%（117）	95%（121）
生物医药	77	53%（41）	90%（69）	99%（76）
水电煤气	57	93%（53）	98%（56）	95%（54）
纺织服装皮毛	56	57%（32）	82%（46）	79%（44）
食品饮料	49	78%（38）	90%（44）	90%（44）
造纸印刷	20	85%（17）	90%（18）	100%（20）
合计	502	75%（379）	91%（458）	94%（474）
P 值（T 检验，06vs08）			0.490	
P 值（行业间 ANOVA 检验）			0.000***	

*** 、** 、* 分别表示在 1%、5%、10%水平上显著。

注：表格中的百分比表示披露了环境信息的样本公司占同行业样本公司总数的百分比，括号内的数字表示披露了环境信息的样本公司数。

　　从时间上来看，在本节所选取的 502 家样本公司中，2006 年有 379 家在年报中披露了环境信息，占样本公司总数的 75%；2007 年共有 458 家披露了环境信息，占样本公司总数的 91%；2008 年共有 474 家披露了环境信息，占样本公司总数的 94%。2006～2008 年 3 年中，重污染行业上市公司披露环境信息的平均比例从 75%提升到了 94%。到 2008 年，有 3 个行业（采掘业、金属非金属业和造纸印刷业）的上市公司全部都在年报中披露了环境信息。除了水电煤气业和纺织服装皮毛业两个行业外，其他重污染行业披露环境信息的上市公司比例呈逐年递增的趋势。尽管年度间均值的 T 检验结果不显著，但依然可以看到所有行业 2007 年年报中披露环境信息的公司比例都有提高，2008 年大部分行业保持了上升的趋势。

　　从分行业的情况来看，采掘业的表现最好，3 年间披露环境信息的公司比例都达到 100%；水电煤气业 3 年来披露环境信息的公司比例也保持在 90%以上；生物医药业披露环境信息的公司比例变化最大，从 2006 年的 53%上升到 2008 年的 99%。从 ANOVA 检验的结果可以看出，各重污染行业间披露环境信息的公司比例存在着显著差异。

二、年报中环境信息披露的数量分析

　　本节根据样本公司在年报中披露的环境信息的行数作为披露数量的得分。在计算均值时，首先给每家样本公司各项披露内容的数量打分，然后算出每家样本公司 6 项内容的得分，最后得到全行业的披露数量得分的均值。表 5.3 分行业和年度列示了样本公司 3 年间环境信息披露数量的得分情况。

表 5.3　年报中环境信息披露的数量情况　　　　　　单位：行

行业	2006 年		2007 年		2008 年		2006～2008 年平均
	值域	均值	值域	均值	值域	均值	均值
采掘业	[2～53]	13.00	[3～88]	23.67	[3～52]	26.00	20.89
金属非金属	[0～36]	8.73	[0～61]	16.53	[0～83]	17.42	14.23
石化塑胶	[0～27]	7.76	[0～43]	11.35	[0～95]	17.00	12.04
生物医药	[0～9]	2.70	[0～18]	3.70	[0～31]	5.90	4.10
水电煤气	[0～81]	18.00	[0～93]	26.80	[0～84]	25.00	23.27
纺织服装皮毛	[0～15]	3.50	[0～72]	11.00	[0～66]	10.00	8.17
食品饮料	[0～48]	5.90	[0～48]	10.34	[0～46]	10.00	8.75
造纸印刷	[0～21]	7.50	[0～35]	14.67	[2～55]	19.00	13.72
合计	[0～81]	8.39	[0～93]	14.76	[0～95]	16.29	13.15
P 值（T 检验，06vs08）					0.025**		
P 值（行业间 ANOVA 检验）					0.002***		

*** 、** 、* 分别表示在 1%、5%、10%水平上显著。

从时间上来看，样本公司 2006 年环境信息披露数量的值域为 [0～81]，均值为 8.39 行；2007 年分别上升到 [0～93] 和 14.76 行；2008 年则达到 [0～95] 和 16.29 行。可见，重污染行业上市公司环境信息披露的数量逐年增加。从均值检验的结果来看，2006～2008 年我国重污染行业上市公司披露的环境信息数量有显著增加。

从行业的情况来看，采掘业和水电煤气业是所有重污染行业中披露环境信息数量最多的两个行业，3 年的均值分别达到 20.89 行和 23.27 行；而生物医药业在所有年份中都是披露数量最少的行业，其 3 年的均值仅为 4.10 行。ANOVA 检验的结果说明，同属重污染的不同行业间披露环境信息的数量存在显著差异。

结合表 5.2 和表 5.3 的数据可以看出，在所有重污染行业中，采掘业不仅所有的样本公司都有披露环境信息，而且披露的数量也是最多的；而生物医药业披露环境信息的样本公司比例较低，即使有披露环境信息的公司，其披露数量也是最少的。

三、年报中环境信息披露的质量分析

本节从显著性、量化性和时间性三个维度来评价样本公司年报中环境信息披露的质量。这三个维度分别表示环境信息披露的位置（财务部分或非财务部分）、披露的方式（货币、非货币定量或定性）和信息的时间性（现在、未来或者现在与过去的对比)。表5.4分行业和年度列示了我国重污染行业上市公司环境信息披露的质量情况。表5.4中的 E、Q、T 值都是行业内有披露环境信息的上市公司所有6项披露内容质量得分的均值,其值域为[1~3]。

表 5.4　年报中环境信息披露的质量情况

行业	2006 年均值			2007 年均值			2008 年均值			2006~2008 年均值		
	E	Q	T	E	Q	T	E	Q	T	E	Q	T
采掘业	1.63	2.69	2.41	1.58	2.26	2.40	1.53	2.23	2.22	1.58	2.39	2.34
金属非金属	1.88	2.66	2.51	1.78	2.43	2.48	1.68	2.42	2.59	1.78	2.50	2.53
石化塑胶	1.81	2.54	2.20	1.66	2.50	2.54	1.83	2.75	2.84	1.77	2.60	2.53
生物医药	1.83	2.57	2.50	1.74	2.66	2.52	1.70	2.55	2.68	1.76	2.59	2.57
水电煤气	1.81	2.42	2.49	1.82	2.51	2.57	1.20	1.70	2.37	1.61	2.21	2.48
纺织服装皮毛	1.83	2.48	2.47	1.70	2.54	2.36	1.70	2.58	2.71	1.74	2.53	2.51
食品饮料	2.02	2.58	2.63	1.89	2.31	2.38	1.59	2.63	2.62	1.83	2.51	2.54
造纸印刷	1.76	2.50	2.04	1.69	2.16	2.14	1.70	2.70	2.61	1.72	2.45	2.26
合计	1.82	2.56	2.41	1.73	2.42	2.42	1.62	2.45	2.58	1.72	2.48	2.47
P 值(T 检验,06vs08)										0.020**	0.110	0.100*

*** 、** 、* 分别表示在1%、5%、10%水平上显著。

从3年中所有的数据来看,显著性得分在[1.20~2.02]波动,所有样本公司3年平均得分为1.72,说明大部分公司的环境信息在年报中非财务部分披露;量化性得分在[1.70~2.75]波动,大部分大于2,所有样本公司3年平均得分为2.48,说明大部分公司的环境信息是非货币性的信息;时间性得分在[2.04~2.84]波动,所有样本公司3年平均得分为2.47,说明较多上市公司披露现在以及未来的环境信息。

从3年间的变化趋势来看,显著性得分从2006年的1.82下降到了2008年的1.62,而且均值检验显示下降显著;量化性得分从2006年的2.56下降到了2008年的2.45;时间性得分从2006年的2.41上升到2008年的2.58,均值检验显示变化显著。综合来看,在2006年到2008年期间,虽然我国重污染行业样本公司环境信息披露的数量有显著提高,但质量却出现了下降,信息披露的显著性和量化水平都在下降。

从各行业的披露质量来看,生物医药行业样本公司披露的环境信息质量在三个维度的总体表现最佳,相反采掘业样本公司在三个维度都表现最差。结合表5.2~表5.4的数据可以发现,采掘业所有的样本公司都有披露环境信息,披露的信息数量也是最多的,但是披露的信息质量却是最低;生物医药业虽然披露环境信息的样本公司比例较低,披露的信息数量最少,但披露的信息质量却是最高。显然,我国重污染行业上市公司在环境信息披露中存在明显的数量与质量不对称的情况。

四、年报中环境信息披露的内容分析

上述环境信息披露的数量和质量分析，是将样本公司年报中披露的各项环境信息内容放在一起计算其平均值后加以考察。本节将对样本公司年报中环境信息披露的具体内容以及各项披露内容的数量和质量情况做进一步的分析。

（一）环境信息披露内容的总体情况

从样本公司的年报中可以看到，第一项内容，"企业环境保护方针、年度环境保护目标及成效"，都在董事会报告中的"公司经营方针和政策"、"对未来的展望"、"环保方针政策的变化"和"公司主要面临的风险及应对策略"等部分披露；第三项内容，"企业环保投资和环境技术开发情况、企业环保设施的建设和运行情况"，主要在资产负债表附注的"在建工程"、"预提费用"、"长期待摊费用"、"待摊费用"等部分进行披露；第五项内容，"环保的费用化支出"，大多在利润及利润分配表中的"主营业务成本"、"营业外支出"等部分以及现金流量表中的"支付的其他与经营有关的现金"部分进行披露，包括排污费、环保费、绿化费等。表 5.5 列示了样本公司近 3 年来披露的环境信息内容的总体情况。

表 5.5　我国重污染行业上市公司环境信息披露内容的总体情况

内容	2006 年	2007 年	2008 年	2006～2008 年均值
内容 1	47% (234)	59% (295)	73% (366)	59% (298)
内容 2	1% (3)	6% (30)	5% (24)	4% (19)
内容 3	37% (188)	43% (214)	52% (262)	44% (221)
内容 4	13% (67)	18% (91)	18% (92)	17% (83)
内容 5	34% (172)	39% (198)	50% (251)	41% (207)
内容 6	43% (215)	45% (228)	64% (322)	51% (255)
P 值（T 检验，06vs08）		0.295		
P 值（内容间 ANOVA 检验）		0.000***		

*** 、** 、* 分别表示在 1%、5%、10%水平上显著。

注：表格中的百分比表示披露了该项内容的公司占所在行业样本公司总数的百分比，括号中的数字为披露了该项内容的公司数；内容 1 为"企业环境保护方针、年度环境保护目标及成效"；内容 2 为"企业年度资源消耗总量"；内容 3 为"企业环保投资和环境技术开发情况、企业环保设施的建设和运行情况"；内容 4 为"企业排放污染物种类、数量、浓度和去向，企业在生产过程中产生的废物的处理、处置情况，废弃产品的回收、综合利用情况"；内容 5 为"环保的费用化支出"；内容 6 为"其他，如政府下发的节能补助、企业发生的环境污染事故等"。

在原国家环境保护总局鼓励重污染行业企业公布的各项环境信息内容中，第一项内容，即"企业环境保护方针、年度环境保护目标及成效"，是公司披露最多的项目。3 年中披露该项内容的公司平均占所有重污染行业样本公司的 59%，接下来依次为"企业环保投资和环境技术开发情况、企业环保设施的建设和运行情况"(占 44％)和"环保的费用化支出"(占 41％)。披露这三项内容的公司比例在 3 年间都有所提高。较少公司披露的项目是"企业排放污染物种类、数量、浓度和去向,企业在生产过程中产生的废物的处理、处置情况,废弃产品的回收、综合利用情况",3 年中有披露的公司的平均比例仅为 17％。最少公司披露的项目则是"企业年度资源消耗总量",仅有 4％的公司披露了相关内容,而且披露这两项内容的公司比例在 2008 年还出现了小幅度的下降。从年度间均值检验看,我国重污染行业披露环境信息内容的总体情况近 3 年没有显著变化;从 6 项披露内容间的 ANOVA 检验看,各项内容的披露比例差异显著。

(二) 环境信息披露内容的数量分析

本节根据样本公司年报中各项环境信息披露内容的行数作为披露内容数量的得分。在计算均值时,本节首先给每家样本公司的 6 项内容的数量分别打分,然后计算出所有样本公司 6 项内容的数量得分均值。表 5.6 分内容和年度列示了样本公司 3 年间的环境信息披露内容的数量得分情况。

表 5.6　年报中环境信息披露内容的数量情况　　　　单位:行

内容	2006 年		2007 年		2008 年		2006～2008 年平均
	值域	均值	值域	均值	值域	均值	均值
内容 1	[0～31]	4.60	[0～46]	6.70	[0～52]	8.27	6.52
内容 2	[0～3]	1.67	[0～16]	2.13	[0～6]	1.78	1.86
内容 3	[0～20]	3.14	[0～38]	5.88	[0～41]	5.49	4.84
内容 4	[0～12]	1.58	[0～12]	2.31	[0～21]	3.10	2.33
内容 5	[0～10]	2.07	[0～15]	2.60	[0～17]	2.55	2.41
内容 6	[0～75]	4.29	[0～55]	5.12	[0～51]	5.79	5.07
合计	[0～75]	2.89	[0～55]	4.12	[0～52]	4.49	1.73
P 值 (T 检验, 06vs08)					0.000***		
P 值 (内容间 ANOVA 检验)					0.001***		

***、**、* 分别表示在 1％、5％、10％水平上显著。

注:各项内容的含义见表 5.5 注释。

从时间上来看,样本公司 2006 年 6 项环境信息内容的披露数量的值域为 [0～75],均值为 2.89 行;2007 年值域下降为 [0～55],均值上升到 4.12 行;2008 年值域继续下降到 [0～52],均值继续上升到 4.49 行。可见,近 3 年重污染行业上市公司各项环境信息内容的披露数量保持了逐年增加的趋势并且趋向均衡。3 年间,第一项内容每年都呈现明显的增长。第三、四、五项内容的披露数量在 2007 年的上升也很明显。从均值检验的结果来看,2006～2008 年各项披露内容的数量有显著增加。

从披露内容上来看，第一项内容的披露数量最多，3 年的均值达到了 6.52 行。在对样本公司年报的阅读过程中发现，我国重污染行业的上市公司大多在董事会报告中详细地披露公司重视和执行国家环境保护方针政策的情况并展望公司未来的环保工作，占据篇幅较大，所以在数量分析中得分最高。披露数量较少的项目是第四项内容，3 年中披露数量的平均分值仅为 2.33 行。我国重污染行业的上市公司一般会在董事会报告中提及废弃物的排放及处置情况，但篇幅较少，只是简单地描述废弃物排放的变化数量。披露数量最少的项目则是第二项内容，3 年的均值仅为 1.86 行。对样本公司年报的阅读发现，我国重污染行业上市公司极少会披露资源的消耗状况，即使偶有提及，也篇幅极少。从 ANOVA 的检验结果可以看出，各项披露内容的数量得分差异显著。

综合表 5.5 和表 5.6 可以看出，第一项内容不仅披露的公司比例最高，而且有披露的公司披露该部分内容的数量也是最多。而第二项和第四项内容，无论是披露的公司比例，还是披露的数量都是最低的。可见，目前我国重污染行业上市公司在年报中披露环境信息时，对于环境保护政策和成效较为重视并且不惜笔墨，而对真正有实质性环境影响和后果的资源消耗和废弃物排放及处置信息却予以忽略或轻描淡写。

（三）环境信息披露内容的质量分析

表 5.7 分披露内容和年度列示了我国上市公司 6 项环境信息披露内容的质量得分。在计算表中的显著性、量化性和时间性三个维度分值时，首先按照各项内容给各样本公司的披露质量打分，然后计算出所有样本公司每项披露内容的质量得分的平均值。

表 5.7　年报中环境信息披露内容的质量情况

内容	2006 年			2007 年			2008 年			2006~2008 年均值		
	E	Q	T	E	Q	T	E	Q	T	E	Q	T
内容 1	1.00	1.12	1.38	1.04	1.31	1.65	1.04	1.32	2.06	1.03	1.25	1.70
内容 2	1.00	2.67	2.00	1.00	2.24	2.43	1.06	2.34	2.38	1.02	2.42	2.27
内容 3	2.29	2.98	2.93	2.26	2.87	2.66	2.28	2.98	2.95	2.28	2.94	2.85
内容 4	2.03	2.90	2.49	1.84	2.49	2.25	1.70	2.63	2.70	1.86	2.67	2.48
内容 5	2.00	2.97	2.76	2.01	2.95	2.61	2.02	2.99	2.80	2.01	2.97	2.72
内容 6	1.92	2.58	2.31	2.08	2.34	2.15	2.05	2.75	2.70	2.02	2.59	2.39
合计	1.71	2.54	2.31	1.71	2.38	2.29	1.69	2.50	2.63	1.70	2.47	2.41
P 值（T 检验，06vs08）										0.960	0.930	0.300

注：各项内容的含义见表 5.5 注释。

3 年总的情况以及 3 年间的变化趋势，与表 5.4 中的分行业数据是一致的。

从各项披露内容的质量来看，第一项内容的质量在三个维度的总体表现最差；第三项内容和第五项内容在三个维度都表现最佳。其原因是第一项内容主要在董事会报告中披露，并且是用文字进行描述，而第三项和第五项内容不仅在董事会报中有描述性的说明，而且因为涉及财务中的资本化支出和费用化支出，会在财务报表及其附注的项目中列示年初和年末数据。有关资源耗费以及污染物排放的第二项和第四项内容的质量也偏低，仅高于质量最差的第一项内容。

五、小结

本节采用内容分析法，对我国重污染行业全部上市公司 2006～2008 年年报中环境信息的披露情况，从数量、质量和内容上进行了全面和深入的分析。

对年报中环境信息披露的数量和质量的分析发现：①总体上看，我国重污染行业上市公司在年报中披露环境信息的比例近 3 年有显著提高，在 2008 年达到了 94％。部分行业上市公司在年报中披露环境信息的比例已为 100％。说明在年报中披露环境信息已成为我国重污染行业上市公司的普遍做法。②在披露环境信息的上市公司的年报中，用篇幅衡量的环境信息披露数量近 3 年呈现显著增加的趋势，但在数量增加的同时，环境信息的质量却出现了下降，信息的显著性和量化水平在降低。我国重污染行业上市公司在年报中披露环境信息存在较明显的重数量、轻质量的情况。③从分行业的表现来看，在同属重污染之列的不同行业中，年报中环境信息披露的数量和质量都是存在显著的差异，说明各行业对环境信息披露的重视程度有明显的不同。其中，采掘业披露环境信息的公司比例、信息数量最多，但是信息质量最低；生物医药业虽然披露环境信息的公司比例较低，信息数量最少，但披露的信息质量却是最高的。

从对年报中环境信息披露内容的分析看到，我国重污染行业上市公司在年报中披露的环境信息涵盖了原国家环境保护总局《环境信息公开办法（试行）》和上交所《上市公司环境信息披露指引》中提到的各项内容。其中：①有关"企业环境保护方针、年度环境保护目标及成效"的信息，披露的公司比例最高，在 2008 年有 73％的公司披露了这项内容，而且信息的数量最多，在 2008 年年报中平均占 8.27 行的篇幅，但是披露的质量却是所有内容中最低的。②有关"企业环保投资和环境技术开发情况、企业环保设施的建设和运行情况"和"环保的费用化支出"信息，披露公司比例、信息数量都较高，质量也是所有环境信息内容中最高的。③对环境影响最重要的两项内容，"企业年度资源消耗总量"和"企业排放污染物种类、数量、浓度和去向，企业在生产过程中产生的废物的处理、处置情况，废弃产品的回收、综合利用情况"，无论是披露的公司比例还是信息的数量都是最低的，信息质量也较低。究其原因，一方面目前还没有很好的技术方法计量和核算这两项内容，另一方面它们很可能会对公司的形象产生负面作用，甚至会增加公司引起监管者关注和遭受违规处罚的可能性。

第三节　基于公司独立报告的分析

本章第一节和第二节分析的 502 家重污染行业上市公司 2006～2008 年发布的 181 份独立报告作为研究对象，首先分析独立报告披露环境信息的总体情况，然后分别对独立报告中环境信息披露的数量和质量进行描述，并分行业和分内容比较环境信息披露的数量和质量。

一、独立报告中环境信息披露的总体情况

为了解我国重污染行业 A 股上市公司在独立的社会责任报告中披露环境信息的整体情况，本节首先对 502 家样本公司 2006～2008 年发布社会责任报告的情况作了统计。

从表 5.8 可以看出，整体而言，我国重污染行业 A 股上市公司中披露社会责任报告的公司不多。2006 年、2007 年和 2008 年分别有 7 家、15 家和 159 家样本公司提供了社会责任报告，仅占样本公司总数的 1％、3％和 32％。但是，这 3 年间披露社会责任报告的公司数量和比例呈现上升的趋势，从 2006 年的 7 家，即 1％，增加到 2007 年的 15 家，即 3％，在 2008 年度更是出现了大幅度的提高，迅速上升到 159 家，即 32％。2006 年 9 月 25 日深交所发布了《上市公司社会责任指引》，要求"公司应按照本指引要求，积极履行社会责任，定期评估公司社会责任的履行情况，自愿披露公司社会责任报告"。2008 年 5 月 14 日上交所发布了《上市公司环境信息披露指引》，规定"本所鼓励公司根据《证券法》、《上市公司信息披露管理办法》的相关规定，及时披露公司在承担社会责任方面的特色做法及取得的成绩，并在披露公司年度报告的同时在本所网站上披露公司的年度社会责任报告"。这两个指引的出台对上市公司披露社会责任报告起到了关键性的推动作用。另外，从表 5.8 中也可以看出，2006 年和 2007 年两年间，深交所上市公司披露社会责任报告的比例均高于上交所，而 2008 年度，两个市场上的上市公司披露社会责任报告的比例基本相当。这是由于深交所早在 2006 年就发布了《深交所上市公司社会责任指引》，而上交所则在 2008 年才发布《上交所上市公司环境信息披露指引》。这一变化再次证实，我国上市公司社会责任报告的披露在很大程度上受监管政策的影响。

表 5.8　样本公司 2006～2008 年披露社会责任报告的数量和百分比

市场	样本公司数	2006 年		2007 年		2008 年	
		数量	比例/%	数量	比例/%	数量	比例/%
沪市	294	1	0	5	2	94	32
深市	208	6	3	10	5	65	32
合计	502	7	1	15	3	159	32

样本公司的 181 份社会责任报告都披露了相应的环境信息，但披露的内容并不全面。本研究所分的 6 项环境信息内容的披露比例在公司之间存在差异。从表 5.9 可以看出，披露第一项内容"企业环境保护方针、年度环境保护目标及成效"的公司数量最多，有 173 家，占样本公司总数的 96%；接下来依次是第四项内容"企业排放污染物种类、数量、浓度和去向、企业在生产过程中产生的废物的处理、处置情况，废弃产品的回收、综合利用情况"，有 160 家，占 88%；第三项内容"环保投资和环境技术开发情况、企业环保设施的建设和运行情况"，有 146 家，占 81%；第二项内容"企业年度资源消耗总量"，有 129 家，占 71%。较少公司披露的内容是第六项内容"有关环保事故、政府补助等信息"。最少公司披露的是第五项内容"环保的费用化支出"，仅有 9 家公司，占 181 家样本总数的 5%。

表 5.9　独立报告中披露各项环境信息内容的公司数量和比例

项目	内容 1	内容 2	内容 3	内容 4	内容 5	内容 6
披露公司数	173	129	146	160	9	28
披露公司比例/%	96	71	81	88	5	15

注：百分比表示独立报告中披露该内容的公司占样本公司总数的比重。各项内容的含义见表 5.5 注释。

二、独立报告中环境信息披露的数量分析

虽然样本公司在独立报告中都有披露环境信息，但是披露的数量不多，且披露数量在公司间的差异较大。表 5.10 显示，181 家样本公司独立报告中有关环境信息的行数平均为 26.74 行。披露最多的公司报告是宝钢股份 2007 年度的社会责任报告，其中有 292.43 行环境信息，披露数量最少的是张裕 A2008 年度的社会责任报告，仅有 2.89 行信息与环境有关。样本公司独立报告中披露的环境信息数量的标准差为 29.11，可见差异非常明显。

表 5.10　独立报告中环境信息披露的数量情况　　　　　　单位：行

行业	公司数	最小值	最大值	均值	标准差
采掘业	13	9.39	71.25	38.15	19.24
水电煤气	29	3.22	106.01	25.57	27.78
纺织服装皮毛	14	4.62	61.86	21.56	17.81
金属非金属	47	4.36	292.43	37.55	46.70
石化塑胶	33	4.69	48.13	18.22	10.40
食品饮料	18	2.89	49.63	23.47	14.26
生物医药	20	3.32	34.81	16.29	9.46
造纸印刷	7	6.44	47.25	26.57	13.49
合计	181	2.89	292.43	26.74	29.11
P 值（ANOVA 检验）			0.038**		

*** 、** 、* 分别表示在 1%、5%、10%水平上显著。

　　从各行业的情况来看，各行业间样本公司在独立报告中披露环境信息的数量存在一定的差异。表 5.10 的统计结果显示，采掘业和金属非金属行业是披露数量最多的两个行业，行业的平均数量分别为 38.15 行和 37.55 行；而生物医药行业披露数量最少，仅仅为 16.29 行。方差检验的结果显示，不同行业间公司披露的环境信息数量存在显著的差异。

　　样本公司独立报告中环境信息各项内容的披露数量见表 5.11。按照披露数量从高到低的顺序排列，独立报告中环境信息披露的内容依次为"企业环境保护方针、年度环境保护目标及成效"（内容 1），"企业排放污染物种类、数量、浓度和去向、企业在生产过程中产生的废物的处理、处置情况，废弃产品的回收、综合利用情况"（内容 4），"环保投资和环境技术开发情况、企业环保设施的建设和运行情况"（内容 3），"企业年度资源消耗总量"（内容 2），"有关环保事故、政府补助等信息"（内容 6）和"环保的费用化支出"（内容5）。披露数量最多的是"环保方针"方面的信息，均值达到 8.86 行；而"环保费用化支出"及"环保事故"方面的信息披露数量最少，平均不到 1 行，样本公司的均值仅为 0.08 行和 0.21 行。方差检验的结果显示，独立报告中披露的各项环境信息内容在数量上存在显著的差异。环保方针（内容 1），污染物排放、回收、综合利用（内容 4）和环保投资、环保设备建设、运行情况（内容 3）等信息披露较多，而有关环保费用化支出（内容 5）和环保事故（内容 6）等信息披露相对较少。

表 5.11　独立报告中各项环境信息内容的披露数量　　　　单位：行

内容	公司数	最小值	最大值	均值	标准差
内容 1	181	0.00	78.84	8.86	9.81
内容 2	181	0.00	21.62	3.25	4.31
内容 3	181	0.00	102.08	6.62	9.83
内容 4	181	0.00	143.77	7.72	12.60
内容 5	181	0.00	4.87	0.08	0.47
内容 6	181	0.00	3.20	0.21	0.58
合计	181	2.89	292.43	26.74	29.11
P 值（ANOVA 检验）				0.000***	

***、**、* 分别表示在 1%、5%、10% 水平上显著。

注：各项内容的含义见表 5.5 注释。

三、独立报告中环境信息披露的质量分析

独立报告中环境信息披露的质量同样由三个维度"显著性"、"量化性"和"时间性"构成，披露质量得分为这三项得分之和。

表 5.12 显示，总体而言，我国重污染行业上市公司独立报告中环境信息披露的质量较低，满分为 54，均值仅为 16.86，仅达到最佳分数的 31%。从披露质量的每一个维度来看，最佳分数为 18，样本公司披露质量的显著性均值为 5.05，达到最佳分数的 28%，说明独立报告中环境信息主要是一般性的文字叙述，很少以黑体、加粗、小标题或图表等使阅读者较易接受的形式表述；量化性的均值为 6.35，达到最佳分数的 35%，说明大部分的信息是非量化的叙述性信息；时间性的均值为 5.46，达到最佳分数的 30%，说明大部分的信息是现在的信息，很少涉及将来及与过去相比较的信息。

表 5.12　独立报告中环境信息披露的质量情况

质量	公司数	最小值	最大值	均值	标准差
披露质量	181	3	40	16.86	7.25
其中：E	181	1	17	5.05	2.69
Q	181	1	14	6.35	2.76
T	181	1	11	5.46	2.60

表 5.13 是各行业样本公司独立报告中环境信息披露的质量情况。ANOVA 检验的 P 值为 0.025，在 5% 的水平上显著，说明各重污染行业之间环境信息披露质量存在显著的差异。披露质量最高的行业是采掘业，均值为 21.23；披露质量最低的是纺织服装皮毛和生物医药行业，均值分别为 13.79 和 14.45。从披露

质量三个维度的数据可以看出，各行业上市公司披露的环境信息在显著性、量化性和时间性方面均存在较大的差异。

表 5.13　各行业独立报告中环境信息披露的质量情况

组 A：总体质量

行业	公司数	最小值	最大值	均值	标准差
采掘业	13	10	28	21.23	5.45
水电煤气	29	3	30	15.83	8.39
纺织服装皮毛	14	3	32	13.79	9.36
金属非金属	47	6	40	19.09	6.51
石化塑胶	33	6	26	15.88	6.51
食品饮料	18	6	34	15.89	7.28
生物医药	20	3	26	14.45	6.00
造纸印刷	7	9	26	18.29	6.73
P 值（ANOVA 检验）			0.025**		

组 B：质量的三个维度

行业	公司数	E 值域	E 均值	Q 值域	Q 均值	T 值域	T 均值
采掘业	13	[3～11]	6.92	[3～11]	8.00	[3～9]	6.31
水电煤气	29	[1～12]	5.10	[1～11]	5.62	[1～10]	5.10
纺织服装皮毛	14	[1～11]	4.14	[1～10]	5.00	[1～11]	4.64
金属非金属	47	[2～17]	5.49	[2～14]	7.23	[2～11]	6.36
石化塑胶	33	[2～10]	4.64	[2～10]	5.76	[2～10]	5.48
食品饮料	18	[2～12]	4.78	[2～14]	6.39	[2～11]	4.72
生物医药	20	[1～8]	4.20	[1～12]	5.90	[1～8]	4.35
造纸印刷	7	[3～8]	5.29	[3～11]	7.14	[3～9]	5.86
P 值（ANOVA 检验）		0.091*		0.012**		0.045**	

*** 、** 、* 分别表示在 1%、5%、10%水平上显著。

表 5.14 是样本公司在独立报告中披露的各项环境信息内容的质量情况。从内容间质量水平的比较检验结果可以看出，不同环境信息内容的披露质量存在显著的差异。质量得分最高的是第四项内容"排放污染物种类、数量、浓度和去向、企业在生产过程中产生的废物的处理、处置情况，废弃产品的回收、综合利用情况"，均值达到 4.53；而第五项内容"有关费用化支出方面信息"的质量得分最低，均值仅为 0.27。从信息披露质量三个维度来看，各项内容在三个维度方面均存在较大差异。显著性方面最好的是第四项内容，均值为 1.32，说明第四项内容有不少的信息是用小标题等较为突出的形式进行表述。量化性方面最好的是内容 3，均值达到 1.92，说明第三项内容的信息有较多数量化披露。时间性

表现最好的是第三项内容，均值达到 1.59，说明第三项内容涉及未来的信息较多。在三个维度方面表现都比较不理想的两项内容是第五项内容和第六项内容。

表 5.14　独立报告中各项环境信息内容的披露质量

组 A：总体质量					
内容	公司数	最小值	最大值	均值	标准差
内容 1	181	0	7	3.31	1.08
内容 2	181	0	9	4.03	2.97
内容 3	181	0	9	4.15	2.49
内容 4	181	0	9	4.53	2.31
内容 5	181	0	9	0.27	1.26
内容 6	181	0	6	0.57	1.38
P 值（ANOVA 检验）				0.000 ***	

组 B：质量的三个维度							
内容	公司数	E		Q		T	
		值域	均值	值域	均值	值域	均值
内容 1	181	[0～3]	1.26	[0～3]	1.04	[0～3]	1.02
内容 2	181	[0～3]	1.09	[0～3]	1.41	[0～3]	1.52
内容 3	181	[0～3]	1.13	[0～3]	1.92	[0～3]	1.10
内容 4	181	[0～3]	1.32	[0～3]	1.62	[0～3]	1.59
内容 5	181	[0～3]	0.07	[0～3]	0.13	[0～3]	0.07
内容 6	181	[0～2]	0.18	[0～3]	0.24	[0～1]	0.15
P 值（ANOVA 检验）			0.000 ***		0.000 ***		0.000 ***

*** 、** 、* 分别表示在 1%、5%、10%水平上显著。

注：各项内容的含义见表 5.5 注释。

四、小结

本节对我国重污染行业上市公司独立报告中环境信息披露的总体情况、数量与质量进行了描述性分析，并分行业和内容进行了比较，发现：①重污染行业上市公司在独立报告中均有披露环境信息，但是公司间在披露数量上存在较大的差异。②重污染行业上市公司的独立报告中环境信息披露的质量均不高，一般仅达到最佳分数值的 30%左右。③独立报告中环境信息披露的数量和质量在重污染行业间有显著的差异，采掘业不仅披露的信息数量最多，信息质量也最好；而生物医药业环境信息披露的数量最低，质量也较低。④重污染行业上市公司独立报告中披露的环境信息内容存在显著差异。独立报告中"企业年度资源消耗总量"（内容 2）、"环保投资和环境技术开发情况、企业环保设施的建设和运行情况"（内容 3）、"企业排放污染物种类、数量、浓度和去向、企业在生产过程中产生的废物的处理、处置情况，废弃产品的回收、综合利用情况"（内容 4）等方面的信息较多，质量也相对较高；而"环保的费用化支出"（内容 5）、"有关环保事故、政府补助等信息"（内容 6）等方面的信息数量较少，质量也相对较低。

第四节　年报和独立报告中环境信息披露情况的比较分析

本节以 2006～2008 年披露了独立的社会责任报告的 181 家重污染行业上市公司为样本，对其年报和独立报告中披露的环境信息进行比较分析，以了解我国上市公司年报和独立报告中环境信息披露的异同。

一、年报与独立报告中环境信息披露总体情况比较

表 5.15 列示了 2006～2008 年样本公司中披露环境信息的年报和独立报告数量情况。可以看到，3 年中共有 1 264 家公司在年报中披露了环境信息，占样本公司总数的 84%；有 181 家公司通过独立报告来披露环境信息，占样本公司总数的 12%。有 1 090 家公司仅通过年报披露环境信息，占样本公司总数的 72%；有 7 家仅采用独立报告披露环境信息，占样本公司总数的 0.46%；同时采用两种方式披露环境信息的有 174 家，占样本公司总数的 12%。说明目前年报仍然是我国重污染上市公司披露环境信息最主要的方式，而仅有很少的公司会通过独立报告披露环境信息。但是，提供独立报告的公司数量呈现快速增长的趋势，从 2006 年的 7 家，增加到 2007 年的 15 家和 2008 年的 159 家，在样本公司中的比例 3 年间从 1% 迅速提升到 32%。此外，对外发布了独立报告的公司大多同时在年报中披露环境信息，3 年中仅采用独立报告披露环境信息的公司只占到微乎其微的 0.46%。

表 5.15　在年报和独立报告中披露环境信息的公司数量

行业	样本公司总数	年报披露	独报披露	仅年报披露	仅独立报告披露	年报和独立报告中同时披露
采掘业	54	54	13	41	0	13
水电煤气	171	164	29	136	1	28
纺织服装皮毛	168	120	14	107	1	13
金属非金属	291	257	47	210	0	47
石化塑胶	384	339	33	307	1	32
食品饮料	147	126	18	109	1	17
生物医药	231	149	20	132	3	17
造纸印刷	60	55	7	48	0	7
合计	1 506	1 264	181	1 090	7	174

从环境信息各项内容的披露情况来看，如表 5.16 所示，较多的公司会在独

立报告中披露"企业年度资源消耗总量"（内容2）、"环保投资和环境技术开发情况、企业环保设施的建设和运行情况"（内容3）、"企业排放污染物种类、数量、浓度和去向、企业在生产过程中产生的废物的处理、处置情况，废弃产品的回收、综合利用情况"（内容4）等方面的信息；相反，在年报中披露"环保的费用化支出"（内容5）、"有关环保事故、政府补助等信息"（内容6）等方面信息的公司比较多。从中可以看出，独立报告中的环境信息以非货币化的信息为主，年报中披露的是较易用货币衡量的环境信息。所以，采用独立报告披露环境信息可以弥补年报中披露不全的非货币化信息。

表5.16　年报和独立报告中披露各项环境信息内容的公司数量

报告	公司数	内容1	内容2	内容3	内容4	内容5	内容6
独立报告	181	173	129	146	160	9	28
比例/%		96	71	81	88	5	15
年报	174	147	19	118	46	101	131
比例/%		81	11	65	25	56	75

注：百分比表示报告中披露该内容的公司占样本公司总数的比例。各项内容的含义见表5.5注释。

二、年报与独立报告中环境信息披露的数量比较

总体而言，样本公司独立报告中披露的环境信息数量多于在其同期年报中披露的环境信息数量。表5.17显示，样本公司年报中披露的环境信息数量的均值为20.67行，而独立报告中环境信息数量的均值为26.74行，配对样本均值差为-6.06，在1%的水平上显著。这与国外已有研究（Frost et al. 2005）得到的结论相一致，即不同渠道披露的环境信息存在差异，可持续发展信息主要的披露渠道是独立报告，而年报只能提供有限的可持续发展信息。

表5.17　年报和独立报告中环境信息披露数量的比较　　　单位：行

项目	年报			独立报告			配对检验		
	最小值	最大值	均值	最小值	最大值	均值	均值差	T值	P值
披露数量	0	88	20.67	2.89	292.43	26.73	-6.06	-2.711***	0.007***

***、**、*分别表示在1%、5%、10%水平上显著。

表5.18列示了不同行业样本公司年报和独立报告中环境信息披露数量的情况及配对比较结果。从表5.18中可以看出，水电煤气、金属非金属、食品饮料、生物医药、造纸印刷行业样本公司在独立报告中披露的环境信息数量多于年报，而采掘业、纺织服装皮毛、石化塑胶行业样本公司则相反，在年度报告中披露较多的环境信息数量。根据配对样本均值检验的结果，年报与独立报告中环境信息披露

数量之间的差异在金属非金属、石化塑胶、食品饮料及生物医药行业间较为显著，在其他行业则不显著。

表 5.18　　各行业年报和独立报告中环境信息披露数量的比较　　单位：行

行业	公司数	年报	独立报告	配对检验	
		均值	均值	均值差	P 值
采掘业	13	38.62	38.15	0.47	0.914
水电煤气	29	23.93	25.57	−1.63	0.700
纺织服装皮毛	14	22.07	21.56	0.51	0.939
金属非金属	47	19.15	37.55	−18.41	0.010***
石化塑胶	33	25.15	18.22	6.93	0.035**
食品饮料	18	12.72	23.47	−10.75	0.032**
生物医药	20	6.20	16.29	−10.09	0.000***
造纸印刷	7	22.00	26.57	−4.57	0.419

***　、**　、* 分别表示在1%、5%、10%水平上显著。

　　从样本公司在年报和独立报告中披露的各项环境信息内容的数量比较来看，如表 5.19 所示，"企业年度资源消耗总量"（内容 2）、"环保投资和环境技术开发情况、企业环保设施的建设和运行情况"（内容 3）、"企业排放污染物种类、数量、浓度和去向、企业在生产过程中产生的废物的处理、处置情况，废弃产品的回收、综合利用情况"（内容 4）的均值差为负，并且在 1% 的水平上显著；"环保的费用化支出"（内容 5）、"有关环保事故、政府补助等信息"（内容 6）的均值差为正，并且在 1% 的水平上显著。这说明样本公司在独立报告披露了更多的"年度资源的消耗情况"（内容 2），"环保投资和环境技术开发情况、企业环保设施的建设和运行情况"（内容 3），"排放污染物种类、数量、浓度和去向、企业在生产过程中产生的废物的处理、处置情况，废弃产品的回收、综合利用情况"（内容 4）等方面的信息；而年度报告则更多地披露了"有关费用化支出（内容 5）"，"环保事故及政府补助（内容 6）"等方面的信息。可见，企业会选择年报和独立报告来披露不同内容的环境信息，而仅有年报或社会责任报告并不能反映企业环境信息的全貌。综合表 5.16 和表 5.19，可以看出，通过独立报告来披露第二项、第三项和第五项内容的公司数量较多，而且在独立报告中披露这些内容的信息数量也较多。

表 5.19　　年报和独立报告中各项环境信息内容披露数量的比较　　单位：行

内容	公司数	年报	独立报告	配对检验	
		均值	均值	均值差	P 值
内容 1	181	8.93	8.86	0.07	0.944
内容 2	181	0.30	3.25	−2.95	0.000***

续表

内容	公司数	年报	独立报告	配对检验	
		均值	均值	均值差	P 值
内容3	181	4.06	6.62	−2.57	0.002***
内容4	181	1.03	7.72	−6.69	0.000***
内容5	181	1.84	0.08	1.76	0.000***
内容6	181	4.52	0.21	4.32	0.000***

*** 、 ** 、 * 分别表示在1%、5%、10%水平上显著。

注：各项内容的含义见表5.5注释。

三、年报与独立报告中环境信息披露的质量比较

表5.20列示了年报和独立报告中环境信息披露质量的配对比较。统计结果证实，年报与独立报告中环境信息质量的均值差为3.68，在1%的水平上显著，并且年度报告中环境信息质量的三个维度得分均高于独立报告，除显著性外，量化性和时间性方面的差异都在1%水平上显著。可见，样本公司在年报中披露的环境信息质量普遍优于独立报告。显然，由统一的会计准则规范并经过审计的公司年报对信息质量有较高的保证，而社会责任报告目前仍缺乏统一的编制指引，使得社会责任报告中的信息质量难以提高。

表5.20 年报和独立报告中环境信息质量的比较

质量	年报	独立报告	配对检验	
	均值	均值	均值差	P 值
披露质量	20.54	16.86	3.68	0.000***
其中：E	5.36	5.05	0.31	0.218
Q	7.40	6.35	1.05	0.001***
T	7.78	5.45	2.33	0.000***

*** 、 ** 、 * 分别表示在1%、5%、10%水平上显著。

表5.21是不同行业年报和独立报告中环境信息披露质量配对比较的结果。统计结果显示，除生物医药行业之外，所有行业间年报与独立报告披露质量的均值差都为正。配对检验的结果显示，采掘业、水电煤气、金属非金属行业年报与独立报告披露质量均值差在1%的水平上显著，石化塑胶行业和造纸印刷行业均值差分别在10%、5%的水平上显著，说明大部分行业公司年报中环境信息质量高于独立报告。从质量的三个维度来看，各行业除显著性指标外，年报中环境信息的量化性和时间性普遍显著高于独立报告。

表 5.21　各行业年报和独立报告中环境信息质量的比较

组 A：总体质量

行业	公司数	年报	独立报告	配对检验	
		均值	均值	均值差	P 值
采掘业	13	27.62	21.23	6.39	0.001***
水电煤气	29	22.52	15.83	6.69	0.002***
纺织服装皮毛	14	20.07	13.79	6.29	0.129
金属非金属	47	22.94	19.06	3.87	0.009***
石化塑胶	33	19.12	15.88	3.24	0.061*
食品饮料	18	16.22	15.89	0.33	0.922
生物医药	20	12.20	14.45	−2.25	0.331
造纸印刷	7	25.71	18.29	7.43	0.015**

组 B：质量的三个维度

行业	公司数	E		Q		T	
		均值差	P 值	均值差	P 值	均值差	P 值
采掘业	13	0.39	0.599	2.15	0.002***	3.85	0.000***
水电煤气	29	0.86	0.221	2.38	0.002***	3.45	0.000***
纺织服装皮毛	14	1.00	0.384	2.21	0.150	3.07	0.049**
金属非金属	47	0.45	0.392	1.06	0.048**	2.36	0.000***
石化塑胶	33	0.36	0.477	1.00	0.105	1.88	0.010***
食品饮料	18	−0.78	0.377	−0.33	0.803	1.44	0.278
生物医药	20	−1.00	0.154	−1.40	0.149	0.15	0.847
造纸印刷	7	1.86	0.021**	1.71	0.070*	3.86	0.021**

***、**、* 分别表示在 1%、5%、10%水平上显著。

表 5.22 是按不同披露内容的配对比较情况。统计数据显示，年报与独立报告中的第三项、第五项和第六项环境信息内容的质量得分均显著高于独立报告，而且年报中环境信息质量的三个维度得分均显著高于独立报告；在第二项和第四项内容方面，年报中环境信息质量以及质量的三个维度得分均显著低于独立报告。

表 5.22　年报和独立报告中各项环境信息内容质量的比较

组 A：总体质量

内容	公司数	年报	独立报告	配对比较	
		均值	均值	均值差	P 值
内容 1	181	3.46	3.31	0.14	0.399
内容 2	181	0.71	4.02	−3.32	0.000***
内容 3	181	5.30	4.15	1.16	0.000***

续表

组 A：总体质量				
内容	公司数	年报	独立报告	配对比较
		均值	均值	均值差	P 值

内容	公司数	年报均值	独立报告均值	均值差	P 值
内容 4	181	1.77	4.53	−2.76	0.000***
内容 5	181	4.31	0.27	4.04	0.000***
内容 6	181	5.02	0.57	4.45	0.000***

组 B：质量的三个维度						
内容	公司数	E		Q		T	
		均值差	P 值	均值差	P 值	均值差	P 值
内容 1	181	−0.44	0.000***	0.03	0.691	0.55	0.000***
内容 2	181	−0.96	0.000***	−1.13	0.000***	−1.23	0.000***
内容 3	181	0.37	0.000***	0.00	1.000	0.79	0.000***
内容 4	181	−0.90	0.000***	−0.95	0.000***	−0.91	
内容 5	181	1.04	0.000***	1.48	0.000***	1.53	0.000***
内容 6	181	1.20	0.000***	1.62	0.000***	1.63	0.000***

*** 、 ** 、 * 分别表示在1%、5%、10%水平上显著。

注：各项内容的含义见表5.5注释。

四、小结

本节对我国重污染行业上市公司在年报与独立报告中披露的环境信息的数量与质量进行了比较分析，发现：①目前，年报依然是我国重污染行业上市公司披露环境信息的主要渠道，但独立报告的作用正在迅速提高。②我国重污染行业上市公司的独立报告比年报披露了更多的环境信息。③我国重污染行业上市公司在独立报告中披露的环境信息质量通常低于年报。这可能是由于年报的编制由统一的会计准则进行规范且经过审计，而独立报告的编制则较为随意，这在一定程度上降低了独立报告中环境信息的质量。④行业间差异分析显示，无论是环境信息的数量还是质量在行业间都存在一定的差异。在披露数量上，金属非金属、食品饮料、生物医药行业上市公司独立报告中环境信息的数量显著地高于年报，而石化塑胶行业则相反，其他行业没有太大的差异。在披露质量上，采掘业、水电煤气、金属非金属、石化塑胶、造纸印刷行业上市公司年报中环境信息的质量显著地高于独立报告，而纺织服装皮毛、食品饮料及生物医药行业则没有太大的差异。⑤环境信息内容间差异分析显示，我国重污染行业上市公司年报和独立报告中披露的环境信息内容存在较大的差异。在披露数量上，公司年报和独立报告对不同内容的环境信息披露数量有差异。年度报告更多地披露"公司费用化支出"、"环保事故及政府补助"等方面的信息；而独立报告中"年度资源的消耗情况"，"环保投资和环境技术开发情况、企业环保设施的建设和运行情况"，"排放污染物种类、数量、浓度和去向、企业在生产过程中产生的废物的处理、处置情况，废弃产品的回收、综合利用情况"等方面的信息数量较多。因此，可以看出，企业会分别采用年报和独立报告来披露不同内容的环境信息，而仅有年报或独立报告并不能反映企业环境信息的全貌，两者互为补充。在披露质量上，年报中"环保投资和环境技术开发情况、企业环保设施的建设和运行情况"，"有关费用化支出"以及"环保事故及政府补助"的信息质量显著地高于独立报告，而在独立报告中"年度资源的消耗情况"，以及"排放污染物种类、数量、浓度和去向、企业在生产过程中产生的废物的处理、处置情况，废弃产品的回收、综合利用情况"的信息质量显著高于年报。

第五节　公司特征、公司治理与环境信息披露

企业的信息披露显然受到众多因素的影响，但它首先是企业自身决策的结果，其中公司特征和公司治理是影响企业信息披露决策的主要内在因素。大量的实证研究已经证明，公司特征和公司治理对自愿性信息披露有重要的影响（Healy，Palepu 2001；Beyer et al. 2009），环境信息披露也不例外。本节以2006～2008年我国重污染行业 A 股上市公司为研究样本，以样本公司年报中披露的环境信息为研究对象，从公司特征和公司治理两方面分析和验证影响企业环境信息披露的内在因素。本节继续采用本章第一节选取的 502 家重污染行业 A 股上市公司，3 年共 1 506 个公司年度，剔除数据不全的公司年度，最后共有 1 402 个观察值。

一、理论分析与文献回顾

本节在企业信息披露的框架下讨论公司特征和公司治理对企业环境信息披露的影响。

（一）公司特征与企业环境信息披露

信息披露的理论研究和实证研究都提出了可以解释信息披露的公司特征变量，包括公司规模、盈利能力、财务杠杆以及公司所属行业、所在国家或地区、上市交易的场所等。

1. 公司规模

Foster（1986）曾总结说，在有关公司披露政策差异的研究中显著性最一致

的变量就是公司规模。研究通常发现，规模大的公司会披露更多的信息，但是对于公司规模变量到底代表了什么却依然不是很清楚。对此，有多种不同的解释：Leftwich 等（1981）从代理理论的角度出发，认为大公司的代理成本较高，因此需要增加信息披露；Watts 和 Zimmerman（1986）认为大公司对政治成本更为敏感，所以更有动力披露较多的信息；Belkaoui 和 Karpik（1989）、Patten（2002b）以及 Brown 和 Deegan（1998）的研究认为，规模大的公司受到来自政府和监管部门的政策压力更大，从而会披露更多的信息。Patten（2002a）、Hackston 和 Milne（1996）及 Cormier 和 Magnan（2003）认为，大公司要应对公众对其环境活动的关注，倾向于通过正式的渠道发布与其环境行为相关的信息。Al-Tuwaijri 等（2004）、Brammer 和 Pavelin（2008）、Clarkson 等（2008）以及 Aerts 和 Cormier（2009）的实证检验表明公司规模与环境信息披露正相关。国内的相关研究，如汤亚莉等（2006）、朱金凤和薛惠锋（2008）以及李晚金等（2008）也得出相似的结论。

2. 盈利能力

由于存在信息不对称，好的公司为了避免被市场误认为是"柠檬"，会设法将自己与差的公司区别开来，信息披露就是"好公司"常用的一种做法（Foster 1986）。只有盈利好的公司才有能力承担更多的环境责任。由此，可以推断盈利好的公司可能承担更多的环境责任，同时为了将其与不承担环境责任或承担环境责任较少的公司区别开来，这些公司会选择自愿披露较多的企业环境信息。关于盈利能力在企业环境信息披露中的作用，国内外已有的研究并没有得出一致的结论。Hackston 和 Milne（1996）在对新西兰公司社会和环境信息披露的决定因素进行研究时发现，环境信息披露与公司盈利能力（包括过去的和现在的）没有关系。Gray 等（2001）对社会和环境信息披露与盈利能力等公司特征的关系进行实证检验，发现公司社会和环境信息披露与盈利能力没有特殊的或稳定的关系。而 Karim（2006）在研究公司特征与公司年报和 10K 报告的财务报表附注中环境信息披露程度的关系时，发现盈余波动大的企业环境信息披露较少。在国内，已有的实证研究发现盈余业绩与社会责任或环境信息披露之间既有正相关关系（汤亚莉等 2006；李晚金等 2008；阳静，张彦 2008），也有负相关关系（李正 2006），还可能没有关系（朱金凤，薛惠锋 2008）。

3. 财务杠杆

按照 Jensen 和 Meckling（1976）的代理理论，财务杠杆越高的公司，股东—债权人—管理者之间的利益冲突越大，代理成本越高，因此需要披露的信息越多。于是，Meek 等（1995）的研究提出了公司自愿性信息披露与财务杠杆正相关的假设。财务杠杆反映了公司的风险水平，而公司良好的环境表现，有助于公司的经营稳定性，降低由于环境问题引发的经营风险。企业披露的环境信息是投资者了解企业环境表现的可靠和重要的渠道，充分的环境信息披露则可以降低投资者对企业未来回报的预测风险和信息不对称。已有的研究发现财务杠杆与企业环境信息披露之间存在关系，但结论并不一致。Roberts（1992）、Richardson 和 Welker（2001）发现财务杠杆与公司社会责任和环境信息披露正相关。Clarkson 等（2008）认为债权人会给企业施加一定的压力，促使企业披露与未来新增负债评估相关的环境信息，因而财务杠杆与企业环境信息披露显著正相关。相反，Cormier 和 Magnan（2003）证实财务杠杆与企业环境信息披露之间存在负相关关系。Brammer 和 Pavelin（2006）对英国公司的自愿性环境信息披露的研究也表明，负债较少的公司更可能进行自愿性环境信息披露。而 Elijido-Ten（2004）则发现财务杠杆和环境信息披露之间不存在显著的关系。在国内，李晚金等（2008）发现公司财务杠杆不影响公司环境信息披露，表明我国上市公司在披露环境信息时并没有考虑到公司的风险以及债务的代理成本。朱金凤和薛惠锋（2008）的研究也没有找到财务杠杆与环境信息披露之间显著相关的证据，他们认为可能是因为我国上市公司对债权人的利益保护程度不够。

4. 行业和上市地点

以往的研究也发现企业环境信息披露受到所处行业和地区的影响。例如，Patten（1991）发现行业类型是企业环境信息披露的重要解释变量。国内相关研究证实，污染越严重的行业中企业环境信息披露越趋详尽（尚会君等 2007），环境信息的披露水平在重污染和非重污染行业之间存在明显差异（王建明 2008）。虽然我们的研究样本都来自重污染行业上市公司，但涉及了采掘业、金属非金属业、石化塑胶业、生物医药业、纺织服装皮毛业、水电煤业、食品饮料业和造纸印刷业 8 个行业。我国对于企业环境信息披露的监管规定在地区间并没有明显差异，国内之前的研究也发现上市公司所在地区对环境信息披露没有影响（阳静，张彦 2008）。但上交所和深交所对上市公司信息披露提出了各自的要求。2006 年，深交所发布了《上市公司社会责任指引》，在第五章"环境保护和可持续发展"中，就上市公司环保政策的制定、内容和实施等方面提出了指导。2008 年，上交所公布了《上市公司环境信息披露指引》，以指导上交所上市公司的环境信息披露。因此，不同的上市地点使得上市公司环境信息披露的监管环境存在差异。

（二）公司治理与企业环境信息披露

经济学的契约理论和代理理论以及政治学的合法性理论都对公司治理与信息

披露的关系做出了解释。

契约理论认为，公司是一系列内外交互的显性和隐形契约的结合体。两种契约在生产和经营过程中共同作用缓解了代理成本问题（Jensen, Meckling 1976）。虽然显性契约（如债务执行补偿合同）是财务报告的第一考虑因素，但是以利益相关者关系为代表的隐性契约对于公司运转也至关紧要，并且这些隐性经济契约往往通过信息披露来建立和实施，以降低契约成本，实现专业化交换和价值最大化（Fama, Jensen 1983）。在企业经营活动与企业环境活动关系日益密切的情况下，环境信息披露对于公司隐性契约的建立更为重要。可以推断，为了降低相应的环境契约成本，治理结构越完善的公司越善于利用环境信息披露，相应的信息质量就越高。

依据代理理论，信息披露能缓解企业内外部间存在的信息不对称，从而降低代理成本。良好的公司治理能够从价值最大化的角度出发完善信息披露，特别是自愿性披露信息的质量。伴随着全球性的环境问题，环境信息成为了信息披露中最受关注的内容之一，可以预期，公司治理水平对于促进环境信息披露的质量提升有不可忽视的作用。

合规和合法是公司治理实践中最基本的要素（李维安 2007），这是合法性理论的基本论点。随着社会环保意识的加强，公众和媒体越来越关注企业的环境表现，同时社会民主化进程使得舆论的监督作用日益强大，企业活动的环境影响渐渐成为公司合法性地位的重要考虑。为了获取并维持合法性，对环境法规敏感的行业具有更高的环境信息披露水平（Cho, Patten 2007），同时有效的公司治理能甄别环保诉求更强的利益相关者，有选择地重点披露其关注的环境信息（Cormier et al. 2004）。既然环境信息披露有助于公司维护其合法性，降低风险、提升价值，那么良好公司治理则会利用这一点更好地达到治理目标。

这些理论虽然分析角度各异，但都认为良好的公司治理能借助有效的环境信息披露或降低代理成本，或缓解信息不对称，或改善企业的合法性地位。国外实证研究也对公司治理促进环境信息披露的观点提供了大量证据：Karim（2006）研究企业年报和 10K 报告财务报表附注中的环境信息，结果发现外资股权较高的企业较少披露环境信息，他们把这一现象归咎于环境信息的内容往往涉及比较敏感的领域。Brammer 和 Pavelin（2006）研究英国大型企业的环境信息披露影响因素，发现公司股权越集中就越不愿意披露环境信息，同时过多的非执行董事反而会降低公司的环境信息披露水平。总之，诸如股权集中度、非执行董事比例、外资股权集中度等一些重要的公司治理特性对企业的环境信息披露都有显著影响。

国内有少数文献从所有权性质及独立董事比例角度讨论公司治理对环境信息披露的影响，而结论也大多是否定的（李正 2006；李晚金等 2008）。直接控股股东性质与环境信息披露没有显著的相关性，可以看出国有资本在履行环境保护责任方面并没有独有的建树。股权集中度对公司环境信息的披露也没有显著影响。在董事会指标方面，阳静和张彦（2008）发现独立董事比例对环境信息披露行为有显著影响，并解释为公司希望通过环境披露对外传递公司稳健经营的信息，但李晚金等（2008）的结果并不认同此观点；董事长与总经理是否二职合一对环境信息披露也没有显著影响。不难发现，对于一些在以往公司治理研究中非常重要的因素，如直接控股股东性质、股权集中度、董事长与总经理是否合一等治理特征，在我国企业环境信息披露决策中的作用都不显著，多数研究者把这归咎于我国公司治理更多地强调企业的经济目标而忽视企业的环境目标。

二、研究变量

（一）公司特征变量

根据已有的理论和实证检验证据，本节选择了公司规模、盈利能力、财务杠杆、行业性质和上市地点五个变量作为影响企业环境信息披露的公司特征变量。各个变量的衡量方法和符号预测列示在表 5.23 中。

表 5.23　研究变量的说明

变量类型		变量名称	变量定义	预期符号
因变量	环境信息披露	环境信息披露	经标准化的环境信息披露数量和质量之和	
公司特征变量	公司特征	公司规模	上期期末总资产的自然对数	＋
		盈利能力	净利润/期初期末平均净资产	＋
		财务杠杆	负债总额/资产总额	＋
		行业性质	虚拟变量	＋/－
		上市地点	虚拟变量，若上交所上市取 1，否则为 0	＋/－
公司治理变量	股权结构	第一大股东持股比例	第一大股东持股数量/股份总数	＋
		控股股东性质	虚拟变量，若国有资本控股为 1，否则为 0	＋
	董事会特征	董事会规模	董事会总人数	＋/－
		独立董事比例	独立董事人数/董事会总人数	＋
		审计委员会	虚拟变量，若有审计委员会为 1，否则为 0	＋
	监事会特征	监事会规模	监事会的总人数	＋
	机构设置	环保机构	虚拟变量，若设立环保部或者环保子公司为 1，否则为 0	＋

（二）公司治理变量

本节按照公司治理的重要特征，从股权特征、董事会特征、监事会特征和机构设置等四方面确定了七个解释变量：股权集中度、控股股东性质、董事会规模、独立董事比例、审计委员会的设立、监事会规模、机构设置。

1. 股权集中度

适当的股权集中度赋予大股东更有效地监督管理层的激励和能力（Shleifer，Vishny　1986），也能对企业环境信息披露产生影响（Brammer，Pavelin 2008）。由于环境危机损及企业整体利益，大股东以其股份比例承担相应的损失，故预计股权集中度的系数符号为正。

2. 控股股东性质

我国上市公司股权结构的特点是一股独大，控股股东所持股份的集中度很高，其他中小股东所持股份很少，控股股东很容易获得对上市公司的控制。所以本节根据上市公司控股股东的股权性质来进行分析，将股权性质分为国家股、国有法人股和其他（包括非国有的法人股、流通股和外资股等），重点分析国家股和国有法人股这两种国有性质股东控股的上市公司在环境信息披露方面与非国有股权控制的上市公司之间的差异。从合法性管理的角度来看，国有股东更关注公司中长期的经营发展状况，会在利润目标之外更多考虑社会和环境的影响，预计国家股和国有法人股虚拟变量的系数符号为正。

3. 董事会规模

董事会的重要职责就是"确保公司遵守法律、法规和公司章程的规定，公平对待所有股东，并关注其他相关利益者的利益"（《上市公司治理准则》第43条）。高效的董事会有助于公司的合法性管理。关于董事会规模与董事会效率的关系，国外有证据显示，两者呈负相关关系（Yermack　1996；Eisenberg et al. 1998；Vafeas　2000）。John 和 Senbet（1998）等认为，尽管董事会的监督能力随董事会成员数量的增加而提高，但这种效益可能被大团体中沟通和决策制定困难而导致的"增量成本"所抵消。国内的研究结论有所不同，既有发现负相关关系的（孙永祥　2001），也有发现倒 U 形关系的（于东智，池国华　2004）并且其转折点在九人左右。本节用董事会的人数衡量董事会规模，并预计董事会规模的系数符号可能为正也可能为负。

4. 独立董事比例

关于董事会独立性与效率的关系，已有的研究都证实，董事会的效率是其独立性的增函数，在公司治理研究中通常用独立董事的比例作为董事会独立性的替代变量。从企业合规性的角度来看，独立董事会有助于加强企业的声誉和公信力，帮助企业建立和维持其合规性（Salancik，Pfeffer 1978）。外部董事代表了股东之外不同的利益团体，拥有对企业至关重要的专业知识，他们更懂得如何遵守诸如环境等的规定，以避免企业遭受经济处罚、媒体负面报道以及声誉的损失等（Johnson，Greening 1999）。一般认为独立董事能督促公司遵守信息披露要求，提高信息披露质量和董事会的透明度（Forker 1992）。我国独立董事在环境信息披露方面的作用尚未有定论，李晚金等（2008）认为独立董事比例因素对环境信息披露没有显著影响，而阳静和张彦（2008）则发现了显著的作用。在全球环境保护大潮的影响下，独立董事对于环境信息的作用将不断提高，故预期独立董事比例系数符号为正。

5. 审计委员会的设立

2002年发布《上市公司治理准则》以来，我国上市公司的审计委员会制度已经有了很大的发展。2004年度上市公司年报披露的信息显示，已有超过50％的上市公司设立了审计委员会，有三成左右上市公司的审计委员会积极地开展工作。审计委员会通过对公司外审、内审以及内控等方面的监督，从信息披露的角度提高公司的合规性。国内已有的研究也证实：审计委员会降低了公司违规现象，维护了高质量的信息披露（谢永珍 2006），有效地履行了财务信息质量控制和沟通协调的职能（王跃堂，涂建明 2006）。国外的研究发现：审计委员会能加强内部控制和对财务信息披露质量的监督（Forker 1992），保证财务会计和信息系统的质量，降低公司不披露信息的数量（Collier 1993），是公司治理特别是信息披露机制的重要保障。本节预计是否设立审计委员会的虚拟变量的系数符号为正。

6. 监事会特征

在引入外部董事的同时设立监事会是我国公司治理中一个特有的做法。监事会的职责是"对公司财务以及公司董事、经理和其他高级管理人员履行职责的合法合规性进行监督"（《上市公司治理准则》第59条）。监事会不负责决策以及执行，而是负责审查公司活动的合规性。监事会体现了保护相关利益者利益，保证企业合规性的作用。我国公司监事会规模普遍较小，监事人数的增加有助于提高监事会的代表性，更好地发挥其相关利益者治理的作用。本节以监事会规模为研究变量，预计监事会规模的系数符号为正。

7. 机构设置

越来越多的上市公司在组织架构中设置了安全环保部等专门的环保机构，如哈药股份和邯郸钢铁；规模较大的上市公司甚至专门成立环保子公司，如中集集团和华泰股份等。上市公司环保部门和环保子公司的设立有助于公司更好地贯彻执行国家环境保护的法律法规、监督检查公司自身环境保护的情况，同时也会有助于提升公司的环境信息披露水平。故本节预计是否设立环保部和环保子公司的虚拟变量的系数符号为正。

研究变量的定义和说明见表 5.23。

各研究变量的描述性统计见表 5.24。

表 5.24　研究变量的描述性统计

变量名称	样本数	最小值	最大值	均值	标准差
环境信息披露	1 402	−2.141	7.709	0.000	0.184
公司规模	1 402	19.061	25.961	21.565	1.081
盈利能力	1 402	−0.194	0.550	0.102	0.099
财务杠杆	1 402	0.013	0.834	0.478	0.171
上市地点	1 402	0.000	1.000	0.608	0.488
第一大股东持股比例	1 402	0.067	0.821	0.392	0.158
控股股东性质	1 402	0.000	1.000	0.663	0.473
董事会规模	1 402	4.000	18.000	9.723	2.043
独立董事比例	1 402	0.083	0.600	0.351	0.045
审计委员会	1 402	0.000	1.000	0.471	0.499
监事会规模	1 402	1.000	13.000	4.315	1.495
环保机构	1 402	0.000	1.000	0.151	0.358

在 1 402 个公司年度观察值中，国家或国有法人控股的共有 929 家，占66%；第一大股东持股比例平均为 39%。可见重污染行业上市公司中国有控股比例较高，并且国有控股股东持股比例也较高。样本公司的董事会人数平均在9～10 人，这与其他有关我国公司治理的研究发现相一致，但董事会人数最多的有 18 人，最少的只有 4 人，说明重污染行业上市公司的董事会规模存在较大的差异。独立董事的平均比例在 35 %，且标准差很小，这与我国《关于在上市公司建立独立董事制度的指导意见》所要求的"上市公司董事会成员中应当有三分之一以上为独立董事"相符合。从监事会的基本情况来看，监事会的规模在 1～13

人，平均为 4 人，明显小于董事会的规模。设立审计委员会的有 660 个公司年度，占 47%。有 211 个公司年度设有专门的环保机构，占 15%，虽然目前来看比例不高，但已经有了良好的开端。

三、实证检验及结果分析

根据上述分析，本节构建了模型 5-1 检验公司特征对企业环境信息披露的影响，并将公司特征作为控制变量构建模型 5-2 检验公司治理对企业环境信息披露的影响。

模型 5-1：

环境信息披露水平＝$a+b_1$ 公司规模＋b_2 盈利能力＋b_3 财务杠杆＋b_4 上市地点＋b_5 行业＋e

模型 5-2：

环境信息披露水平 $= a+b_1$ 股权结构＋b_2 董事会特征＋b_3 监事会特征＋b_4 机构设置＋$\sum_{i=1}^{5} c_i$ 公司特征＋e

研究变量的相关性矩阵分析显示，自变量间相关系数绝对值最高为 0.289，可以认为自变量之间不存在高度相关性。两个模型中各变量的容忍度（TOL）均大于 0.2，且方差膨胀因子（VIF）都小于 10，说明回归模型不存在严重的多重共线性。

（一）公司特征对企业环境信息披露的影响

表 5.25 列示了模型 5-1 的单变量和多变量回归结果。从表 5.25 的结果来看，模型 5-1 的整体线性拟合显著（除上市地点的单变量模型外，F 统计值都在 1% 水平上显著）。不包含行业变量的公司特征多元回归模型调整后的 R^2 为 11.5%，说明模型中解释变量对被解释变量的解释能力有限，但加入行业变量后模型的解释能力提高到了 23.9%，说明包括行业类型在内的公司特征能在一定程度上解释公司的环境信息披露水平，当然还有其他影响公司环境信息披露的因素有待探寻。

表 5.25 的结果显示，公司规模、盈利能力和财务杠杆的系数估计值都在 1% 的水平上显著为正，说明公司环境信息披露水平会随着公司规模、盈利能力和财务杠杆的增加而显著提高。相反，公司上市地点变量的系数估计值不显著，说明上市地点不会显著影响公司的环境信息披露水平。无论是单变量还是多变量回归检验，都得出一致的实证检验结果。

表 5.25 公司特征对企业环境信息披露的影响

变量名称	公司规模	盈利能力	财务杠杆	上市地点	全部变量	全部变量（含行业）
常数项	-10.643***	-0.340***	-0.884***	-0.044	-10.061***	-5.187***
	(0.000)	(0.000)	(0.000)	(0.574)	(0.000)	(0.000)
公司规模	0.494***				0.123***	0.230***
	(0.000)				(0.000)	(0.000)
盈利能力		3.344***			2.609***	2.166***
		(0.000)			(0.000)	(0.000)
财务杠杆			1.851***		1.290***	1.001***
			(0.000)		(0.000)	(0.000)
上市地点				0.073	0.090	0.035
				(0.471)	(0.343)	(0.690)
调整后的 R^2	0.083	0.031	0.029	0.000	0.115	0.239
F 值	128.071***	46.555***	42.560***	0.520***	46.717***	40.975***
	(0.000)	(0.000)	(0.000)	(0.000)	(0.000)	(0.000)
样本数	1 402	1 402	1 402	1 402	1 402	1 402

*** 、** 、* 分别表示在 1%、5%、10%水平上显著。

（二）公司治理对企业环境信息披露的影响

表 5.26 的数据显示，当四组公司治理的变量分别放入模型 5-2 进行检验时：①从股权结构上来看，控股股东性质和第一大股东持股比例均与公司环境信息披露水平显著正相关。②从董事会特征上来看，独立董事比例与环境信息披露水平正相关，但相关性不显著；董事会规模与环境信息披露水平正相关，且相关性显著。③从监事会特征上来看，监事会规模与环境信息披露水平显著正相关。④从环保机构设置上来看，环保部和环保子公司的设立与环境信息披露水平显著正相关。

当四组变量一起放入检验模型 5-2，即公司治理整体发挥作用的时候，除董事会特征变量外，其余变量系数估计值的符号方向没有变化，说明公司治理构成因素与环境信息披露之间的关系较为稳定。从公司治理的整体作用情况来看，不含行业变量时，反映公司治理特征的七个变量中有三个变量通过了显著性检验；包括行业变量时，有两个变量通过了显著性检验，且都与预期符号一致。整体而言，公司治理越完善，环境信息披露的水平越高。国有控股股东对企业环境信息披露有明显的正面影响。这说明国有股东在纯粹的利润目标之外更关注企业对环境的影响以及企业与外部环境相关利益者的沟通，符合合法性理论。公司环保机构的设立是除控股股东变量外，对环境信息披露影响最显著的因素。

表 5.26　公司治理对企业环境信息披露的影响

变量名称	股权结构	董事会特征	监事会特征	机构设置	全部变量	全部变量（含行业）
常数项	−9.809***	−10.725***	−10.173***	−8.964***	−9.378***	−5.377***
	(0.000)	(0.000)	(0.000)	(0.000)	(0.000)	(0.000)
控股股东性质	0.784***				0.691***	0.465***
	(0.000)				(0.000)	(0.000)
第一大股东持股比例	0.546*				0.556*	0.379
	(0.076)				(0.067)	(0.195)
独立董事比例		0.312			0.700	0.788
		(0.769)			(0.495)	(0.426)
董事会规模		0.077***			0.021	−0.005
		(0.001)			(0.402)	(0.838)
审计委员会		−0.013			0.0636*	0.032
		(0.889)			(0.058)	(0.321)
监事会规模			4.516***		0.064	0.120
			(0.000)		(0.475)	(0.168)
环保部机构				0.918***	0.809***	0.633***
				(0.000)	(0.000)	(0.000)
公司规模	0.383***	0.418***	0.403***	0.370***	0.331***	0.201***
	(0.000)	(0.000)	(0.000)	(0.000)	(0.000)	(0.000)
盈利能力	2.591***	2.515***	2.480***	2.093***	2.041***	1.878***
	(0.000)	(0.000)	(0.000)	(0.000)	(0.000)	(0.000)
财务杠杆	1.106***	1.181***	1.203***	1.266***	1.025***	0.852***
	(0.000)	(0.000)	(0.000)	(0.000)	(0.000)	(0.001)
上市地点	0.036	0.077	0.088	0.044	−0.005	−0.020
	(0.703)	(0.417)	(0.349)	(0.641)	(0.960)	(0.823)
调整后的 R^2	0.162	0.120	0.128	0.145	0.187	0.268
F 值	46.037***	28.416***	41.970***	48.402***	30.389***	29.432***
	(0.000)	(0.000)	(0.000)	(0.000)	(0.000)	(0.000)
样本数	1 402	1 402	1 402	1 402	1 402	1 402

***、**、* 分别表示在 1%、5%、10% 水平上显著。

注：括号内为 P 值。

　　公司特征构成的控制变量同样值得关注。无论对四组变量的单独分析，还是对公司治理因素的整体观察，由公司规模、盈利能力、财务风险体现的公司特征始终对公司环境信息披露有着显著的影响。此外，上市地点与环境信息披露的相关性依然不显著。

四、小结

根据本节的分析和检验，可以得出以下结论：公司规模大、盈利能力好以及财务杠杆高的上市公司会披露更多的环境信息。大公司为了避免政治成本以及为了在社会公众面前树立良好的公司形象，会积极披露环境信息。盈利能力好的公司更有能力承担环境责任，同时也为了将自己履行环境责任的情况传递给相关利益者，将自己与其他公司区别开来，会披露更多环境信息。我国上市公司在披露环境信息时还会考虑公司的财务风险以及来自债务人的压力。此外，本节的研究还发现，在不同交易所上市交易的公司披露环境信息的水平没有明显不同，但即使在重污染行业上市公司间，属于不同行业的公司的环境信息披露水平存在显著差异。

本节在控制了公司特征的基础上，分别从股权特征、董事会特征、监事会特征和环保机构设置四个方面检验公司治理因素是否能够促进环境信息的披露，发现：①国有性质的控股股东在提高环境信息披露水平方面起到了积极的作用；②环保机构的设置是改善公司环境信息披露水平的重要因素；③作为公司治理制衡机制的独立董事、审计委员会和监事会对环境信息披露有一定的促进作用。可见，我国公司环境信息披露水平的提高，公司合规性管理的改善，公司与环境之间的和谐，不仅取决于公司自身的特征，还取决于公司治理的有效性。过往以经济业绩为出发点的研究对国有股东的作用颇有微词，但本研究的证据发现了国有股东在促进公司环境信息披露方面的积极作用。提高董事会效率不仅有助于保护股东利益，而且也有利于其他相关利益者。我国上市公司的监事会并非形同虚设，监事会规模在促进环境信息披露方面有积极的作用，但其效果有待提高，因此，增加监事人数、提高监事的代表性不失为有益的尝试。审计委员会在通过信息披露提高公司合规性方面也起到了积极的作用。在公司构架中设立环保机构的公司在环境信息披露上有更突出的表现。环保机构的设立本身就是公司关注企业环境业绩的体现，同时环保机构也有助于公司更好地检查自身环境保护活动的情况并有效地进行环境业绩披露，环保机构的这种作用在本研究中得到了证实。

本章参考文献

保罗·R. 伯特尼，罗伯特·N. 史蒂文斯. 2004. 环境保护的公共政策. 穆贤清，方志伟译. 上海：上海三联书店，上海人民出版社

纪珊，王建明. 2005. 石化行业上市公司环境信息披露分析. 经济师，5：125～127

李慧. 2005. 环境会计信息披露：对我国重工制造行业上市公司的实证分析. 齐鲁珠坛，2：43～46

李晚金，匡小兰，龚光明. 2008. 环境信息披露的影响因素研究——基于沪市 201 家上市公司的实证检验. 财经理论与实践，3：47～51

李维安. 2007. 中国上市公司治理评价与指数分析——基于 2006 年 1249 家公司. 管理世界，5：104～114

李正. 2006. 企业社会责任信息披露影响因素实证研究. 特区经济，8：324～325

尚会君，刘长翠，耿建新. 2007. 我国企业环境信息披露现状的实证研究. 环境保护，8：15～21

孙永祥. 2001. 所有权、融资结构与公司治理机制. 经济研究，1：45～53

汤亚莉，陈自力，刘星等. 2006. 我国上市公司环境信息披露状况及影响因素的实证研究. 管理世界，1：
    158～159

王建明. 2008. 环境信息披露、行业差异和外部制度压力相关性研究——来自我国沪市上市公司环境信息
    披露的经验证据. 会计研究，6：54～62

王立彦，尹春艳，李维刚. 1998. 我国企业环境会计实务调查分析. 会计研究，8：19～25

王跃堂，涂建明. 2006. 上市公司审计委员会治理有效性的实证研究——来自沪深两市的经验证据. 管理
    世界，11：135～143

肖淑芳，胡伟. 2004. 中国上市公司环境信息披露现状研究. 北京理工大学学报，6：69～72

肖淑芳，胡伟. 2005. 我国企业环境信息披露体系的建设. 会计研究，3：47～52

谢永珍. 2006. 中国上市公司审计委员会治理效率的实证研究. 南开学报（哲学社会科学版），4：66～73

阳静，张彦. 2008. 上市公司环境信息披露影响因素实证研究. 会计之友，11：91～92

于东智，池国华. 2004. 董事会规模、稳定性与公司绩效：理论与经验分析. 经济研究，4：70～78

张星星，葛察忠，海热提. 2008. 我国上市公司环境信息披露现状初步研究. 环境保护，6：27～30

朱金凤，薛惠锋. 2008. 公司特征与自愿性环境信息披露关系的实证研究——来自沪市 A 股制造业上市
    公司的经验数据. 预测，5：58～63

朱金凤，赵红雨. 2008. 上市公司环境信息披露统计分析. 财会通讯，4：69～71

Abbott W E, Monsen R J. 1979. On the measurement of corporate social responsibility: self-reported dis-
    closures as a method of measuring corporate social involvement. Academy of Management Journal,
    22 (3)：510～515

Aerts W, Cormier D. 2009. Media legitimacy and corporate environmental communication. Accounting,
    Organizations and Society, 34 (1)：1～27

Alciatore M L, Dee C C. 2006. Environmental disclosures in the oil and gas industry. Advances in Envi-
    ronmental Accounting and Management，3：49～75

Al-Tuwaijri S A, Christensen T E, Hughes K E. 2004. The relations among environmental disclosure,
    environmental performance, and economic performance: a simultaneous equations approach. Account-
    ing, Organizations and Society，29 (5～6)：447～471

Belkaoui A, Karpik P G. 1989. Determinants of the corporate decision to disclose social information. Ac-
    counting, Auditing, and Accountability Journal，2 (1)：36～51

Beyer A D A, Cohen T, Walther B R et al. 2009. The financial reporting environment: review of the re-
    cent literature. Conference Paper, JAE Conference at the MIT Sloan School of Management

Brammer S J, Pavelin S. 2006. Voluntary environmental disclosures by large UK companies. Journal of
    Business Finance and Accounting, 33 (7～8)：1168～1188

Brammer S J, Pavelin S. 2008. Factors influencing the quality of corporate environmental disclosure. Busi-
    ness Strategy and the Environment，17 (2)：120～136

Brown N, Deegan C M. 1998. The public disclosure of environmental performance information：a dual test
    of media agenda setting theory and legitimacy theory. Accounting and Business Research，29 (1)：
    21～41

Chaganti R S, Mahajan S S, Sharma S. 1985. Corporate board size, composition, and corporate failures in retailing industry. Journal of Management Studies, 22 (4): 400~417

Cho C H, Patten D M. 2007. The role of environmental disclosures as tools of legitimacy: a research note. Accounting, Organizations and Society, 32 (7~8): 639~647

Clarkson P M, Fang X H, Li Y et al. 2010. The relevance of environmental disclosures for investors and other stakeholder groups: which audience are firms speaking to? Paper presented to CMA Ontario Rotman School Accounting Research Seminars, Ontario, Canada

Clarkson P M, Li Y, Richardson G D et al. 2008. Revisiting the relation between environmental performance and environmental disclosure: an empirical analysis. Accounting, Organizations and Society, 33 (4~5): 303~327

Collier P. 1993. Factors affecting the information of audit committees in major UK listed companies. Accounting & business research, 23 (91): 421~430

Cormier D, Gordon I M, Magnan M. 2004. Corporate environmental disclosure: contrasting management's perceptionswith Reality. Journal of Business Ethics, 49 (2~11): 143~165

Cormier D, Ledoux M, Magnan M. 2009. The informational contribution of social and environmental disclosures for investors. SSRN Working Paper, No. 1327044

Cormier D, Magnan M. 2003. Does disclosure matter? CA Magazine (May), 136 (4): 43~45

Darrell W B, Schwartz N. 1997. Environmental disclosures and public policy pressure. Journal of Accounting and Public Policy, 16 (2): 125~154

Deegan C, Gordon B. 1996. A study of the environmental disclosure practices of Australian corporations. Accounting and Business Research, 26 (3): 187~199

Dye R A. 2001. An evaluation of "essays on disclosure" and the disclosure literature in accounting. Journal of Accounting and Economics, 32: 181~235

Eisenberg T, Stefan S, Martin W. 1998. Larger board size and decreasing firm value in small firms. Journal of Financial Economics, 48 (1): 35~54

Elijido-Ten E. 2004. Determinants of environmental disclosure in a developing country: an application of the stakeholder approach. Paper presented to the Asia Pacific Interdisciplinary Research in Accounting (APIRA) Triennial Conference, Singapore

Eng L L, Mak Y T. 2003. Corporate governance and voluntary disclosure. Journal of Accounting and Public Policy, 22 (4): 325~345

Fama E F, Jensen M C. 1983. Agency problems and residual claims. Journal of Law and Economics, 26 (2): 327~49

Forker J J. 1992. Corporate governance and disclosure quality. Accounting and Business Research, 22 (86): 111~124

Foster G. 1986. Financial Statement Analysis. Englewood Cliffs: Prentice Hall Inc

Freedman M, Patten D M. 2004. Evidence on the pernicious effect of financial report environmental disclosure. Accounting Forum (Elsevier), 28 (1): 27~41

Freedman M, Stagliano A J. 1992. European unification, accounting harmonization and social disclosure. The International Journal of Accounting, 27 (2): 112~122

Frost G S, Jones, Loftus J et al. 2005. A survey of sustainability reporting practices of Australian reporting entities. Australian Accounting Review, 15 (1): 89~95

Gray R, Javad M, Power D M et al. 2001. Social and environmental disclosure and corporate characteristics: a research note and extension. Journal of Business Finance and Accounting, (3/4): 327~356

Hackston D, Milne J. 1996. Some determinants of social and environmental disclosures in New Zealand companies. Accounting, Auditing & Accountability Journal, 9 (1): 77~108

Healy P M, Palepu K G. 2001. Information asymmetry, corporate disclosure and the capital market: a review of the empirical disclosure Literature. Journal of Accounting & Economics, 31 (1~3): 405~440

Jensen M C, Meckling W H. 1976. Theory of the firm: managerial behavior, agency costs and ownership structure. Journal of Financial Economics, 3 (4): 305~360

John K, Senbet L W. 1998. Corporate governance and board effectiveness. Journal of Banking and Finance, 22 (4): 371~403

Johnson R, Greening D. 1999. The effects of corporate governance and institutional ownership types on corporate social performance. Academy of Management Journal, 42 (5): 564~578

Karim M. 2006. In search of the "Hard Law": judicial activism and international corporate social responsibility. Palgrave Macmillan, 1: 184~204

Leftwich R, Watts R L, Zimmerman J L. 1981. Voluntary corporate disclosure: the case of interim reporting. Journal of Accounting Research, 19: '50~77

Meek G K, Roberts C B, Gray S J. 1995. Factors influencing voluntary annual report disclosures by US, UK and continental European multinational corporations. Journal of International Business Studies, 26 (3): 555~572

Patten D M. 1991. Exposure, legitimacy, and social disclosure. Journal of Accounting and Public Policy, 10 (4): 297~308

Patten D M. 1992. Intra-industry environmental disclosures in response to the Alaskan oil spill: a note on legitimacy theory. Accounting, Organizations and Society, 17 (5): 471~475

Patten D M. 2002a. Media exposure, public policy pressure, and environmental disclosure: an examination of the impact of TRI data availability. Accounting Forum, 26 (2): 152~171

Patten D M. 2002b. Securing organizational legitimacy: an experimental decision case examining the impact of environmental disclosures. Accounting, Auditing & Accountability Journal, 15 (3): 372~405

Plumlee M, Marshall S, Brown D. 2009. Voluntary environmental disclosure quality and firm value: roles of venue and industry type. SSRN Working Paper, No. 1517153

Richardson A J, Welker M. 2001. Social disclosure, financial disclosure and the cost of equity capital. Accounting, Organizations and Society, 26 (7~8): 597~616

Roberts R. 1992. Determinants of corporate social responsibility disclosure: an application of stakeholder theory. Accounting, Organizations and Society, 17 (6): 595~612

Salancik C R, Pfeffer J. 1978. A social information processing approach to job attitudes and task design. Administrative Science Quarterly, 23 (2): 224~253

Shleifer A, Vishny R. 1986. Large shareholders and corporate control. Journal of Political Economy, 94 (3): 461~488

Simon S M, Ka H O, Shun W. 2001. A study of the relationship between corporate governance structures and the extent of voluntary disclosure. Journal of International Accounting, Auditing & Taxation, 10: 139~156

Vafeas N. 2000. Operating performance around the adoption of director incentive plans. Economics Letters，68（1）：185～190

Watts R L，Zimmerman J L. 1986. Positive Accounting Theory. Englewood Cliffs：Prentice Hall

Wiseman J. 1982. An evaluation of environmental disclosures made in corporate annual reports. Accounting，Organizations and Society，7（1）：53～63

Yermack D. 1996. Companies modest claims about the value of CEO stock option awards. New York University. Stern School Finance Department Working Paper Series. 96～42

第六章　企业环境信息披露的经济性动机与作用

　　企业作为营利组织，经济利益往往是其所有决策的出发点，在环境信息披露决策中也不应例外。信息披露研究也已证实，企业在需要筹集外部资金时会有动机自愿披露其私有信息（Healy，Palepu　2001；Beyer et al.　2009），信息披露与资本成本的关系更是信息披露研究中一个重要且成果丰硕的领域。我国"绿色金融"政策的出台，将外部性的环境风险内化为企业的经营风险和财务风险，直接影响企业的融资能力和资本成本。本章在这样的政策背景下，从资本市场的视角分析企业再融资需求与环境信息披露的关系以及环境信息披露与资本成本的关系，揭示企业环境信息披露的经济动机和作用。

　　信息披露是现代财务和会计理论的核心问题之一。信息披露理论基于契约理论和非对称信息博弈理论揭示资本市场具有异质信息的参与者（企业、投资者、政府等）之间的逆向选择行为及其后果。信息披露问题的早期研究始发于人们对企业财务和非财务信息的信号作用的关注，其代表性成果包括 Leland 和 Pyle（1977）提出的资本结构信号模型和 Bhattacharya（1979）提出的股利信号模型。目前关于信息披露的研究已经发展到披露动机、披露机制、披露决策和披露制度等相当广泛的研究领域。最新的研究发展呈现两个特征：一是在关于企业信息披露动机的研究中，将关注点从企业内部因素转向外部制度因素，研究监管政策对企业信息披露的作用。这与各国相继出现财务丑闻和金融危机等市场失灵问题后，政府转而加强对市场监管的背景是密切相关的。二是越来越多的学者将研究兴趣转向社会责任和环境信息等非财务信息披露方面。这也是由于在世界范围内强调可持续发展，企业重视社会责任和环境信息披露的大趋势所决定的。

第一节　再融资需求与企业环境信息披露

　　按照 Verrecchia（2001）和汪炜（2005）等的观点，信息披露研究可以分为三大类：第一类是外生性信息披露研究，考察外生的披露对投资者行为的总体或累积变化的影响；第二类是内生性信息披露研究，考察管理者和/或企业是如何选择性地披露他们所拥有的信息以及他们披露所知信息的动机，这种披露也被称为"斟酌基础披露"；第三类是制度性信息披露研究，将信息披露作为一种制度和政策变量，考察企业或政府的披露政策与资本市场公平和效率的关系。在第四章的制度背景分析中讨论了我国近年出台的一系列环境信息披露政策，从中可以看出，现有的政策规定除个别特例外，都是原则性地鼓励企业披露环境信息，对于具体的披露内容和披露方式既没有强制性的规定，也没有像财务信息披露那样统一的标准。因此，目前我国企业的环境信息披露在相当大程度上是企业和/或管理者选择性安排的结果。有关企业环境信息披露动机的研究显然属于"斟酌基础披露"研究。重污染行业上市公司一方面同样具有我国上市公司所共有的圈钱饥渴症，另一方面又面临越来越严厉的投融资约束和环境监管。在此背景下，资本市场上的再融资需求和环境监管政策压力成为企业在环境信息披露决策中最重要的考虑因素。

本节在我国强调环境保护并推出一系列环境监管政策的制度背景下，从资本市场的视角考察企业披露环境信息的动机。

一、理论分析与文献回顾

（一）资本市场动机与信息披露

Healy 和 Palepu（2001）总结了研究者们讨论的由于资本市场原因影响管理层信息披露决策的六个因素：①资本市场交易假说。该假说认为，由于信息不对称的存在，投资者在诸多不确定因素下进行投资往往面临很大风险。投资者为规避风险可能不愿意交易，公司的融资成本将变得很高。因此，那些要对外发行股票与债券的公司为了降低融资成本，往往有动机自愿披露信息以降低信息不对称程度。②公司控制权竞争假说。该假说认为，如果股价的下跌与业绩下降会给管理层带来失业风险，管理者就会依赖公司的披露政策来降低公司价值被低估的可能。大量实证研究的结果表明，管理者的更换往往与低劣的经营业绩有关，而低劣的经营业绩往往会导致敌意收购，进而导致更多管理者的更换。因此，当管理者面临较为严重的控制权竞争压力时，就会依赖自愿披露的信息来降低公司业绩被低估的可能，并解释较差的业绩回报。③股权激励假说。该假说认为，一些公司的管理者报酬往往与股票报酬计划相联系，如股票期权、优惠购股权等。这些公司的管理者收入直接或间接与股价相关，管理者就有动机去影响股价以提高报酬。由于管理者自愿披露的信息是具有信息含量的，而且管理者披露的信息往往比市场分析师的预测更为准确。因此，管理者自愿披露往往可以成为管理者影响公司股价的一种重要方式。④法律诉讼假说。该假说认为，诉讼成本的威胁对管理者披露政策的选择主要产生了两方面的影响。首先，针对管理者不充分、不及时的信息披露的法律约束会鼓励管理者增加自愿披露；其次，诉讼风险的存在又会潜在地降低管理者自愿披露的动机。Skinner（1994）认为，股价在年报公布时大幅度的下跌可能会引发诉讼风险并带来管理者声誉上的损失。那些持有不利预期的管理者存在着预先披露预亏信息的动机，以降低未来诉讼风险和声誉上的损失。⑤管理者传递信号假说。公司的市值是投资者对公司管理者关于公司所处经济环境未来变化的预期和反应能力的理解函数。投资者越早推测出管理者已经获得的信息，他们就越能很好地评估管理者预期未来变化的能力，公司的市值就越高。因此，管理者有动机自愿披露盈余预测以反映他们的类别。⑥外部成本假说。信息具有外部性，如果披露信息会导致公司竞争地位下降（如导致竞争对手的进入），管理者可能会不愿意披露；反之，如果披露的信息具有正的外部性，管理者就会很乐意披露。

国外关于信息披露的资本市场动机研究得到了大量的经验证据，其中再融资与信息披露关系研究的热点是资本成本。我国对上市公司在资本市场上再融资，包括增发、配股或发行可转债等具有较为严格的条件约束，而我国上市公司又普遍存在资金饥渴，因此对于我国上市公司而言，获得再融资资格是信息披露的一个重要的资本市场动机。张宗新等（2005）对我国上市公司自愿性信息披露动机的研究提出，我国上市公司自愿性信息披露的动机主要体现在三个方面，再融资最大化需要是其中之一，即获得再融资机会与提高再融资价格。陈少华（2003）发现，我国上市公司自愿性信息披露行为主要是源于获取稀缺资本等三种动机。"获取稀缺资本"即指进入资本市场融资。吴翔宇（2006）同样发现我国上市公司进行自愿性信息披露的动机主要包括资本市场交易的需要等。

与基于资本市场的财务信息披露研究不同，已有的环境信息披露研究更多地关注政治社会学的合法性理论，而缺乏对资本市场因素的重视。仅有少数几份研究略有涉及社会责任和环境信息披露的资本市场动机。Barth 等（1997）发现，样本期间内频繁融资的企业更有动机自愿披露环境负债信息，表明资本市场因素对于企业环境信息披露决策有着重要的作用。Dhaliwal 等（2009）证实：发布社会责任报告的公司在报告发布两年后更可能进行股本筹集，融资的数额也更大，说明企业发布社会责任报告的动机很可能是为了进行再融资。翟华云（2010）以 2009 年制造业上市公司为样本分析我国上市公司外部融资需求与社会责任信息披露之间的关系，发现上市公司外部融资需求越高，其披露的社会责任信息质量越好；上市公司有外部融资需求时，更关注社会责任信息披露的整体性质量和内容性质量。说明融资是我国上市企业披露社会责任报告的动机之一。

随着我国近年出台一系列环境保护法规并实施"绿色金融"政策，逐渐加大对企业环境表现的监管力度和企业投融资活动过程中的环境监管，企业的环境表现成为影响企业财务风险和经营风险的重要因素，相应地，企业的环境信息也成为投资者评价投资风险的重要依据。企业为降低资本市场关于其环境风险的信息不对称会愿意主动改善其环境信息披露。因此，提出如下假设：

研究假设 6-1：企业资本市场再融资动机能显著促进企业的环境信息披露水平。

（二）政府监管与信息披露

近年来，一些重要的监管规定对信息披露的影响引起了研究者的兴趣，如
2000 年的公平披露（fair disclosure，FD）规则法案和 2002 年的萨班斯·奥克斯
利法案（The Sarbanes-Oxley Act，SOA）。2000 年 SEC 颁布的公平披露法案，
禁止作为证券发行单位的上市公司进行选择性信息披露。虽然一些评论家认为
FD 会导致"寒风效应"，使得企业减少信息披露，但仍然有很多研究证明，FD
促进了信息披露。研究报告认为，在 FD 法案通过 6 个月后，很多证据表明这一
法案取得了巨大的成功，或许比支持者预想的还要好。他们调查发现，国家投资
者关系协会有 28％的会员公司向投资者和分析师提供了更多的信息，还有 48％
的公司提供的信息没有减少。Heflin 等（2003）从企业公布的季度盈余的角度分
析了 FD 对财务信息披露的影响，发现 FD 发布后，企业自愿的、前瞻性的以及
与盈余相关的信息披露数量大幅增加，上市公司自愿性信息披露的频率也显著提
高。Kothari 等（2009a）的证据显示，平均而言，FD 的出台限制了管理者在信息
公开披露前的信息泄露，减少了企业对坏消息的隐瞒，使得好消息和坏消息的发布
都在同一个平台上，企业信息披露的游戏更为公平。美国国会于 2002 年 7 月颁布
SOA，以加强上市公司监管和投资者保护力度、重树投资者信心，其中包括了对上
市公司信息披露制度的监管规定。SOA 要求相关企业更多地披露内部控制结构和
道德准则等方面的信息。信息披露的改革引发了广泛的关注和争论，一些学者认为
SOA 改善了市场的披露环境。摩迪国际（Moody International Group）指出，随着
法案的实施，公司加强了对会计系统的投入，更加重视自身的业务流程。Cohen 等
（2008）和 Li 等（2008）的研究表明，SOA 颁布后上市公司的盈余管理程度有了明
显的下降，会计信息质量出现了明显的上升。Akhigbe 和 Martin（2008）对 1 160
家公司的调查显示，SOA 使得企业披露了以前可选择性披露的信息，即企业会披
露原本打算保留的负面信息。

在环境信息披露影响因素的研究中，监管规定一直是关注的重点。在第三章
的研究综述中可以看到，国内外已有的实证检验都证实，环境监管规定的出台对
环境信息披露有实质性的影响。但是现有的环境监管政策与环境信息披露关系的
研究依然是从合法性的视角出发，还未有研究从资本市场角度进行考察。我国的
"绿色证券"政策为分析政府监管与资本市场环境信息披露研究提供了难得的契机。

第四章详细介绍了我国的"绿色证券"政策演变过程，其中的再融资环保核
查规定是专门针对重污染行业上市公司的资本市场再融资活动。重污染行业上市
公司的环境信息披露成为监管部门了解和评价企业环境表现的重要依据。同时还
应看到，企业成功上市和再融资有利于地区经济的发展，在国家环境监管政策和
地方经济利益的博弈中，不可避免会出现地方保护主义行为。在我国推出再融资

环保核查政策之初，由省级环保部门负责所在地区重污染行业企业的核查工作，火力发电行业作为污染重点，由省级环保部门提出核查意见后报国家环保部门。但随后不久，国家环保部门就将火力发电、钢铁、水泥、电解铝行业以及跨省经营企业的环保核查权收回。2010 年 7 月，环境保护部在《关于进一步严格上市环保核查管理制度，加强上市公司环保核查后督查工作的通知》中专门指出，"随着核查工作的深入开展，一些问题也逐渐暴露出来。部分地方环保部门现场检查不够充分，对上市公司的环保后督查不够深入"，由此提出了"环保核查后督查"的要求。从我国再融资环保核查政策的这一演变过程可以看出，环境监管部门为避免可能出现的地方保护主义，逐步扩大环境保护部核查的行业范围，以加强政策执行力度。由此，提出如下假设：

研究假设 6-2：来自国家环保部门的核查压力会比地方核查更显著地促使有再融资需求的企业提高其环境信息披露水平。

二、研究设计

（一）样本选取与数据来源

本节按照第五章第一节的方法，选择 2006～2008 年上交所和深交所上市的 502 家重污染行业 A 股上市公司作为样本。2006～2008 年 3 年共 1 506 个公司年度，剔除数据不全的公司年度，最后共有 1 490 个观察值。样本公司的环境信息披露数据从其 2006～2008 年的年报中手工收集获得。其他的市场交易数据和财务数据来源于 CSMAR 和 WIND 数据库。

（二）研究变量

1. 企业环境信息披露

本节采用第五章第一节有关我国重污染行业上市公司环境信息披露数量、质量和水平的数据。构成本部分研究对象的 1 490 家样本公司年度环境信息披露的情况见表 6.1。

表 6.1　样本公司环境信息披露数量和质量的情况

项目	样本数	最小值	最大值	均值	标准差
披露数量/行	1 490	0	95	11.02	13.985
披露质量	1 490	0	46	14.46	10.633
其中：E	1 490	0	12	4.07	2.822
Q	1 490	0	18	5.48	3.878
T	1 490	0	17	5.50	3.893

2. 再融资需求

本节采用企业资金缺口来衡量样本公司的再融资需求。首先，借鉴 Shyam-Sunder 和 Myers（1999）在优序融资检验中的方法计算资金缺口，具体计算公式如下：

资金缺口＝长期投资的增加＋固定资产投资的增加＋营运资本的增加＋股利＋当期财务费用－经营活动现金流量

接着，用资金缺口的绝对数除以期末总资产得到资金缺口的相对水平。然后，以各年度样本公司资金缺口相对水平的平均值为界，将样本公司分为两组：高于平均值的为高资金缺口公司，构成有融资需求的子样本；低于平均值的为低资金缺口公司，构成无融资需求的子样本。

根据第五章的研究发现，引入对企业环境信息披露影响较为稳定的公司特征和公司治理变量，包括公司规模、盈利能力、财务杠杆和股权性质等作为控制变量。另外，由于本部分还需考察监管部门环保核查压力对企业环境信息披露的作用，而不同地区的法律环境显然会在一定程度上影响该地区环保部门执行环保核查的力度，因此，本节还引入了样本公司所在地区这一变量来控制不同地区的执法环境。

表 6.2 列出了本节的研究变量及其说明，表 6.3 是研究变量的描述性统计结果。从表 6.3 中可以看到，样本企业中有 42% 的公司年度有再融资需求。

表 6.2　研究变量的说明

变量类型	变量名称	计算说明
因变量	环境信息披露水平	经标准化的环境信息披露数量和质量得分之和
	环境信息披露数量	经标准化的环境信息披露数量得分
	环境信息披露质量	经标准化的环境信息披露质量得分
解释变量	再融资需求	虚拟变量，若资金缺口大于平均值为 1，否则为 0
控制变量	公司规模	上期期末总资产的自然对数
	盈利能力	净利润/期初期末平均净资产
	财务杠杆	负债总额/资产总额
	股权性质	虚拟变量，若国有资本控股为 1，否则为 0
	所在地区	虚拟变量，若属东部沿海地区为 1，否则为 0

表 6.3　研究变量的描述性统计

变量名称	样本数	最小值	最大值	均值	标准差
环境信息披露水平	1 490	−2.15	7.75	0.00	1.846
环境信息披露数量	1 490	−0.79	6.01	0.00	1.000

续表

变量名称	样本数	最小值	最大值	均值	标准差
环境信息披露质量	1 490	−1.36	2.97	0.00	1.000
再融资需求	1 490	0.00	1.00	0.42	0.493
公司规模	1 490	17.54	27.30	21.55	1.125
盈利能力	1 490	−1.54	1.24	0.10	0.153
财务杠杆	1 490	−40.70	29.11	1.47	2.287
股权性质	1 490	0.00	1.00	0.53	0.449
所在地区	1 490	0.00	1.00	0.24	0.426

（三）检验模型

本节首先构建多元回归模型 6-1 来检验再融资需求对企业环境信息披露的作用：

$$环境信息披露_t = \alpha + \beta_1 再融资需求_t + \sum \beta_i 控制变量_{it} + \varepsilon_t \tag{6-1}$$

模型（6-1）用全部样本数据进行回归，观察我国企业的资本市场再融资需求与其环境信息披露之间关系的基本情况。

接着，将样本区分为有融资需求和无融资需求的两个子样本，对于有融资需求的子样本，构建模型 6-2 来比较不同环保核查主体导致的不同政策执行力度对企业环境信息披露的影响：

$$环境信息披露_t = \alpha + \beta_1 核查主体_t + \sum \beta_i 控制变量_{it} + \varepsilon_t \tag{6-2}$$

在模型（6-1）和模型（6-2）中，都分别用环境信息披露水平、数量和质量的数据代入环境信息披露变量。

三、实证检验结果

（一）均值比较分析

在回归检验之前，先将总样本按照有无融资需求分成两个子样本，从环境信息披露的总体水平、披露数量和披露质量，以及披露质量的三个维度，对两组子样本的均值进行了比较分析。结果列示在表 6.4。从表 6.4 中可以看到，有融资需求样本组的信息披露的水平、数量和质量的均值依次为 27.82、12.34 和15.48，分别高于无融资需求样本组的 23.80、10.07 和 13.72，并且均值间差异都在 1% 的水平上显著。有融资需求样本组在披露质量的各个维度方面也显著优于无融资需求组。由此可见，有融资需求的企业会主动披露数量更多、质量更高的环境信息。

表 6.4　有融资需求和无融资需求企业之间的环境信息披露比较

项目	有再融资需求		无再融资需求		均值差	T 值	P 值
	样本数	平均值	样本数	平均值			
披露水平	623	27.82	867	23.80	4.02	3.373***	0.001
披露数量/行	623	12.34	867	10.07	2.26	3.090***	0.002
披露质量	623	15.48	867	13.72	1.76	3.154***	0.002
其中：E	623	4.30	867	3.90	0.40	2.675***	0.008
Q	623	5.76	867	5.27	0.49	2.359**	0.018
T	623	5.80	867	5.28	0.52	2.520**	0.012

*** 、** 、* 分别表示在 1％、5％、10％水平上显著。

　　接着将有融资需求的子样本，再依据样本公司主营业务所属行业，分为中央核查和地方核查两组，同样对两组的环境信息披露水平、数量和质量进行比较分析。结果列示在表 6.5 中。从表 6.5 可以看到，有融资需求且属于中央核查样本组的信息披露的水平、数量和质量的均值依次为 40.20、19.55 和 20.65，分别高于有融资需求但属于地方核查样本组的 23.96、10.09 和 13.87，并且均值间差异都在 1％的水平上显著。中央核查样本组在披露质量的各个维度方面也显著优于地方核查样本组。

表 6.5　中央核查和地方核查企业之间的环境信息披露比较

项目	中央核查		地方核查		均值差	T 值	P 值
	样本数	平均值	样本数	平均值			
披露水平	148	40.20	475	23.96	16.25	11.190***	0.000
披露数量/行	148	19.55	475	10.09	9.47	6.841***	0.000
披露质量	148	20.65	475	13.87	6.78	8.528***	0.000
其中：E	148	5.68	475	3.86	1.81	8.087***	0.000
Q	148	7.53	475	5.20	2.33	7.832***	0.000
T	148	7.73	475	5.19	2.54	7.502***	0.000

*** 、** 、* 分别表示在 1％、5％、10％水平上显著。

　　综合表 6.4 和表 6.5 的结果来看，相对于有融资需求和无融资需求样本组之间的差异，中央核查和地方核查两组间的均值差更大，披露水平、数量和质量的均值相差 16.25、9.47 和 6.78，差异更为显著，并且全部都达到了 1％的显著性水平。可见，对于有融资需求并可能面临监管部门环保核查的重污染行业上市公司来说，中央和地方环保部门体现了不同的监管压力，中央核查和地方核查对企业环境信息披露的影响也因此存在显著差异，因此监管压力是导致企业环境信息披露差异的重要因素。

（二）回归检验分析

在分组均值比较分析之后，对样本公司的再融资需求以及监管压力与环境信息披露之间的关系进行回归检验。结果分别列示在表 6.6 和表 6.7。

表 6.6　再融资需求对企业环境信息披露的影响

变量	环境信息披露水平	环境信息披露数量	环境信息披露质量
常数项	−9.053***	−4.484***	−4.568***
	(−10.363)	(−9.354)	(−9.616)
再融资需求	0.243***	0.060**	0.060**
	(2.639)	(2.395)	(2.436)
公司规模	0.406***	0.227***	0.230***
	(9.911)	(8.961)	(9.180)
盈利能力	1.469***	0.110***	0.115***
	(4.920)	(4.389)	(4.617)
财务杠杆	−0.005	−0.012	0.000
	(−0.259)	(−0.481)	(0.009)
股权性质	0.602***	0.103***	0.153***
	(5.670)	(4.155)	(6.232)
所在地区	−0.128	−0.022	−0.042*
	(−1.409)	(−0.883)	(−1.700)
调整后的 R^2	0.105	0.082	0.098
F 值	30.239***	23.062***	28.054***
样本数	1 490	1 490	1 490

*** 、** 、* 分别表示在 1%、5%、10%水平上显著。
注：括号内为 T 统计值。

表 6.7　不同核查主体对企业环境信息披露的影响

变量	环境信息披露水平	环境信息披露数量	环境信息披露质量
常数项	−5.388***	−2.827***	−2.562***
	(−4.170)	(−3.942)	(−3.629)
核查主体	1.522***	0.338***	0.312***
	(9.306)	(8.825)	(8.069)
公司规模	0.233***	0.140***	0.130***
	(3.856)	(3.635)	(3.365)
盈利能力	1.265***	0.094**	0.112***
	(3.075)	(2.566)	(3.022)

续表

变量	环境信息披露水平	环境信息披露数量	环境信息披露质量
财务杠杆	−0.022	−0.022	−0.036
	(−0.869)	(−0.600)	(−0.981)
股权性质	0.303*	0.055	0.075**
	(1.945)	(1.496)	(2.041)
所在地区	−0.033	0.002	−0.019
	(−0.248)	(0.050)	(−0.505)
调整后的 R^2	0.199	0.176	0.162
F 值	26.718***	23.151***	21.030***
样本数	623	623	623

***　、**　、* 分别表示在 1%、5%、10%水平上显著。

注：括号内为 T 统计值。

表 6.6 报告了用全样本数据按照模型 6-1 回归的结果。从中可以看出，无论是将环境信息披露水平，还是披露数量或质量作为环境信息披露变量放入回归模型，再融资需求都与之显著正相关，回归系数估计值依次为 0.243、0.060 和 0.060，并分别达到了 1%、5% 和 5% 的显著性水平，说明企业的再融资需求会显著促使企业提高环境信息披露水平，增加披露数量，改进披露质量。这与均值比较分析的结果相一致，支持了本节所提出的研究假设 6-1。此外，公司规模、盈利能力以及股权性质等变量都与企业环境信息披露显著正相关，符合理论预期，也与第五章的研究发现相一致。但是财务杠杆与环境信息披露的关系呈现负相关但不显著，公司所在地区也只对环境信息披露质量有显著影响。说明财务杠杆与公司所在地区在企业环境信息披露中的作用并不稳定。

表 6.7 报告了有再融资需求的子样本按照模型 6-2 回归的结果。从中可以看出，无论是将环境信息披露水平，还是披露数量或质量作为环境信息披露变量放入回归模型，对于有再融资需求的企业来说，相对于地方核查而言，中央核查的监管压力与企业环境信息披露显著正相关，回归系数估计值依次为 1.522、0.338 和 0.312，并都达到了 1% 的显著性水平，说明来自中央核查的压力会显著促使企业提高环境信息披露水平，增加披露数量，改进披露质量。这与均值比较分析的结果相一致，支持了本节所提出的研究假设 6-2。此外，公司规模和盈利能力继续都与企业环境信息披露保持显著的正相关关系，股权性质对环境信息披露的影响能力有所下降，财务杠杆和公司所在地区与环境信息披露的关系不显著。比较表 6.6 和表 6.7 的结果可以看出，表 6.7 中由 R^2 所体现的模型 6-2 解释能力都优于表 6.6 中的模型 6-1，并且在模型 6-2 中，股权性质和公司所在地区的影响能力都有所下降，说明不同核查主体所体现的监管压力对企业环境信息

披露有很强的解释能力。

四、稳健性检验

由于再融资需求是本研究的关键指标，本部分改用另一种方法衡量再融资需求，以验证上述检验结果的稳健性。参照 Leuz 和 Schrand（2009）及 Demirguc-Kunt 和 Maksimovic（1998）的方法，如果企业满足如下两个条件的则认为有再融资需求：①上一年度用期末总资产标准化后的投资现金流高于平均水平；②过去两年平均增长速度（主营业务收入增长率）与内部融资可支撑最大增长速度，即 ROA/（1−ROA），二者之差高于平均水平。表 6.8 和表 6.9 分别报告了采用这一方法计算的再融资需求指标下的均值比较分析和回归分析结果。

表 6.8　企业环境信息披露的分组均值比较

项目	有无融资需求				中央核查与地方核查			
	均值 有融资需求	均值 无融资需求	均值差	T 值	均值 中央核查	均值 地方核查	均值差	T 值
披露水平	29.00	22.06	6.939	4.341***	40.41	18.80	21.606	6.924***
披露数量/行	13.03	9.02	4.005	5.198***	20.25	6.73	13.524	8.459***
披露质量	15.97	13.04	2.934	5.053***	20.16	12.07	8.082	6.978***
其中：E	4.34	3.87	0.478	2.946***	5.37	3.26	2.109	6.764***
Q	5.95	5.06	0.892	4.026***	7.32	4.48	2.844	6.402***
T	6.00	4.98	1.026	4.728**	7.40	4.20	3.204	7.507***

***、**、* 分别表示在 1 %、5 %、10 %水平上显著。

表 6.9　企业环境信息披露影响因素的回归检验

变量	模型 6-1			模型 6-2		
	披露水平	披露数量	披露质量	披露水平	披露数量	披露质量
常数项	−9.236***	−4.668***	−4.567***	−6.319***	−3.530***	−2.789***
	（−9.966）	（−9.094）	（−9.101）	（−4.421）	（−4.160）	（−3.761）
再融资需求	0.300***	0.148***	0.152***			
	（3.121）	（2.774）	（2.926）			
核查主体				0.914***	0.531***	0.383***
				（5.234）	（5.123）	（4.227）
公司规模	0.415***	0.210***	0.205***	0.285***	0.159***	0.126***
	（9.536）	（8.730）	（8.679）	（4.264）	（4.006）	（3.634）

变量	模型 6-1			模型 6-2		
	披露水平	披露数量	披露质量	披露水平	披露数量	披露质量
盈利能力	1.451***	0.713***	0.738***	1.381***	0.736***	0.645***
	(4.693)	(4.165)	(4.406)	(3.183)	(2.858)	(2.865)
财务杠杆	−0.009	−0.007	−0.002	0.001***	−0.008	0.008
	(−0.437)	(−0.651)	(−0.141)	(0.020)	(−0.300)	(0.382)
股权性质	0.617***	0.253***	0.364***	0.783***	0.352***	0.432***
	(5.615)	(4.157)	(6.124)	(4.462)	(3.375)	(4.739)
所在地区	−0.154	−0.064	−0.090*	−0.250*	−0.104	−0.146*
	(−1.615)	(−1.207)	(−1.748)	(−1.697)	(−1.189)	(−1.909)
调整后的 R^2	0.111	0.088	0.101	0.144	0.120	0.118
F 值	29.504***	22.914***	26.671***	17.605***	14.517***	14.214***
样本数	1 368	1 368	1 368	594	594	594

***、**、* 分别表示在 1%、5%、10%水平上显著。

注：括号内为 T 统计值。

（一）均值比较分析

表 6.8 显示，有融资需求样本组的信息披露的水平、数量和质量的均值依次为 29.00、13.03 和 15.97，分别高于无融资需求样本组的 22.06、9.02 和 13.04，并且均值间差异都在 1%的水平上显著。有融资需求样本组在披露质量的各个维度方面也显著优于无融资需求组。有融资需求且属于中央核查样本组的信息披露的水平、数量和质量的均值依次为 40.41、20.25 和 20.16，分别高于有融资需求但属于地方核查样本组的 18.80、6.73 和 12.07，并且均值间差异都在 1%的水平上显著。中央核查样本组在披露质量的各个维度方面也显著优于地方核查组。同样的，中央核查和地方核查组之间在披露数量和质量方面的差异都大于有无融资需求样本组之间的差异。由此，从表 6.8 的数据可以得出与表 6.4 和表 6.5 相同的结论，即有融资需求的企业会披露更多和更高质量的环境信息，可能会接受中央核查的企业披露的环境信息数量和质量都优于其他企业。

（二）回归检验分析

表 6.9 是稳健性检验的回归分析结果。无论是再融资需求还是核查主体，它们都依然与企业环境信息披露水平、数量和质量保持显著正相关的关系。公司规模、盈利能力与股权性质也同样显著影响环境信息披露，而财务杠杆与公司所在地区的作用还是不显著。无论是稳健性检验部分的均值比较分析还是回归检验，

都与之前的发现保持了一致，说明本节的检验具有较好的稳定性。

五、小结

本节在我国推出"绿色证券"政策对重污染行业上市公司实行再融资环保核查的制度背景下，从资本市场的视角出发研究企业环境信息披露的经济性动机。通过对我国重污染行业上市公司的再融资需求与公司年报中环境信息披露关系的研究，发现：①重污染行业上市公司自身的再融资需求会显著促使企业提高环境信息披露水平，增加披露数量，改进披露质量；②对于有融资需求的重污染行业上市公司而言，相对于地方环保部门的核查，来自国家环保部门的再融资环保核查压力会显著促使它们提高环境信息披露水平，增加披露数量，改进披露质量。由此说明，有融资需求的企业会披露更多和更高质量的环境信息，接受中央核查的企业披露的环境信息数量和质量都优于其他企业。研究证实了企业环境信息披露具有资本市场交易的经济性动机，同时，政策的监管力度也在其中发挥了积极作用。

本节的研究贡献在于，①将基于资本市场的财务信息披露研究向非财务信息披露领域进行了延伸，考察了环境信息披露的资本市场动机，丰富了实证会计理论的经验证据；②发展了已有的环境监管政策与环境信息披露关系的研究，突破了社会责任和环境信息披露研究中传统的合法性理论视角，将环境信息披露纳入主流的代理理论和信息不对称理论的框架中加以考量，有助于全面认识环境信息披露的动机；③借助我国"绿色证券"的制度背景，将企业面临的政府监管压力与企业自身的资本市场动机融合在一起加以分析，并在我国特有的社会和政治背景中剖析监管政策执行力度对于企业的资本市场信息披露决策机制的影响，在信息披露研究领域中有所创新。

第二节　企业环境信息披露与权益资本成本

在第一节分析了企业环境信息披露的资本市场交易动机后，本节将进一步检验企业环境信息披露是否能减少资本市场上的信息不对称，降低投资者的预测风险，从而降低企业资本成本。本节同样以我国政府逐渐推进的再融资环保核查政策为背景，以重污染行业上市公司为研究对象，从环境信息披露作用的角度回答：环境信息披露水平的提高是否会显著降低公司的权益资本成本？进一步地，监管政策，特别是再融资环保核查政策的出台和执行力度是否会对上述二者之间的关系产生显著影响？在现有文献的基础上，本节的研究意义在于，首先，从资本市场的角度丰富了环境信息披露的作用研究，同时也将信息披露与资本成本关系的研究向非财务信息领域进行拓展；其次，我国"绿色金融"政策实施效果到底如何？这一直是实务界和学术界广泛关注的焦点问题，而本节从权益资本成本的角度做出了一个全新回答，对于政策评价将起到启示作用。

一、理论分析与文献回顾

在传统的企业信息披露与资本成本关系研究中，大多数学者主要关注财务信息披露的作用，其理论逻辑在于：一方面信息披露水平的提高会减少投资者对企业未来回报的预测风险，投资者相应调低要求的回报率，从而有助于企业资本成本的降低；另一方面，随着企业信息披露的改善，信息不对称程度和交易成本会随之减小，管理者的侵占行为也会受到有效遏制等，这些对于企业资本成本的降低都大有裨益。随着越来越多企业披露社会责任和环境信息，有关非财务信息与资本成本的关系引发了研究者的兴趣并成为新的研究趋势。例如，Richardson等（1999）、Richardson 和 Welker（2001）、Cormier 等（2009）、Plumlee 等（2009）、Dhaliwal 等（2009）以及 Clarkson 等（2010）。

Richardson 等（1999）最先构建了企业社会责任和社会责任信息影响企业资本市场价值的模型。他们提出企业社会责任及其信息披露通过三个途径影响资本成本：一是降低投资者的估计风险；二是降低投资者之间的信息不对称，减少交易成本；三是满足投资者对社会责任的偏好。前两者与财务信息影响资本成本的作用机制相同。他们认为，只要企业披露的社会责任信息与企业前景有关，那么社会责任信息在资本市场上就能起到与财务信息一样的作用。社会责任信息除了与财务信息相同的作用外，还能直接通过投资者的偏好影响资本成本。"如果投资者对那些有社会责任感的组织，愿意接受一个较低的投资回报率，那么社会责任行为及其信息披露就能降低权益资本成本"（Richardson et al. 1999）。但是，目前已有的实证研究尚未得出一致的结论。

Richardson 和 Welker（2001）是最早有关非财务性信息披露与资本成本关系的实证研究。他们以 1990～1992 年加拿大所有行业中有社会责任信息披露水平评价数据的企业为样本，发现社会责任信息披露与权益资本成本之间呈现显著的正相关关系，但这一正相关关系在净资产收益率高于行业平均水平的样本公司中并不存在。他们特别说明，样本期间正好处于加拿大经济衰退期，可能使得社会责任信息披露与资本成本之间的关系出现了偏差，而且检验中也发现在财务业绩好的企业中观察不到两者的正相关关系。他们由此建议用完整的经济周期的数据进一步检验社会责任信息与资本成本的关系。本研究认为，他们得出与理论预期不符的结果也可能与他们的样本来自所有行业有关。最新的有关环境信息披露与资本成本关系的研究都将研究对象集中在环境敏感行业。Clarkson 等（2010）在美国污染最严重的 5 个行业中选取了向美国环保部报告二氧化硫排放量的 235家企业为样本，参照 Clarkson 等（2008）的方法，即通过"内容分析法"自行评分构建样本公司环境信息披露指数，考察环境信息披露与资本成本之间的关系。在控制了用二氧化硫排放水平衡量的环境表现后，他们没有发现环境信息与权益资本成本之间存在明显的关系。他们解释说，如果投资者可以直接获悉企业的环境表现，那么企业环境信息披露对资本成本就没有额外的解释能力。Plumlee 等（2009）以 2000～2004 年的美国企业为样本，检验不同类型企业（环境不敏感、环境敏感与环境敏感并受监管）以不同方式（年报与独立的环境报告）披露的环境信息与资本成本的关系。他们同样参照 Clarkson 等（2008）的方法自行评分构建环境信息披露质量指标，发现：总体而言，环境信息披露质量越高的企业权益资本成本越低；这一负相关关系在环境敏感的行业中最为突出；对于环境敏感并受环境监管的企业，采用独立的环境报告披露高质量的环境信息可以进一步降低权益资本成本。

这些研究认为，只要社会责任和环境信息可用于预测企业未来的业绩和现金流，那么就与企业价值有关，信息披露影响资本成本的机制就同样适用于这类非财务信息。自 20 世纪 70 年代末以来，有关企业社会责任价值相关性的一系列研究得出了较为一致的结论，即企业的社会责任信息具有价值相关性（Margolis，Walsh 2001；Orlitzky et al. 2003）。

需要指出的是，国外已有的研究都是以发达国家的企业为研究对象，而我国目前还没有发达国家那样公开和完整的企业环境表现数据[①]，企业在年报中披露的环境信息是投资者了解企业环境表现的可靠和重要的渠道。在这种情况下，我国投资者会更加倚重企业披露的环境信息，从而使得企业环境信息在对权益资本成本的影响方面起到更大的作用。由此，提出如下假设：

研究假设 6-3：环境信息披露水平越高的企业，其权益资本成本越低。

在国外有关信息披露与资本成本的研究中，有一部分最新的文献开始转向讨论信息披露的监管规定对企业资本成本的影响，如 Gomes 等（2007）和 Duarte 等（2008）讨论美国 2000 年颁布的公允披露规则对企业资本成本的影响，又如 Chang 等（2009）考察美国 2002 年颁布的 SOA 是否有助于降低企业的资本成本。这些研究将视角从传统的企业内部因素转向外部制度性因素，关注外生的监管政策对企业信息披露以及资本成本的影响。这与各国相继出现财务丑闻和金融危机等市场失灵问题，政府转而加强市场监管的背景是密切相关的。而环境问题本身就是市场失灵的结果，我国的"绿色金融"政策为研究监管制度、信息披露与资本成本之间的关系提供了难得的契机。

自 2000 年以来，我国加大了对企业环境表现的监管力度。为督促重污染行业上市公司认真执行国家环境保护政策，避免因环境污染问题带来投资风险，相关部

---

① 例如，美国环保部建立了一套完整的公司环境表现监测系统，定期向公众发布这些公司的环境表现数据。

门出台了一系列有关企业上市和再融资的环境保护核查规定（详见第四章表 4.5）。我国针对重污染行业的再融资环保核查规定，使得受监管企业的环境表现成为影响其融资和投资活动的重要因素，环境信息成为投资者了解这类企业环境表现、预测其未来经营业绩和现金流以及判断投资风险的重要依据。由此，提出如下假设：

研究假设 6-4：在受再融资环保核查政策影响的企业中，环境信息披露与权益资本成本之间的负相关关系更为显著。

由第一节理论分析和文献综述部分对我国再融资环保核查政策执行情况的分析可以合理推断出，对于由国家环境监管部门进行再融资环保核查的企业，由于面临更为严格的监管，环境表现对其投融资活动的影响更为突出，环境信息对于判断企业的经营风险和经营业绩也更为重要，投资者将更为关注这类企业的环境表现及环境信息披露。由此，提出如下假设：

研究假设 6-5：相对于由地方核查的企业，在由国家进行再融资环保核查的企业中，环境信息披露与权益资本成本之间的负相关关系更为显著。

二、研究设计

（一）样本选取与数据来源

本节按照第五章第一节的方法，选择 2006～2009 年上交所和深交所上市的502 家重污染行业 A 股上市公司作为样本。样本公司的环境信息披露数据从其2006～2008 年的年报中手工收集获得。本研究采用剩余收益折现模型计算样本公司 2006～2009 年的权益资本成本。剔除了权益资本成本数据缺失的样本后，最后共得到 505 个样本数据。其他的市场交易数据和财务数据来源于 CSMAR 和WIND 数据库。本节对于所有的连续变量，分别按照 1％和 99％分位进行了Winsorize 缩尾处理，以消除极端值的影响。

（二）研究变量

1. 企业环境信息披露

本节采用第五章第一节有关我国重污染行业上市公司环境信息披露数量、质量和水平的数据。构成本部分研究对象的 505 家样本公司环境信息披露的情况见表 6.10。

表 6.10 样本公司 2006～2008 年年报中环境信息披露数量和质量的情况

项目	样本数	最小值	最大值	均值	标准差
披露数量/行	505	0	93	13.06	14.741
披露质量	505	0	43	15.95	10.964

续表

项目	样本数	最小值	最大值	均值	标准差
其中：E	505	0	12	4.30	2.985
Q	505	0	16	5.83	4.028
T	505	0	17	5.85	4.084

由表 6.10 可以看出，所有样本公司年报中环境信息披露的数量得分均值为 13.06 行，在通常篇幅长达几十至上百页的年报中显得微不足道。环境信息披露的质量得分均值为 15.95，仅达到满分值（54 分）的 29.5%；显著性、量化性和时间性得分的均值分别为 4.30、5.83 和 5.85，与各单项满分值（18 分）的差距也较大，说明我国上市公司年报中披露的环境信息质量较低。此外，从表 6.10 中还可以看出，样本公司之间环境信息披露的数量和质量都存在较大的差异。

2. 权益资本成本

本节采用 Gebhardt 等（2001）提出的剩余收益折现模型（以下简称 GLS 模型）估计权益资本成本。该方法从权益资本成本的定义出发，设定投资者预期未来现金流的现值等于当前价格的贴现值。由于不需要事先确定风险载荷和风险溢价，也不需要假定事后收益率是事前收益率的无偏估计，该方法优于传统的基于市场风险定价模型的估计方法（Pastor et al. 2008；Chen et al. 2010），也见诸于许多对中国市场的实证研究（叶康涛，陆正飞 2004；曾颖，陆正飞 2006）。具体计算公式如下：

$$P_t = B_t + \frac{\text{FROE}_{t+1} - r_e}{(1+r_e)} B_t + \frac{\text{FROE}_{t+2} - r_e}{(1+r_e)^2} B_{t+1}$$

$$+ \frac{\text{FROE}_{t+3} - r_e}{(1+r_e)^3} B_{t+2} + \text{TV} \tag{6-3}$$

$$\text{TV} = \sum_{i=4}^{11} \frac{\text{FROE}_{t+i+1} - r_e}{(1+r_e)^i} B_{t+i} + \frac{\text{FROE}_{t+12} - r_e}{r_e(1+r_e)^i} B_{t+11} \tag{6-4}$$

其中，P_t 为股权再融资的潜在价格，本节采用上年度期末收盘价进行计算；B_t 为第 t 期的每股净资产，等于第 t 期期末每股净资产加上第 t 期每股股利再减去第 t 期每股收益；FROE 为分析师预测的净资产收益率，本研究采用的是分析师预测数据的平均数；TV 为终值的现值。Gebhardt 等（2001）认为，该模型的预测区间应不少于 12 期，考虑到我国证券市场发展时间比较短，本节采用 12 期进行预测。在式（6-4）中，$B_{t+i} = B_{t+i-1} + (1-g) \times \text{EPS}_{\text{ME}}$，这里，$\text{EPS}_{\text{ME}}$ 为公司自上市以来历年 EPS 的中位数，g 为股利支付率，按公司历年股利支付率中位数计算。由于涉及高阶方程求解，求精确解非常困难，本节运用 SAS 软件采用牛顿迭代法进行计算，并把估计误差控制在 10^{-4} 之内。同时，本节也剔除了无最优解或估计异常的样本。

3. 再融资需求

本节用企业资金缺口来衡量样本公司的再融资需求。首先，本节借鉴 Shyam-Sunder 和 Myers（1999）在优序融资检验中的方法计算资金缺口，具体计算公式如下：

资金缺口＝长期投资的增加＋固定资产投资的增加＋营运资本的增加＋股利＋当期财务费用－经营活动现金流量　　　　　　　　　　　　　　　　(6-5)

接着，用资金缺口的绝对数除以期末总资产得到资金缺口的相对水平。然后，以各年度样本公司资金缺口相对水平的平均值为界，将样本公司分为两组：高于平均值的为高资金缺口公司，构成有融资需求的子样本；低于平均值的为低资金缺口公司，构成无融资需求的子样本。

4. 控制变量

根据国内外已有的有关权益资本成本的研究（Botosan，Plumlee　2005；Hail，Leuz　2006；Kothari et al.　2009b；叶康涛，陆正飞　2004；曾颖，陆正飞　2006；沈红波　2009），本节选取了反应市场波动性、公司规模、财务风险、盈利能力、成长性、经营风险和流动性等特征的指标作为控制变量。表6.11 列示了控制变量的说明和计算方法。

表 6.11　控制变量的说明和计算方法

企业特征	指标	计算说明
市场波动性	β 系数	前 100 周各股票日数据回归系数
公司规模	总资产	上期期末总资产的自然对数
财务风险	财务杠杆	负债总额/资产总额
盈利能力	总资产收益率	净利润/期初期末平均总资产
成长性	账面市值比	期末每股净资产/每股股价
经营风险	收益波动性	近 3 年净利润标准差与均值的比率
流动性	换手率	年交易股数/期初期末平均流通股股数

（三）检验模型

本节采用多元线性回归分析的方法对企业环境信息披露与权益资本成本之间

的关系进行检验。检验模型的基本形式如下：

$$权益资本成本_{t+1} = \alpha + \beta_1 环境信息披露_t + \sum \beta_i 控制变量_{it} + \varepsilon_t \quad (6\text{-}6)$$

本节首先用普通最小二乘法（OLS）进行估计。考虑到企业环境信息披露决策中可能存在的内生性问题，本节进一步采用 TSLS 进行检验。具体而言，在第一阶段，基于国内外已有的研究发现，将公司规模、盈利能力和上期（t 期）资本成本作为解释变量对企业环境信息披露水平进行回归，然后根据回归方程估计企业环境信息披露水平；在第二阶段，以企业环境信息披露水平的估计值作为解释变量代入模型（6-6）进行回归。

本节首先用全部样本数据进行回归，观察我国企业环境信息披露与权益资本成本之间关系的基本情况。然后，将样本区分为有融资需求和无融资需求的两个子样本进行回归，分析再融资环保核查政策对环境信息披露与资本成本关系的影响。最后，在有融资需求的样本公司中，根据样本公司所在行业将样本分为中央核查和地方核查两个子样本进行回归，比较不同执行力度下的政策效果。

（四）描述性统计

表 6.12 列出了本节各研究变量的描述性统计结果。从中可以看出，来自重污染行业的样本公司 2007～2009 年的权益资本成本在 0.40%～31.11%，平均为 5.89%，高于同期无风险利率水平 1.17 个百分点①。在 505 个观察值中，有 40.79%，即 206 个公司年度有融资需求；有 25.35%，即 128 个样本数据来自由国家环保部门进行环保核查的行业；其中有 69 个样本数据既有融资需求，又属于中央核查的行业。

表 6.12　研究变量的描述性统计

变量名称	样本数	最小值	最大值	均值	标准差
权益资本成本	505	0.000	0.311	0.059	0.055
β 系数	505	0.147	1.571	0.864	0.246
公司规模	505	19.950	25.780	22.130	1.097
财务杠杆	505	0.120	0.820	0.490	0.166
总资产收益率	505	−0.100	0.300	0.080	0.058
账面市值比	505	0.060	1.080	0.360	0.235
收益波动性	505	−7.140	2.230	0.120	1.036
换手率	505	0.270	9.870	3.720	1.948

---

①　2007～2009 年 3 年间按天数加权平均计算的五年期存款利率分别为 4.99%、5.58%、3.6%，3 年的平均利率为 4.72%。

三、实证检验结果

（一）企业环境信息披露与权益资本成本关系的基本情况

本节首先用全部样本数据进行回归，以观察我国企业环境信息披露与权益资本成本之间关系的基本情况。表 6.13 报告了环境信息披露与权益资本成本关系的全样本检验结果。无论是 OLS 回归还是 TSLS 回归，环境信息披露都与权益资本成本显著负相关，回归系数分别为－0.004 和－6.126，并分别达到了 5% 和 1% 的显著性水平，说明公司的环境信息披露能显著降低其权益资本成本，支持了本节所提出的研究假设 6-3。

表 6.13　环境信息披露与权益资本成本关系

变量	OLS 回归	TSLS 回归
常数项	0.012	－84.780***
	(0.234)	(－10.207)
环境信息披露	－0.004**	－6.126***
	(－2.426)	(－10.215)
β 系数	0.021**	0.018**
	(2.425)	(2.286)
公司规模	－0.003	3.671***
	(－1.216)	(10.200)
财务杠杆	0.064***	0.040***
	(4.289)	(2.873)
总资产收益率	0.644***	5.989***
	(4.506)	(10.538)
账面市值比	0.141***	0.106***
	(14.384)	(11.003)
收益波动性	0.001	－0.000
	(0.645)	(－0.191)
换手率	－0.001	－0.003***
	(－1.070)	(－2.897)
F 值	30.887***	49.111***
调整后的 R^2	0.322	0.433
样本数	505	505

***、**、* 分别表示在 1%、5%、10% 水平上显著。

注：括号内为 T 统计值。

此外，由 β 系数衡量的市场波动性、由财务杠杆衡量的财务风险、由总资产收益率衡量的盈利能力以及由账面市值比衡量的成长性等因素都与权益资本成本显著正相关，符合理论预期。由总资产衡量的企业规模、由收益波动性衡量的经营风险以及由换手率衡量的流动性在 OLS 回归和 TSLS 回归中与权益资本成本的关系则不够稳定。

（二）再融资环保核查政策的影响分析

为分析再融资环保核查政策对环境信息披露与资本成本关系的影响，本节根据样本公司的资金缺口，将总样本分为有融资需求和无融资需求的两个子样本，分别用 OLS 和 TSLS 回归模型进行检验。表 6.14 报告了两个子样本的回归结果。在有融资需求的子样本中，无论是 OLS 回归还是 TSLS 回归，环境信息披露的回归系数依然显著为负。但在无融资需求的子样本中，环境信息披露的TSLS 回归系数显著为正，OLS 回归的系数虽然为负，但不显著。可见，在有再融资需求的企业中，企业环境信息披露与权益资本成本的负相关关系更为显著和稳定，说明再融资环保核查政策提高了企业环境信息在投资决策中的重要性。这一结果支持了本节所提出的研究假设 6-4。

表 6.14 　再融资环保核查政策的影响

变量	有融资需求		无融资需求	
	OLS 回归	TSLS 回归	OLS 回归	TSLS 回归
常数项	0.098	−2.645***	−0.060	3.752***
	(1.250)	(−6.788)	(−0.857)	(6.661)
环境信息披露	−0.006**	−0.225***	−0.002	0.272***
	(−2.298)	(−7.335)	(−0.856)	(6.751)
β 系数	0.018	0.019	0.018	0.015
	(1.246)	(1.423)	(1.620)	(1.495)
公司规模	−0.008**	0.115***	0.001	−0.161***
	(−2.093)	(6.577)	(0.440)	(−6.696)
财务杠杆	0.070**	0.035	0.059***	0.042**
	(2.572)	(1.394)	(3.220)	(2.476)
总资产收益率	0.305***	0.249***	0.105*	−0.408***
	(4.372)	(3.930)	(1.783)	(−4.392)
账面市值比	0.150***	0.108***	0.126***	0.100***
	(10.074)	(7.353)	(9.513)	(7.709)
收益波动性	0.005	−0.003	0.002	0.001
	(0.632)	(−0.434)	(0.850)	(0.374)
换手率	−0.000	−0.002	−0.002	−0.004***
	(−0.047)	(−0.951)	(−1.515)	(−2.814)
F 值	15.564***	25.204***	17.469***	25.756***
调整后的 R^2	0.362	0.486	0.307	0.399
样本数	206	206	299	299

***、**、* 分别表示在 1%、5%、10% 水平上显著。

注：括号内为 T 统计值。

（三）中央核查与地方核查的效果比较

在上述分析的基础上，本节接着在有融资需求的样本公司中，根据样本公司所在行业将样本分为中央核查和地方核查两个子样本，分别用 OLS 和 TSLS 回归模型进行检验，以比较不同执行力度下的政策效果。表 6.15 报告了分别归属中央核查和地方核查行业样本公司组成的两个子样本的回归结果。在有融资需求且由中央核查的子样本中，环境信息披露的回归系数依然显著为负。在虽有融资需求但由地方核查的子样本中，环境信息披露的 OLS 回归系数的显著性消失，在 TSLS 回归中的系数显著为正。可见，再融资环保核查政策的执行力度同样会影响环境信息披露与权益资本成本关系。在投资者看来，中央核查企业披露的环境信息更能降低投资风险。这支持了本节所提出的研究假设 6-5。

表 6.15　中央核查与地方核查的效果比较

变量	中央核查		地方核查	
	OLS 回归	TSLS 回归	OLS 回归	TSLS 回归
常数项	−0.026	−0.205	0.126	2.448***
	(−0.156)	(−1.129)	(1.347)	(6.598)
环境信息披露	−0.012**	−0.039***	−0.003	0.151***
	(−2.484)	(−2.842)	(−0.984)	(6.255)
β 系数	0.055*	0.046	−0.007	0.009
	(1.904)	(1.557)	(−0.401)	(0.629)
公司规模	−0.005	0.005	−0.008*	−0.109***
	(−0.705)	(0.540)	(−1.769)	(−6.722)
财务杠杆	0.118*	0.074	0.046	0.025
	(1.969)	(1.184)	(1.564)	(0.979)
总资产收益率	0.451**	0.452**	0.316***	0.202***
	(2.426)	(2.470)	(4.442)	(3.111)
账面市值比	0.123***	0.112***	0.180***	0.120***
	(4.662)	(4.128)	(9.227)	(6.138)
收益波动性	−0.009	−0.011	0.020*	0.008
	(−0.839)	(−0.984)	(1.710)	(0.723)
换手率	0.004	0.004	−0.002	−0.003*
	(1.124)	(1.086)	(−0.770)	(−1.822)
F 值	7.277***	7.704***	11.287***	19.360***
调整后的 R^2	0.425	0.441	0.377	0.519
样本数	69	69	137	137

***、**、* 分别表示在 1%、5%、10%水平上显著。

注：括号内为 T 统计值。

四、稳健性检验

由于估计权益资本成本的方法较多，每种方法各有利弊。为了检验上述研究结果的稳健性，本节采用较常见的盈余价格比，即被 Elliott（1980）称为"简单且完全可观测"的权益资本成本代理变量 PE，再次计算权益资本成本，进行稳健性分析。

表 6.16 和表 6.17 分别报告了采用 PE 方法计算的权益资本成本的 OLS 回归和 TSLS 回归结果。结果显示：无论是采用 OLS 回归模型还是 TSLS 回归模型，在总样本中，环境信息披露与权益资本成本依然保持显著负相关关系；有融资需求和由中央核查的样本公司的信息披露与权益资本成本的相关系数也显著为负，而无融资需求和由地方核查的子样本中环境信息披露与权益资本成本之间不存在显著关系。这一结果与之前的发现保持了一致，说明本节的检验具有较好的稳健性。

表 6.16　环境信息披露与权益资本成本关系的稳健性检验（OLS 回归）

变量	总样本	再融资环保核查政策		政策的执行	
		有融资需求	无融资需求	中央核查	地方核查
常数项	−0.001	0.034	−0.056*	0.198**	−0.028
	(−0.0370)	(0.827)	(−1.817)	(2.579)	(−0.539)
环境信息披露	−0.001*	−0.002**	−0.000	−0.004*	−0.002
	(−1.751)	(−1.972)	(−0.122)	(−1.836)	(−1.556)
β 系数	0.005	0.007	0.000	0.021*	0.001
	(1.189)	(1.114)	(0.069)	(1.775)	(0.116)
公司规模	0.001	−0.002	0.004***	−0.008**	0.001
	(0.428)	(−0.914)	(2.764)	(−2.384)	(0.482)
财务杠杆	0.014*	0.021	0.006	−0.005	0.028*
	(1.892)	(1.540)	(0.728)	(−0.157)	(1.782)
账面市值比	0.029***	0.041***	0.014***	0.024**	0.049***
	(6.183)	(5.112)	(2.755)	(2.052)	(4.570)
换手率	0.000	0.001	−0.001	−0.001	0.000
	(0.018)	(0.657)	(−1.477)	(−0.392)	(0.298)
收益波动性	−0.002*	−0.000	−0.002**	−0.016**	0.001
	(−1.839)	(−0.165)	(−2.489)	(−2.103)	(0.181)
总资产收益率	0.069***	0.112***	0.003	0.113*	0.108***
	(0.068)	(3.525)	(0.158)	(1.797)	(2.912)
F 值	6.550***	4.602***	5.690***	3.945***	3.256***
调整后的 R^2	0.089	0.120	0.134	0.293	0.105
样本数	457	213	244	58	155

***、**、* 分别表示在 1%、5%、10%水平上显著。

注：括号内为 T 统计值。

表 6.17　环境信息披露与权益资本成本关系的稳健性检验（TSLS 回归）

变量	总样本	再融资环保核查政策		政策的执行	
		有融资需求	无融资需求	中央核查	地方核查
常数项	−0.547***	−0.441**	−0.606	0.116	−1.177
	(−2.930)	(−1.995)	(−1.590)	(1.316)	(−1.301)
环境信息披露	−0.0319***	−0.029**	−0.036	−0.014**	−0.074
	(−3.070)	(−2.352)	(−1.452)	(−2.125)	(−1.310)
β 系数	0.006	0.008	0.001	0.026**	0.001
	(1.464)	(1.255)	(0.328)	(2.069)	(0.091)
公司规模	0.025***	0.020**	0.028*	−0.003	0.053
	(2.995)	(2.002)	(1.680)	(−0.795)	(1.303)
财务杠杆	0.011	0.011	0.005	−0.017	0.022
	(1.543)	(0.828)	(0.686)	(−0.610)	(1.379)
账面市值比	0.023***	0.032***	0.012**	0.015	0.041***
	(4.879)	(3.889)	(2.299)	(1.2254)	(3.799)
换手率	−0.000	0.000	−0.001*	−0.001	0.000
	(−0.513)	(0.376)	(−1.669)	(−0.411)	(0.152)
收益波动性	−0.002**	−0.000	−0.002**	−0.015*	0.000
	(−2.119)	(−0.176)	(−2.610)	(−1.973)	(0.172)
总资产收益率	−0.001	0.044	−0.057	0.080	0.026
	(−0.032)	(1.045)	(−1.229)	(1.263)	(0.375)
F 值	7.432***	4.840***	6.002***	4.165***	3.154***
调整后的 R^2	0.101	0.127	0.170	0.308	0.101
样本数	457	213	244	58	155

*** 、** 、* 分别表示在 1 %、5 %、10 %水平上显著。

注：括号内为 T 统计值。

五、小结

本节在信息披露与资本成本关系的研究框架下，以我国重污染行业上市公司为样本，通过企业环境信息披露的资本市场作用检验，发现：①我国企业披露的环境信息能显著降低企业的权益资本成本；②再融资环保核查政策能显著影响环境信息披露降低权益资本成本的作用；③再融资环保核查政策的执行力度同样会影响环境信息披露与权益资本成本的关系。上述研究发现显示，我国资本市场的投资者已经关注企业的环境表现及环境问题带来的风险，在投资决策中重视和使用企业披露的环境信息；监管部门推出的"绿色证券"政策有效地将环境风险融合到金融风险之中，利用经济手段和市场力量监督企业环境表现；但是市场并不介意地方环保部门进行的再融资环保核查，可能存在的地方保护主义影响了"绿色证券"政策的执行效果。

本章参考文献

陈少华. 2003. 防范企业会计信息舞弊的综合对策研究. 北京：中国财政经济出版社

蒋琰，陆正飞. 2009. 公司治理与股权融资成本——单一与综合机制的治理效应研究. 数量经济技术经济研究，2：60~75

沈红波. 2009. 市场分割、跨境上市与预期资金成本. 金融研究，2：146~155

沈洪涛，李余晓璐. 2010. 我国重污染行业上市公司环境信息披露现状分析. 证券市场导报，6：51~57

汪炜. 2005. 公司信息披露：理论与实证研究. 杭州：浙江人民出版社

吴翔宇. 2006. 上市公司自愿性信息披露的动机分析. 大众科技，1：136~137

叶康涛，陆正飞. 2004. 中国上市公司股权融资成本影响因素分析. 管理世界，5：127~142

曾颖，陆正飞. 2006. 信息披露质量与股权融资成本. 经济研究，2：69~79

翟华云. 2010. 预算软约束下外部融资需求对企业社会责任披露的影响. 中国人口资源与环境，9：107~113

张宗新，张晓荣，廖士光. 2005. 上市公司自愿性信息披露行为有效吗？——基于1998~2003年中国证券市场的检验. 经济学，4：369~385

Akhigbe A，Martin A D. 2008. Influence of disclosure and governance on risk of US financial services firms following Sarbanes-Oxley. Journal of Banking and Finance，32：2124~2135

Barth M，McNichols M，Wilson P. 1997. Factors influencing firms' disclosures about environmental liabilities. Review of Accounting Studies，2：35~64

Beyer A，Cohen D A，Lys T Z et al. 2009. The financial reporting environment：review of the recent literature. Conference Paper，JAE Conference at the MIT Sloan School of Management

Bhattacharya S. 1979. Imperfect information，dividend policy，and the "bird in the hand" fallacy. Bell Journal of Economics，10（1）：259~270

Botosan C A，Plumlee M A. 2005. Assessing alternative proxies for the expected risk premium. The Accounting Review，80（1）：21~53

Chang H，Fernand G D，Liao W. 2009. Sarbanes-Oxley Act，perceived earnings quality and cost of capital. Review of Accounting and Finance，8（3）：216~231

Chen K C W，Chen Z，Wei K C J. 2009. Legal protection of investors，corporate governance，and the cost of equity capital. Journal of Corporate Finance，15（3）：273~289

Chen Z，Dhaliwal D，Xie H. 2010. Regulation fair disclosure and the cost of equity capital. Review of Accounting Studies，15（1）：106~144

Clarkson P，Fang X H，Li Y et al. 2010. The relevance of environmental disclosures for investors and other stakeholder groups：which audience are firms speaking to? Paper presented to CMA Ontario Rotman School Accounting Research Seminars，Ontario，Canada，March

Clarkson P，Li Y，Richardson G et al. 2008. Revisiting the relation between environmental performance and environmental disclosure：an empirical analysis. Accounting，Organizations，and Society，33：303~327

Cohen D，Dey A，Lys T. 2008. Real and accruals-based earnings management in the pre-and post-Sarbanes Oxley eras. The Accounting Review，83（3）：757~788

Cormier D，Ledoux M，Magnan M. 2009. The informational contribution of social and environmental disclosures for investors. SSRN Working Paper，No. 1327044

Darrell W，Schwartz B N. 1997. Environmental disclosures and public policy pressure. Journal of Accounting and Public Policy, 16 (2): 125~154

Demirguq-Kunt S A, Maksimovic V. 1998. Law, finance, and firm growth. The Journal of finance, 53 (6): 2107~2137

Dhaliwal D, Li O Z, Tsang A et al. 2009. Voluntary non-financial disclosure and the cost of equity capital: the case of corporate social responsibility reporting. SSRN Working Paper. No. 1343453

Duarte J, Han X, Harford J et al. 2008. Information asymmetry, information dissemination and the effect of regulation FD on the cost of capital. Journal of Financial Economics, 87 (1): 24~44

Elliott J. 1980. The cost of capital and U. S. capital investment: a test of alternative concepts. Journal of Finance, 35: 981~999

Freedman M, Stagliano A J. 1992. European unification, accounting harmonization, and social disclosures. The International Journal of Accounting, 27 (2): 112~122

Gebhardt W R, Lee C M C, Swaminatha B. 2001. Toward an implied cost of capital. Journal of Accounting Research, 39 (1): 135~176

Gomes A, Gorton G, Madureira L. 2007. SEC regulation fair disclosure, information, and the cost of capital. Journal of Corporate Finance, 13 (2~3): 300~334

Hail L, Leuz C. 2006. International differences in the cost of equity capital: do legal institutions and securities regulation matter? Journal of Accounting Research, 44 (3): 485~531

Healy P M, Palepu K G. 2001. Information asymmetry, corporate disclosure, and the capital markets: a review of the empirical disclosure literature. Journal of Accounting and Economics, 31 (1~3): 405~440

Heflin F, Subramanyam K R, Zhang Y. 2003. Regulation FD and the financial information environment: early evidence. The Accounting Review, 78 (1): 1~37

Kothari S P, Li X, Short J E. 2009a. The effect of disclosures by management, analysts, and business press on cost of capital, return volatility, and analyst forecasts: a study using content analysis. The Accounting Review, 84 (5): 1639~1670

Kothari S P, Shu S, Wysocki P. 2009b. Do managers withhold bad news? Journal of Accounting Research, 47 (1): 241~276

Leland H E, Pyle D H. 1977. Informational asymmetries, financial structure, and financial intermediation. The Journal of Finance, 32 (2): 371~387

Leuz C, Schrand C. 2009. Disclosure and the cost of capital: evidence from firms' responses to the Enron Shock. SSRN Working Paper, No. 1319646

Li H, Pincus M, Rego S. 2008. Market reaction to events surrounding the Sarbanes-Oxley Act of 2002 and earnings management. Journal of Law and Economics, 51 (1): 111~134

Margolis J D, Walsh J. 2001. People and Profits? The Search for a Link Between a Firm's Social and Financial Performance. Mahwah: Lawrence Erlbaum Publishers

Orlitzky M, Schmidt F, Rynes S. 2003. Corporate social and financial performance: a meta-analysis. Organization Studies, 24: 403~441

Pastor L, Sinha M, Swaminathan B. 2008. Estimating the intertemporal risk-return tradeoff using the implied cost of capital. Journal of Finance, 63: 2859~2897

Patten D M. 1992. Intra-industry environmental disclosures in response to the Alaskan oil spill: a note on legitimacy theory. Accounting, Organizations and Society, 17 (5): 471~475

Plumlee M, Marshall S, Brown D. 2009. Voluntary environmental disclosure quality and firm value: roles of venue and industry type. SSRN Working Paper, No. 1517153

Richardson A J, Welker M. 2001. Social disclosure, financial disclosure and the cost of equity capital. Accounting, Organizations and Society, 26 (7~8): 597~616

Richardson A J, Welker M, Hutchinson I R. 1999. Managing capital market reactions to corporate social responsibility. International Journal of Management Reviews, 1 (1): 17~43

Shyam-Sunder L, Myers S C. 1999. Testing static tradeoff against pecking order models of capital structure. Journal of Financial Economics, 51: 219~244

Skinner D J. 1994. Why firms voluntarily disclose bad news. Journal of Accounting Research, 32 (1): 38~60

Verrecchia R. 2001. Essays on disclosure. Journal of Accounting and Economics, 32 (1~3): 97~180

Wiseman J. 1982. An evaluation of environmental disclosures made in corporate annual reports. Accounting, Organizations and Society, 7 (1): 53~63

第七章　企业环境信息披露的社会性动机与作用

　　第六章从经济学的视角分析了企业披露环境信息的动机和作用。但是由于环境问题具有显著的外部性，经济因素难以全面解释企业的环境信息披露行为。于是，研究者开始转向其他视角考察企业环境信息披露，其中，政治社会学的合法性理论成为最主要的一种解释。本章从第六章经济学的分析转向政治社会学方向，基于政治社会学的合法性理论，并借助新闻学的"议程设置"和"信息补贴"概念，研究我国企业披露环境信息的合法性管理动机和作用，有助于更加全面地认识企业环境信息披露的决策机制。

第一节　合法性理论与合法性管理

　　政治社会学是政治学和社会学结合的产物，主要研究政治与社会的基本关系。较早系统地用社会的观点研究政治体系和政治行为并分析政治现象的是法国启蒙思想家孟德斯鸠。19 世纪中叶，社会学产生后，从社会学角度研究政治现象便成为一种重要的取向。当代政治社会学是在 19 世纪末～20 世纪初形成的，韦伯、迪尔凯姆和曼海姆的理论和方法论对当代政治社会学的影响最大，他们提出的一些议题至今仍是当代政治社会学研究的基本课题。20 世纪以后，政治社会学作为一门学科迅速地发展起来，但还没有形成完全一致的体系和方法论。政治学者和社会学者对这门学科的看法不完全一致。社会学者强调政治社会学是社会学的分支学科，应从社会制度和政治体制的角度去研究社会权力分配的社会原因和结果，研究导致权力分配变化的社会和政治原因。政治学者则认为政治社会学是政治学的一个分支学科，应研究社会环境对政治体系的影响。尽管如此，在20 世纪的政治社会学的理论讨论中，合法性问题却始终是一个热点。在某种意义上，合法性的概念成了政治社会学的核心概念，几乎所有的政治学家和试图在理论上发表意见的社会学家们，都必须借用这个概念。

一、合法性理论

　　对合法性进行系统的研究并使其成为现代政治社会学核心概念与主流范式的是马克思·韦伯。韦伯通过对社会史的研究，发现由命令和服从构成的每一个社会活动系统的存在都取决于它是否有能力建立和培养对其存在意义的普遍信念，这种信念也就是其存在的合法性。有了这种合法性，这个社会活动系统中的人们就会服从来自这个系统上层的命令。根据韦伯的看法，任何形式的统治，只有当它被人们认为是具有"正当"理由的时候，才为人们所服从，从而具有合法性。

后来的学者，如 Parson（1960）、Suchman（1995）等，把"合法性"引入到组织与企业的研究中。Parson（1960）最早界定了组织合法性的概念，他认为组织合法性是在共同社会环境下，对组织行动是否合乎期望所做出的恰当的一般认识和假定。组织合法性研究将合法性看做是一个组织的价值体系与其所在的社会制度之间的一致性。一个组织如果看上去不是社会所信奉认同的目标、方法和结果的话，那么这个组织是不可能成功的，甚至是无法存在下去的。Suchman（1995）给出了关于企业合法性的一个比较权威的定义，他认为企业合法性是指在一个由社会构建的规范、价值、信念和定义的体系中，企业的行为被认为是可取的、恰当的、合适的一般感知和假定。

"合法性"概念将企业的行为与其所处的外部环境紧密地联系在一起。如果从企业的角度看外部环境，合法性是企业的一种资源。如果从整个社会的角度看企业，合法性又是一种信念。"往外看"的视角认为合法性是一种"能够帮助企业获得其他资源的重要资源"。企业可以从其所处的文化环境中获得合法性并用于追求业绩目标，企业的合法化过程可以通过有效的管理控制来达到预先设定的目标。从这个意义上讲，合法性是可以有目的地主动争取到的。"往内看"的视角把合法性看做一种结构化的信念机制（Suchman 1988）。企业追求合法性的目的在于适应外部制度化环境的压力，即外部制度构建了企业组织并且不断与企业相互渗透，文化环境决定企业的产生和运行方式，同时也决定外界对企业的认知和评价。因此，企业作为一种组织的首要目标应该是使自己看起来合乎常理并有意义，管理者的决策往往受到与外部公众相同的信念体系的影响。应该说，在看待企业如何获得合法性的问题上，前一种视角较为积极主动，而后一种视角则显得消极被动。

学者们往往根据自己的研究需要对合法性进行划分。被普遍采用的是 Scott（1995）的方法，即把合法性分为规制合法性（regulative legitimacy）、规范合法性（normative legitimacy）和认知合法性（cognitive legitimacy）。

（1）规制合法性。规制合法性来源于政府、专业机构、行业协会等相关部门所制定的规章制度。如果企业的行为完全符合这些规章制度，那么企业在其外部利益相关者眼里也就相应具备了规制合法性。但是，规制合法性不仅仅来源于企业对可能受到的上级主管部门的制裁做出的反应，而且还来源于更宽泛的对法律法规的服从——以表明自己是一个遵纪守法的"好公民"。一个企业在多大程度上具备规制合法性，则可以通过评价其被社会公众接受的程度来衡量。

（2）规范合法性。规范合法性又叫道德合法性（moral legitimacy），它来源于社会价值观和道德规范。与规制合法性反映社会公众对企业"正确地做事"的判断不同，规范合法性反映的是社会公众对企业"做正确的事"的判断。这种判断是根据企业行为是否有利于增进社会福利、是否符合广为接受的社会价值观和道德规范来进行的。当然，企业并不能"一厢情愿"地获得规范合法性（如不少企业都对外宣称自己乐于承担社会责任，是一个讲道德的组织，并且还按照自己的想法开展许多象征性活动），而必须由社会公众根据共同的价值观和道德规范来感知企业的行为"是对的"。

（3）认知合法性。认知合法性来源于有关特定事物或活动的知识的扩散。当一项活动被人们所熟悉时，它就具备了认知合法性。认知合法性不太容易与规范合法性区分。不过，Jepperson（1991）认为，基于"广为接受"的认知合法性不同于基于"评价"的规范合法性：前者侧重于"被人们所理解和接受"，而后者则强调符合共同的道德规范和价值观。例如，有些活动虽然不符合人们的道德标准，受到的评价也很差（也就是说这些活动不具备规范合法性），但却有可能是人们所熟悉的，并且是人们清晰了解的（也就是说这些活动具备认知合法性）。企业是否具备认知合法性，可以通过评估企业在社会公众当中的知名度（但不是美誉度）来判断，如果企业是公众耳熟能详的，那么就具备了认知合法性。

二、合法性管理

与合法性相伴生的一个概念是合法化，它的基本含义就是显示、证明或宣称是合法的、适当的或正当的，以获得承认或授权。如果说合法性与合法化的概念有什么区别的话，那就是合法性所表示的是与特定规范一致的属性，而合法化则是表示主动建立与特定规范的联系的过程。合法化可以理解为在合法性可能被否定的情况下对合法性的维护，也就是在合法性的客观基础受到怀疑的时候为达成关于合法性的某种共识而做出努力的过程。Lindblom（1994）严格区分了合法性和合法化：前者是一种状态，而后者则是实现这一状态的过程。所以，研究者都认为合法化就是合法性管理。

政治合法化是政治学家们视域中的核心议题。政治合法化的一个重要途径就是在大众中灌输和培育认同情感。阿尔蒙德认为政治体系合法性的一个重要途径就是在国民中造就共同的信念，培育同质的政治文化。伊斯顿也认为政治合法化要通过政治社会化在大众中（从儿童开始）灌输合法性情感。因为合法性情感不能轻而易举地存储起来，即便存储了也极易消耗掉。为保证不断地输入这种情感，就必须凭借经常性的措施来关注对当局合法性的信仰，如宣传适当的意识形态，广泛利用一些象征性设施和符号。通过加强意识形态的宣传教育与充分利用政治象征（国旗、纪念碑、展览馆、节日集会等）等政治社会化途径，来培育社会成员的合法性情感，是统治阶级获取合法性的经常性措施（夸克 2002）。

企业追求合法性不仅仅是为了实现内部的认同和获得外部的信任，更重要的是为了能够接近和获取企业发展所必需的资源。因此，管理者必须采取适当的方法来进行合法性管理，保证企业的合法性。Zimmerman 和 Zeitz（2002）指出，一般来说，企业至少可以通过两个途径来主动争取合法性：一是改变自己，如创立新的组织架构、管理团队和操作流程等；二是改变外部环境，如通过广告和公关活动来改变规制环境等。Suchman 从一般意义上对企业可以采取的合法性管理方法进行了归纳和总结，并将它们概括为以下三种形式：

（1）适应环境。企业管理者常常发现，他们只要将企业的各种活动限制在现有的制度框架内，就能够轻而易举地获得组织合法性。采用这种方法的企业会在生产经营活动中严格遵守既有的文化秩序和制度，不轻易超越约定俗成的认知框架。采用这种方法的企业常常会思考这样一个问题：怎样才能看上去更加符合人们的期望和既有的社会规范。

（2）选择环境。如果管理者不想为了获得合法性而一味地约束自己的行为来适应环境，那么就会采取另一种战略，即选择对企业较为有利的经营环境，如企业不必改变自己的行为就能被视为合法的环境。每家企业都面对着复杂的外部环境，如行业环境、区域环境等；复杂的大环境又可以细分为若干文化和制度方面存在差异的小环境。虽然企业的各种行为并不一定能够被整体大环境理所当然地视为"合法"，但却可能在某些细分的小环境中符合合法性要求。采取选择战略的企业就是要把对自己最为友善的细分环境选为自己的经营环境，从而获得合法性，而不是像采取适应环境战略的企业那样为了获得合法性而改变自己的行为以适应外部环境。

（3）控制环境。有些企业管理者认为，与其通过被动适应环境来获得合法性，还不如通过改变环境来主动争取合法性。而能够实现这种目的的战略就是控制环境。这种战略要求企业适当改变其所处的细分环境来实现组织与环境的匹配。Suchman（1995）指出，"控制包括为建立组织所需的支撑基础而进行的事先干预"。在这种情况下，企业不再仅仅是适应和选择环境，而且还要对社会现实做出新的解释。一般而言，企业很少采取这种战略，因为这种战略实施难度大，而且也不易被理解。不过，一旦这种战略获得成功，企业获得资源数量和适应外部环境的程度都远远超过前两种战略。

三、合法性管理与信息披露

信息披露是企业合法性管理的重要手段和方法。Lindblom（1994）认为，企业在合法性管理过程中可以采取四种战略：设法教育和告知相关公众有关企业表现和行为的改变；设法改变相关公众的认识，而不是改变企业的实际行为；故意将公众的视线从其关注的问题引向其他相关的方面；试图改变外部公众对其表现的期望。这四种合法性管理战略都需要借助于信息披露。

　　无论是发生合法性危机后的事后补救还是树立良好社会形象的主动预防，信息披露都是作为组织和企业进行合法性管理的一种方式。从事前管理的角度，Parker（1986）指出，信息披露是对即将发生的合法性压力的提早反应，也是对可能的政府干预或外部利益团体压力做出的反应。从事后管理的角度，Dowling和 Pfeffer（1975）指出，当组织面临合法性危机时，管理者可以采取三种办法：一是改变目标、方法和结果；二是通过沟通改变社会对组织的印象；三是通过沟通与合法的标志、价值观和制度取得一致。后两种方法都与信息披露有关，而第一种做法也需要借助于社会获悉这种改变才能奏效。所以，"影响合法性的是组织的信息披露而不是（未披露的）组织行为的改变"（Newson，Deegan　2002）。Neu 等（1998）认为，"环境信息披露为组织提供了一种不必改变组织经济模式就可以维持组织合法性的方法"。甚至有学者提出，合法性管理就是一种披露（Deegan et al.　2000）。

　　本节将环境信息披露作为企业进行环境合法性管理的一种手段加以研究，并在接下来的两节中分别从合法性管理的动机和合法性管理的效果两方面加以验证。

第二节　企业环境信息披露的合法性管理动机

　　本节以公司年报中披露的环境信息作为研究对象，结合公司所在地区政府对环境信息公开政策的执行力度，分析媒体报道所构成的合法性压力对企业环境信息披露的作用，以及政府监管对舆论监督作用的影响，以检验企业环境信息披露的合法性管理动机。

一、理论分析与文献回顾

　　依据合法性理论，合法性可以看做是社会对企业的评价，是对企业行为的恰当性和可被接受性的整体看法。媒体报道通过引导社会公众了解和评判企业，进而在企业的合法性评价过程中起着重要的作用。20 世纪 20 年代，李普曼在《公众舆论》一书中提出，"作为我们通过直接经验认知广阔世界的窗户，新闻媒介决定了我们对这个世界的认知地图"。在此思想基础上，McCombs 和 Shaw（1972）提出了"议程设置（agenda setting）"的概念，来描述新闻媒介影响社会的方式。所谓"议程设置"是指"新闻媒介具有一项包罗广泛、作用突出的功能，即决定人们谈什么、想什么，为公众安排议事日程"。其核心假设就是某一议题在新闻中的重要性影响了这一议题在公众中的重要性。这个命题得到了传播学研究者的普遍认同，他们认为大众媒体对人们关注的对象和议论的话题具有决定性的引导作用。媒体并不能决定人们对某一事件或意见的具体看法，但可以通过提供信息和安排相关的议题来有效地左右人们关注哪些事实和意见及他们谈论问题的先后顺序。此后，有 300 多份来自美国、德国、西班牙以及日本等国家的经验研究都证实，公众对重要问题的认识和判断与新闻媒介的报道之间存在着一种高度的一致性（McCombs，Reynolds　2002）。

近年来，"议程设置"的概念也被引入到对企业的研究之中，如 Fombrun 和 Shanley（1990）、Wartick（1992）、Staw 和 Epstein（2000）以及 McCombs 和 Carroll（2003）等。McCombs 和 Carroll（2003）提出了几个直接相关的命题。命题一，媒体对企业的新闻报道数量与公众对该企业的关注正相关；命题二，有关企业某些方面的新闻报道数量与通过这些方面评判企业的公众比例正相关；命题三，媒体对企业某一方面的报道越正面，公众对企业这方面的看法也越正面，反之亦然。

随着我国社会民主进程的不断推进，媒体业得到迅速发展，对政治、社会和经济生活的影响力也得到显著提升。目前社会和公众越来越关注气候变化等环境问题，环境保护已不仅仅是生态问题，正在成为经济、社会和政治问题。媒体对环境问题以及企业环境表现有着高度的敏感和热情。同时，"议程设置"概念认为，在一些较为隐蔽或者是个人较少直接接触而有赖媒体作为主要（有时甚至是唯一）信息来源的问题方面，议程设置的效果尤为突出。环境问题显然符合这些特征。因此，本研究认为，媒体有关企业环境表现的报道的数量和倾向性会显著影响公众对企业环境表现的评价，从而构成了企业的环境合法性压力。企业会借助自愿性环境信息披露对此做出积极的回应，应对环境合法性压力。

国外已有的基于合法性视角的实证研究从三个方面验证合法性压力对企业环境信息披露的影响，包括环境监管规定的出台（Barth et al.　1997；Hughes et al.　2001；Freedman，Jaggi　2005；Frost　2007）、同类企业发生的环境事故（Patten　1992；Darrell，Schwartz　1997；Deegan et al.　2000）以及媒体报道（Li et al.　1997；Brown，Deegan　1998；Deegan et al.　2000；Bewley，Li 2000；Clarkson et al.　2008；Brammer，Pavelin　2008；Aerts，Cormier 2009）。Li 等（1997）以及 Brown 和 Deegan（1998）证实媒体对行业环境影响的关注度与该行业中公司的环境信息披露水平显著相关，并且较多的负面报道会促进公司披露更多正面的环境信息。还有研究者观察到，媒体对企业环境问题报道越多，企业越有可能披露概括性的环境信息（Bewley，Li　2000）；以前年度中有不利新闻报道的公司更可能披露一些不易被证实的环境信息（Clarkson et al.　2008）。Deegan 等（2000）以及 Aerts 和 Cormier（2009）的实证研究都认为媒体对公司环境表现报道越多，公司的压力就越大，从而会披露更多的环境信息。但是，Brammer 和 Pavelin（2008）在对公司环境信息质量的影响因素研究中发现，与环境有关的媒体报道对公司自愿性环境信息披露的作用不大。在研究环境事故对公司环境信息披露的影响时发现，媒体对发生环境事故的公司报道越多，公司越有可能披露与该环境事故相关的信息。

　　基于上述理论分析和文献回顾，可以看出，媒体对企业环境表现的报道和关注作为一种舆论监督，会构成企业的合法性压力，企业将借助环境信息披露对此做出积极的回应，以应对环境合法性压力。由此，提出如下假设：

　　研究假设 7-1：媒体关于企业环境表现的报道数量和倾向性能显著提高企业的环境信息披露水平。

　　基于第四章相关制度背景的分析，可以看出，我国证券监管部门主要在企业上市和再融资申请过程中对上市公司的环境信息披露进行监管。上市公司日常的环境信息披露以及其他企业的环境信息披露目前主要由当地环保部门进行督促。2008 年 5 月起施行的《环境信息公开办法（试行）》明确规定，"县级以上地方人民政府环保部门负责组织、协调、监督本行政区域内的环境信息公开工作"（第 3 条），"环保部门负责政府环境信息公开工作的组织机构的具体职责是：……（七）监督本辖区企业环境信息公开工作"（第 5 条）。

　　随着有关企业环境信息披露监管政策的不断出台，企业面临的环境信息披露要求越来越高。由于企业环境信息披露主要由县级以上政府部门负责监督，而各地法律制度环境、经济发展水平、环境保护意识等因素都会影响当地政府对企业环境信息披露的监管力度，因此，不同地区企业面临的环境信息披露的监管压力存在明显差异。地方政府越重视环境信息公开工作，对企业环境信息披露的监管力度就越大，企业对媒体报道造成的合法性压力就越敏感，舆论监督就越能发挥对企业环境信息披露的促进作用。由此，提出如下假设：

　　研究假设 7-2：当地政府对环境信息披露的监管力度会显著增强媒体报道对企业环境信息披露的促进作用。

二、研究设计

（一）样本选取与数据来源

　　本节按照第五章第一节的方法，选择 2006～2008 年上交所和深交所上市的 502 家重污染行业 A 股上市公司作为样本。此外，样本公司还必须满足两个条件：一是 2008 年间媒体有关于公司环境表现的报道；二是有公司所在地区政府对环境信息公开监管力度的数据。最后，共有 104 家公司符合条件，它们构成了本节的研究样本。样本公司的环境信息披露数据从其 2006～2008 年的年报中手工收集获得。媒体有关重污染行业上市公司环境表现报道的数据通过中国经济新闻库①中的全国数千种报刊手工收集和整理。政府对企业环境信息披露监管力度

---

　　① 中国经济新闻库收录了中国范围内及相关的海外商业经济信息，以消息报道为主，数据源自中国千余种报章与期刊及部分合作伙伴提供的专业信息。

的数据则来自"中国污染源监管信息公开指数"报告。

（二）主要研究变量

1. 企业环境信息披露水平

本节采用第五章第一节有关我国重污染行业上市公司环境信息披露数量、质量和水平的数据。构成本部分研究对象的 104 家样本公司 2008 年年报中环境信息披露的情况见表 7.1。

表 7.1　样本公司 2008 年年报中环境信息披露的情况

项目	样本数	最小值	最大值	均值	标准差
披露数量/行	104	1	83	17.93	16.40
披露质量	104	3	46	21.54	8.71
其中：E	104	1	11	5.57	2.35
Q	104	1	18	7.77	3.20
T	104	1	17	8.20	3.33

由表 7.1 可以看出，所有样本公司年报中环境信息披露的数量得分最高值为 83 行，最低值为 1 行，均值为 17.93 行，在通常篇幅长达几十和上百页的年报中显得微不足道。环境信息披露的质量得分最高值为 46，最低值为 3，均值为 21.54，仅达到满分值（54 分）的 39.9%；显著性、量化性和时间性得分的均值分别为 5.57、7.77、8.20，与各单项满分值（18 分）的差距也较大，说明我国上市公司年报中披露的环境信息质量较低。此外，从表 7.1 中还可以看出，样本公司之间环境信息披露的数量和质量都存在较大的差异。

2. 媒体有关企业环境表现的报道

本节根据每篇报道的内容，将其分为正面报道、负面报道和中性报道。正面报道是指那些传递了企业在环保方面的承诺或者强调了企业积极的环境行为，如企业投资环保设施等。负面报道是指有关企业在环保方面存在问题的报道，这些报道往往会对企业的形象带来负面影响，如企业发生环境事故、污染排放不达标等。

正面报道赋值为 1，负面报道赋值为 -1，中性报道赋值为 0。为了保证对媒体报道赋值的准确性和一致性，采用一人赋值，另一人核对的方法进行处理。初次核对后，88% 报道的赋值取得了一致；对于不一致的赋值，研究者通过相互协调最终取得一致。2008 年间媒体对样本公司环境表现的报道共 278 篇，具体情况见表 7.2。

表 7.2　2008 年媒体对样本公司环境表现的报道情况　　　单位：篇

	最低值	最高值	总数	均值	方差
报道总数	1	14	278	2.67	2.30
其中：正面报道	0	13	185	1.78	1.79
负面报道	0	3	26	0.25	0.59
中性报道	0	5	67	0.64	1.02

由表 7.2 可知，每家样本公司的年度报道数量平均为 2.67 篇，其中负面报道占报道总数的比例仅为 9.3%，说明我国媒体对企业环境表现的负面报道极少。在阅读媒体报道的过程中发现，媒体在进行正面报道时，一般会直接点出企业的名称，叙述也比较详细；而在进行负面报道时，一般采取概述的方式，常常笼统地说是某行业或某地区的情况，较少"指名道姓"。这说明我国媒体在报道企业环境表现时，常倾向于报道正面、积极的信息。

本节分别用媒体有关企业环境表现的报道数量和倾向性衡量舆论监督的压力。媒体报道的倾向性采用国外研究中通行的 Janis-Fadner（J-F）系数进行量化。J-F 系数是 Janis 和 Fadner（1965）提出的一种用于内容分析法的指标。该系数应用的前提条件是所研究的内容对研究目标的影响可以区分为正面、负面和中立。该系数由 Deephouse（1996）最早引入到企业合法性的研究中。此后，Bansal 和 Clelland（2004）、Clarkson 等（2008）、Aerts 和 Cormier（2009）等相继运用 J-F 系数衡量企业的环境合法性。其计算公式如下：

$$\text{J-F 系数} = \begin{cases} \dfrac{(e^2 - ec)}{t^2}, & \text{if } e > c \\ \dfrac{(ec - e^2)}{t^2}, & \text{if } e < c \\ 0, & \text{if } e = c \end{cases}$$

其中，e 代表正面报道的篇数；c 代表负面报道的篇数；t 为 e 和 c 之和。

J-F 系数的取值范围从 −1 到 1，有关环境表现的正面报道越多，其值越接近于 1，企业环境合法性压力就越小；负面报道越多，其值越近于 −1，企业环境合法性压力就越大。

3. 政府监管力度

本节采用 PITI 指数[①]作为衡量各地区政府对企业环境信息披露监管力度的指标。PITI 指数由公众环境研究中心与自然资源保护委员会两家独立研究机构共同开发，以评估各地政府部门对环境信息公开相关法规的执行情况。PITI 指

---

① 有关"中国污染源监管信息公开指数"的情况，详见第四章。

数按照《环境信息公开办法（试行）》的要求，对分布在东部、中部和西部的国家重点环保城市在内的 113 个城市 2008 年度污染源监管信息公开状况进行了初步评价。PITI 指数根据当地政府所作的超标违规记录公示、信访投诉案件处理结果公示、依申请公开等 8 个指标，从系统性、及时性、完整性和用户友好性 4 个方面进行定量和定性分析，给出了细项得分和总体排名（表 7.3）。

表 7.3　2008 年度 113 个城市 PITI 得分

排名	城市	PITI	排名	城市	PITI	排名	城市	PITI
1	宁波	72.9	39	马鞍山	37.9	77	秦皇岛	21.2
2	合肥	66.6	40	济南	36.2	77	岳阳	21.2
3	福州	63.7	41	焦作	36.1	79	安阳	21
4	武汉	61.2	42	东莞	34.3	79	北海	21
5	常州	56.8	43	成都	34.2	81	锦州	20.4
6	重庆	56.7	44	宜昌	33.7	82	呼和浩特	19.4
7	上海	56.5	45	珠海	33.4	83	泸州	19.2
8	南通	56.2	46	盐城	33	84	阳泉	19
9	太原	55.4	47	乌鲁木齐	32.7	85	延安	18.8
10	温州	53.3	48	徐州	32.6	86	枣庄	18.6
11	绍兴	52.6	48	郑州	32.6	87	韶关	18.4
12	大连	51.7	50	大庆	30	88	鄂尔多斯	18.2
13	无锡	51.6	51	石家庄	29.5	89	攀枝花	18
14	深圳	51.7	51	邯郸	29.5	90	济宁	17.8
15	泉州	50.6	53	银川	28.9	91	齐齐哈尔	17.2
16	昆明	49.4	54	洛阳	27	92	兰州	16.6
17	北京	49.1	54	连云港	27	93	九江	16.2
18	台州	48.4	56	长沙	26.8	93	开封	16.2
19	杭州	48	57	唐山	26.6	93	鞍山	16.2
20	南京	47.2	57	厦门	26.6	96	柳州	15.8
21	苏州	47	59	桂林	26.1	97	泰安	15.6
22	淄博	46	60	嘉兴	25.7	98	宜宾	14.4
23	威海	45.4	61	西安	25.4	98	金昌	14.4
24	烟台	44.5	61	铜川	25.4	98	石嘴山	14.4
25	广州	44.4	63	株洲	25.2	101	包头	14
25	佛山	44.4	63	天津	25.2	101	临汾	14
27	扬州	44.3	63	平顶山	25.2	101	湘潭	14
28	长治	42.9	66	贵阳	24.9	101	宝鸡	14
28	中山	42.9	67	曲靖	24.8	105	张家界	12.8
30	汕头	42.6	68	芜湖	24.6	106	大同	12.6
31	潮州	40.4	69	常德	24.4	107	遵义	12.4
32	荆州	40	70	赤峰	24.1	107	绵阳	12.4
33	保定	39.7	71	咸阳	23.2	109	本溪	12
34	南宁	39.2	72	南昌	23.2	110	克拉玛依	11.2
35	沈阳	38.8	73	日照	22.3	111	湛江	10.6
35	牡丹江	38.8	74	潍坊	22.2	112	吉林	10.2
37	青岛	38.4	75	长春	21.7	112	西宁	10.2
38	哈尔滨	38.1	76	抚顺	21.6			

资料来源：公众环境研究中心与自然资源保护委员会"中国污染源监管信息公开指数（PITI）"报告（2008 年），第 14 页。

　　2008 年度的 PITI 指数显示，在 100 分的满分中得分 60 分以上的城市仅有 4 个，不足 20 分的城市多达 32 个，113 个城市的平均分则刚刚超过 31 分，标准差为 16.68。可见，目前我国地方政府执行环境信息公开的水平总体较低，并且在地区之间存在显著的差异。PITI 指数是我国目前最全面和客观地评价地方政府执行环境信息披露政策情况的数据。按照《环境信息公开办法（试行）》，地方环保部门负有监督当地企业披露环境信息的职责，在政策执行力度强的地区，地方环保部门对企业环境信息披露的监管力度同样会更大。因此，PITI 指数同时也反映了政府的监管力度。

　　本节根据第五章的研究发现，引入对企业环境信息披露影响较为稳定的公司特征和公司治理变量，包括公司规模、盈利能力、财务杠杆和股权性质等作为控制变量。

　　表 7.4 列出了本节的研究变量及其说明，表 7.5 是研究变量的描述性统计结果。

表 7.4　研究变量的说明

变量名称	计算说明
环境信息披露水平	经标准化的环境信息披露数量和质量得分之和
媒体报道数量	企业环境表现的媒体报道总数
媒体报道倾向性	经过标准化的 J-F 系数
政府监管力度	PITI 指数
公司规模	上期期末总资产的自然对数
盈利能力	净利润/期初期末平均净资产
财务杠杆	负债总额/资产总额
股权性质	虚拟变量，若国有资本控股为 1，否则为 0

表 7.5　研究变量的描述性统计

变量名称	样本数	最小值	最大值	均值	标准差
环境信息披露水平	104	−3.16	5.97	0.00	1.797
媒体报道数量	104	1.00	14.00	2.67	2.300
媒体报道倾向性	104	−1.00	1.00	0.76	0.453
政府监管力度	104	10.20	72.30	37.50	14.910
公司规模	104	20.06	25.78	22.33	1.238
盈利能力	104	−1.17	0.73	0.04	0.219
财务杠杆	104	0.19	0.92	0.57	0.170
股权性质	104	0.00	1.00	0.79	0.410

4. 检验模型

本节首先构建多元回归模型 7-1 来检验 t 年的媒体报道所构成的环境合法性压力对企业 $t+1$ 年发布的 t 年年报中环境信息披露的作用：

$$环境信息披露水平_t = \alpha + \beta_1 媒体报道_t + \sum \beta_i 控制变量_{it} + \varepsilon_t \quad (7\text{-}1)$$

然后在模型 7-1 的基础上，引入政府监管变量构建模型 7-2，检验政府监管力度对舆论监督与企业环境信息披露关系的影响：

$$环境信息披露水平_t = \alpha + \beta_1 媒体报道_t + \beta_2 媒体报道_t$$
$$\times 政府监管_t + \sum \beta_i 控制变量_{it} + \varepsilon_t \quad (7\text{-}2)$$

在模型（7-1）和模型（7-2）中，媒体报道分别用报道数量和报道倾向性代入进行回归。

三、实证检验结果

表 7.6 列示了模型 7-1 和模型 7-2 的 OLS 回归检验结果。

表 7.6　回归检验结果

变量	模型 7-1		模型 7-2	
	报道数量	报道倾向性（J-F）	报道数量	报道倾向性（J-F）
常数项	−7.722***	−10.641***	−7.104**	−10.372***
	（−2.768）	（−4.1072）	（−2.569）	（−4.042）
媒体报道	0.382***	−1.799***	0.197*	−1.073**
	（5.640）	（−5.906）	（1.734）	（−2.126）
媒体报道×政府监管			0.006**	−0.019*
			（2.000）	（−1.795）
公司规模	0.268*	0.494***	0.237*	0.478***
	（1.969）	（4.009）	（1.754）	（3.909）
盈利能力	0.558	0.273	0.555	0.320
	（0.760）	（0374）	（0.768）	（0.445）
财务杠杆	0.130	0.395	0.241	0.543
	（0.130）	（0.401）	（0.245）	（0.556）
股权性质	0.785**	0.925***	0.718**	0.914***
	（2.314）	（2.761）	（2.137）	（2.757）
调整后的 R^2	0.398	0.412	0.416	0.425
F 统计量（P 值）	0.000	0.000	0.000	0.000
样本数	104	104	104	104

***、**、* 分别表示在 1%、5%、10% 水平上显著。

注：括号内为 T 统计值。

表 7.6 中模型 7-1 的回归结果显示，媒体报道数量和报道倾向性（J-F 系数）的回归系数分别为 0.382 和 -1.799，都达到了 1% 的显著性水平，这说明媒体报道数量越多，企业环境信息披露水平越高，而媒体报道的倾向性越负面，企业的环境信息披露水平也越高。由此可见，有关公司环境表现的媒体报道数量所体现的公众关注度和媒体报道负面性所体现的舆论压力都构成了企业的环境合法性压力，能显著提高公司年报中的环境信息披露水平，支持了本节所提出的研究假设 7-1。模型 7-2 的回归结果显示，媒体报道数量和报道倾向性（J-F 系数）的回归系数与模型 7-1 一致，且分别在 10% 和 5% 的水平上显著，政府监管与媒体报道交乘项的系数与媒体报道的系数符号一致，分别达到 5% 和 10% 的显著性水平，说明政府监管变量强化了媒体报道与企业环境信息披露水平之间已有的关系。可见，政府监管力度显著增强了媒体报道对企业环境信息披露的促进作用，支持了本节所提出的研究假设 7-2。此外，在所有的回归中，控制变量的系数符号和显著性水平都保持稳定。公司规模和股权性质与公司环境信息披露水平之间存在显著的正相关关系。公司规模越大，企业环境信息披露水平越好，国有控股公司的环境信息披露水平较高。公司盈利能力和财务杠杆虽然与环境信息披露存在正的关系，但不显著。

四、稳健性检验

上述回归结果证实，媒体报道对企业环境信息披露的促进作用会随着政府监管力度的加大而显著提高，也就是说，在政府监管力度大和政府监管力度小的地区之间，媒体报道对企业环境信息披露的作用有明显区别。如果该结论成立，那么媒体报道对企业环境信息披露的影响可能在政府监管力度不同的地区存在一个结构性拐点。因此，本研究进一步地对模型 7-1 运用 Chow 检验来验证在政府监管力度不同的地区，媒体报道对企业环境信息披露的作用是否存在一个结构性变化的转折点，如果有，就以此转折点为界，引入虚拟变量替代模型 7-2 中的政府监管变量，再次进行回归检验。

首先将不同地区的政府监管力度指标值，即 PITI 值，从小到大进行排序，然后对模型 7-1 进行 Chow 检验，发现 PITI 值为 36.2 时存在一个显著的转折点。结果如表 7.7 所示。

表 7.7　Chow 检验结果

统计量	Chow Breakpoint Test：36.2		
	报道倾向性（J-F）组		
F 统计量	3.868	相伴概率	0.052
对数似然比 LR 统计量	4.026	相伴概率	0.045

统计量		Chow Breakpoint Test：36.2	
		报道数量组	
F 统计量	3.283	相伴概率	0.073
对数似然比 LR 统计量	3.462	相伴概率	0.070

　　根据 Chow 检验的结果引入虚拟变量，当 PITI 值大于 36.2 时取值为 1，否则为 0，然后再用模型 7-2 进行回归检验。结果列示在表 7.8 中。

表 7.8　稳健性检验结果

变量	报道数量	报道倾向性（J-F）
常数项	−7.206**	−10.377***
	（−2.599）	（−4.052）
媒体报道	0.359***	−1.512**
	（1.748）	（−4.488）
媒体报道×政府监管	0.156*	−0.574*
（虚拟变量）	（2.000）	（−1.893）
公司规模	0.237*	0.481***
	（1.754）	（3.943）
盈利能力	0.535	0.275
	（0.736）	（0.382）
财务杠杆	0.284	0.456
	（0.287）	（0.469）
股权性质	0.755**	0.933***
	（2.249）	（2.821）
调整后的 R^2	0.412	0.427
F 统计量（P 值）	0.000	0.000
样本数	104	104

*** 、** 、* 分别表示在 1％、5％、10％水平上显著。
注：括号内为 T 统计值。

　　从表 7.8 中的稳健性检验结果可以看到，媒体报道数量能显著提高企业环境信息披露水平，同时媒体报道越负面，企业披露环境信息水平越高，并且在政府监管力度大的地区，媒体报道与企业环境信息披露之间的这种关系得到加强。这一结果与表 7.6 中的检验结果保持了一致，说明本节的实证检验具有较好的稳健性。

五、小结

　　本节基于政治社会学的合法性理论，并借助新闻学的"议程设置"概念，研究我国企业环境信息披露的合法性管理动机。通过对 104 家重污染行业上市公司 2008 年度年报中环境信息披露水平与媒体对其环境表现报道之间的关系进行实证分析，发现：①媒体有关企业环境表现的报道，无论是报道的数量还是报道的倾向性，都能显著提高企业环境信息披露水平；②当地政府部门对企业环境信息披露的监管力度能显著增强舆论监督对企业环境信息披露的促进作用。

由此，可以得出以下结论：①合法性管理是我国企业披露环境信息的重要动机。面对社会和公众关注其环境表现而形成的合法性压力，企业会通过提高环境信息披露水平做出回应，进行合法性管理。②舆论监督在促进企业环境信息披露中起到重要的作用，无论是报道数量体现的公众关注度还是媒体负面报道体现的舆论压力，都构成了企业的环境合法性压力，有助于推动企业的环境信息披露，进而改善企业的环境表现。③各地政府对政府环境信息公开的执行力度和对企业环境信息披露的监管力度，能为所在地区营造一个鼓励环境信息披露的氛围，使得舆论监督能在该地区发挥更积极的作用。

本节也得到了一些有益的启示。企业环境信息披露是环境保护活动的一个重要方面和制度保障，舆论监督在其中发挥重要的作用。但数据显示，我国目前媒体有关企业环境表现的报道数量较少，且反映问题的负面报道极少。所以，要更好地发挥舆论监督的作用，媒体要更加积极地报道企业的环境表现，并更多地扮演"趴粪者"。同时还应该认识到，政府对环境信息公开的监管作用不仅仅在于直接管理企业的环境信息披露，还在于调动社会和公众的参与和监督，为环境民主提供制度保障。但是根据"污染源监管信息公开指数（PITI）报告"（2008）的分析，我国有关环境信息披露的法律要求不亚于其他国家，但政府的执行情况还在初级阶段，依申请公开和环境信息的完整性是目前最薄弱的环节。

第三节　企业环境信息披露的合法性管理效果

动机和效果实际上就像硬币的两面。第二节在合法性理论的框架下，分析了由媒体对企业环境表现的报道所体现的合法性压力对企业环境信息披露的影响，回答了企业环境信息披露是否具有合法性管理动机的问题。那么，企业在这一动机下的环境信息披露行为是否能达到预期的效果？即企业环境信息披露是否具有合法性管理的效果？这就是本节试图回答的问题。

一、理论分析与文献回顾

由于环境问题已经成为企业合法性的一个重要方面，媒体有关企业环境表现的报道引导社会公众形成对企业环境合法性的评价。如果企业直接就其环境表现与公众进行沟通，可能会因缺乏可信度而无法取得理想的效果，但是如果企业通过"信息补贴"①，借助媒体来影响公众，可能会达到预期效果。"信息补贴"的渠道包括了新闻发布会、记者招待会、公司网站以及公司报告等。从媒体的角度来看，"信息补贴"也降低了其收集和制作新闻的成本（Gandy　1982）。Cameron 等（1997）的研究发现，新闻报道中有 25%～80% 的内容来自企业安排的新闻发布会。Blyskal 和 Blyska（1985）则估计《华尔街日报》的商业报道中有50% 的新闻源自企业公关人员安排的新闻发布会或报道建议（story suggestions）。Callison（2003）调查了《财富》500 强企业的公司网站，发现具有精致的新闻栏目的企业在 500 强的排名中相对于其营业额更为靠前，说明许多企业非常在意对媒体的影响并努力迎合媒体的新闻需求。信息披露作为企业合法性管理的一种手段，会根据媒体的关注做出相应的回应，并通过披露的数量和质量影响媒体的相关报道。

因此，企业为树立良好形象，会使用环境信息披露并通过对披露数量和披露质量的选择进行合法性管理，改善媒体对企业环境表现的评价，影响公众对企业环境表现的认识。

根据上述理论分析，本节提出企业环境信息披露的合法性管理作用的假设。

研究假设 7-3：企业的环境信息披露有助于增加媒体关于企业环境表现的正面报道，提高企业的环境合法性水平。

二、研究设计

（一）样本选取与数据来源

本节按照第五章第一节的方法，选择 2006～2008 年上交所和深交所上市的502 家重污染行业 A 股上市公司作为样本。在这些公司中共有 120 家企业在2009 年有关于公司环境表现的媒体报道，它们构成了本节的研究样本。样本公司的环境信息披露数据从其 2006～2008 年的年报中手工收集获得。媒体有关重污染行业上市公司环境表现报道的数据通过中国经济新闻库中的全国数千种报刊手工收集和整理。

（二）主要研究变量

本节采用第五章第一节有关我国重污染行业上市公司环境信息披露数量、质

---

① "信息补贴"是由传播学研究者 Grandy（1982）提出的一个概念，是指"对高成本、有新闻价值的、能潜在地为自我利益服务的信息进行补贴性传播"，具体做法包括召开新闻发布会或记者招待会、向新闻单位提供信息，或者提供新闻采写的方便，其实质是"通过控制他人接近和使用与他们行动相关的信息，实现对他人的行动施加影响的企图"。由于是信息源主动提供信息，减低信息使用者采用和使用信息所需要的费用，所以称之为"补贴"。

量和水平的数据。构成本部分研究对象的 120 家样本公司年度环境信息披露的情况见表 7.9。由表 7.9 可以看出，所有样本公司年报中的环境信息披露的数量得分最高值为 84 行，最低值为 1 行，均值为 21.85 行。环境信息披露的质量得分最高值为 39，最低值为 3，均值为 23.12，仅达到满分值（54 分）的 42.8%；显著性、量化性和时间性得分的均值分别为 5.97、8.31 和 8.33，与各单项满分值（18 分）的差距也较大，与本章第二节中表 7.1 的数据相似，反映出我国上市公司年报中披露环境信息数量和质量较低，样本公司之间环境信息披露水平存在较大的差异。

表 7.9 样本公司 2008 年年报中环境信息披露的情况

项目	样本数	最小值	最大值	均值	标准差
披露数量/行	120	1	84	21.85	17.09
披露质量	120	3	39	23.13	8.27
其中：E	120	1	12	5.97	2.24
Q	120	1	15	8.32	3.05
T	120	1	16	8.83	3.17

媒体报道采用 2009 年度各媒体对样本公司环境表现的报道，媒体报道情况见表 7.10。由表 7.10 可知，每家公司的年度报道数量平均为 3.47 篇，略高于 2008 年的 2.67 篇。其中负面报道共 12 篇，占 416 篇报道总数的 2.9%，比 2008 年的 9.3% 又有大幅下降，依旧维持新闻媒体报喜不报忧的状况。

表 7.10 2009 年媒体对样本公司环境表现的报道情况　　单位：篇

项目	最低值	最高值	总数	均值	方差
报道总数	1	13	416	3.47	2.58
其中：正面报道	0	10	294	2.45	2.28
负面报道	0	3	12	0.10	0.42
中性报道	0	5	110	0.92	1.09

此外，在已有文献的研究基础上，引入下列影响企业合法性的控制变量：公司规模、盈利能力、公司上市年限以及股权性质。

1. 公司规模

公司规模会影响公众对公司的关注度和评价（Baum, Oliver 1991; Deephouse, Carter 2005; Aerts, Cormier 2009），规模越大的组织与其相关利益者通常会发生更多的合同关系和社会关系，这有助于提升他们的知名度和社会地位（Meyer, Rowan 1977; Pfeffer, Salancik 1978; Phillips, Zuckerman

2001)。此外，规模大的组织也可能得到更多的外部支持（Galaskiewicz　1985；Pfeffer，Salancik　1978)，从而提高其合法性水平。但公司规模与合法性水平之间关系的经验研究的结论并不一致，例如，Deephouse 和 Carter（2005）研究发现公司规模对媒体合法性没有显著影响，而 Aerts 和 Cormier（2009）证实了公司规模与环境合法性水平负相关。

2. 盈利能力

社会公众期望以盈利为主要目标的企业组织能高效地提供产品和服务，同时具有良好的财务表现。公司在高效地提供产品和服务的同时，其财务表现越好，公司的合法性水平就越高（Czarniawska-Joerges　1989；Dowling，Pfeffer　1975)。财务表现越好，表明企业将其资源转化为产品和服务的效率越高，从而能够高效地实现企业的社会价值（Dowling，Pfeffer　1975；Meyer，Rowan　1977)。Deephouse（1996）的研究表明财务表现与公众和媒体的支持度正相关。Deephouse 和 Carter（2005）认为财务表现是企业效率和成功的一个标志，它应该与企业的合法性存在一定的关系，但是，随后的实证检验发现二者之间的关系并不稳定。

3. 公司上市年限

Hannan 和 Freeman（1984）、Aldrich 和 Auster（1986）、Singh 等（1986）以及 Baldi（1997）都认为，商业组织的合法性水平与其经营年限正相关，因为历史悠久的组织更可能：①建立强大的社会交流关系网；②成为权威机构的一部分；③得到社会权威人士的支持；④拥有"必然的光环"。Deephouse 和 Carter（2005）认为历史越长的组织拥有更多的成功史，也建立了更加广泛的经济和社会关系网，这些都可能对组织的合法性产生一定影响。

4. 股权性质

组织合法性研究将合法性看做是一个组织的价值体系与其所在的社会制度之间的一致性（Parson　1960)。公司作为组织的一种，其价值体系与其所在的社会制度越一致，其合法性也应该越高。在我国，有相当一部分上市公司是由国有企业改制而成的。相对于民营企业，这些公司在制度设计、经营管理方针和目标等方面都更符合中国的制度背景，其价值体系与我国的社会制度也应更加一致。此外，国有经济是我国国民经济的命脉，国有控股的公司大多也拥有更高的公众信任度，其合法性也会更高。

研究变量的说明和描述性统计见表 7.11 和表 7.12。

表 7.11　研究变量的说明

变量名称	计算说明
环境信息披露水平	经标准化的环境信息披露数量和质量得分之和
环境信息披露数量	经标准化的环境信息披露数量得分
环境信息披露质量	经标准化的环境信息披露质量得分
环境合法性水平	经过标准化的 J-F 系数
公司规模	上期期末总资产的自然对数
盈利能力	净利润/期初期末平均净资产
公司上市年限	公司上市当年至 T 年底的年数
股权性质	虚拟变量，若国有资本控股为 1，否则为 0

表 7.12　研究变量的描述性统计

变量名称	样本数	最小值	最大值	均值	标准差
环境信息披露数量（未标准化）	120	1.00	84.00	21.85	17.086
环境信息披露质量（未标准化）	120	3.00	39.00	23.12	8.270
环境信息披露水平（未标准化）	120	4.00	122.00	44.97	23.079
环境合法性水平	120	−1.00	1.00	0.78	0.432
公司规模	120	20.41	26.02	22.55	1.112
盈利能力	120	−1.17	0.42	0.08	0.186
上市年限	120	2.03	16.85	9.56	3.449
股权性质	120	0.00	1.00	0.71	0.456

（三）检验模型

本节构建如下多元回归模型 7-3 来检验企业环境信息披露对环境合法性水平的影响，即公司 t 年年报中披露的环境信息对 $t+1$ 年间媒体报道倾向性的作用：

$$环境合法性水平_{t+1} = \alpha + \beta_1 环境信息披露_t + \sum \beta_i 控制变量_{it} + \varepsilon_t \quad (7\text{-}3)$$

在上述模型中，分别用环境信息披露水平、数量和质量的数据代入环境信息披露变量。

三、实证检验结果

模型 7-3 的 OLS 回归检验结果列示在表 7.13 中。

表 7.13　企业环境信息披露对媒体报道倾向性的影响

变量	环境合法性水平		
常数项	−3.360*	−3.505*	−3.902**
	(−1.784)	(−1.860)	(−2.114)
环境信息披露水平	0.213**		
	(2.247)		
环境信息披露数量		0.197**	
		(2.074)	
环境信息披露质量			0.172*
			(1.876)
公司规模	0.149	0.158*	0.172*
	(1.613)	(1.705)	(1.882)
盈利能力	0.075	0.071	1.040
	(0.839)	(0.795)	(0.332)
上市年限	0.005	0.795	0.016
	(0.056)	(0.002)	(0.187)
股权性质	0.178*	0.181***	0.198*
	(1.961)	(1.987)	(2.201)
调整后的 R^2	0.153	0.147	0.142
F 统计量（P 值）	0.002	0.002	0.003
样本数	120	120	120

*** 、** 、* 分别表示在 1%、5%、10%水平上显著。
注：括号内为 T 统计值。

表 7.13 的回归结果显示，环境信息披露水平、数量和质量的回归系数分别为 0.213、0.197 和 0.172，分别达到了 5%、5%和 10%的显著性水平，说明无论是环境信息披露的整体水平，还是环境信息披露的数量或质量都能显著改善由媒体报道倾向性体现的合法性水平，支持了本节所提出的研究假设 7-3。此外，公司规模和股权性质对公司合法性水平也有显著的影响，公司规模越大，媒体有关公司环境表现的正面报道越多，公司环境合法性水平越高；国有控股公司的环境表现的正面报道较多，公司环境合法性水平较高。公司盈利能力和上市年限虽然与公司环境合法性水平正相关，但不显著。

四、小结

本节基于政治社会学的合法性理论，并借助新闻学的"信息补贴"概念，研究我国企业环境信息披露的合法性管理作用。通过对 120 家重污染行业上市公司 2008 年度年报中环境信息披露水平与 2009 年度媒体对其环境表现报道之间的关系进行实证分析，发现无论是公司年报中环境信息的整体披露水平，还是信息的数量或质量都能显著改善由媒体报道的倾向性反映出来的环境合法性水平。由此，我们可以得出以下结论：环境信息披露是企业进行合法性管理的重要手段。无论是增加环境信息披露的数量还是提高环境信息披露的质量，都能有助于企业改善社会和公众对其环境表现的评价，提高合法性水平。

"信息报告制度体现了对规则的遵守和执行，同时增加了公众对企业行为的了解；反过来，这将促使企业改变他们的一些行为"（伯特尼，史蒂文斯2004）。企业在借助环境信息披露进行合法性管理时，他们必将使用酌定权有选择地进行披露。在企业斟酌性信息披露中，重要的不仅仅是他们披露了什么，而且还有他们掩盖了什么。因此，如何规范和监管企业的环境信息披露也将是一个重要的问题。

本章参考文献

保罗·R. 伯特尼，罗伯特·N. 史蒂文斯. 2004. 环境保护的公共政策. 穆贤清，方志伟译. 上海：上海三联书店，上海人民出版社

李晚金，匡小兰，龚光明. 2008. 环境信息披露的影响因素研究. 财经理论与实践，3：47~51

马克·夸克. 2002. 合法性与政治. 佟心平等译. 北京：中央编译出版社

尚会君，刘长翠，耿建新. 2007. 我国企业环境会计信息披露现状的实证研究. 环境保护，4：15~21

汤亚莉，陈自力，刘星等. 2006. 我国上市公司环境信息披露状况及影响因素的实证研究. 管理世界，1：158~159

王建明. 2008. 环境信息披露、行业差异和外部制度压力相关性研究. 会计研究，6：54~62

肖华，张国清. 2008. 公共压力与公司环境信息披露. 会计研究，5：15~22

曾楚红，朱仁宏，李孔岳. 2008. 基于战略视角的组织合法性研究. 外国经济与管理，2：9~15

Aerts W, Cormier D. 2009. Media legitimacy and corporate environmental communication. Accounting, Organizations and Society, 34：1~27

Aldrich H E, Auster E H. 1986. Even dwarfs started small: liabilities of age and size and their strategic implications. In: Staw B M, Cummings L L. Research in Organizational Behavior (Vol. 8). Greenwich: JAI Press

Baldi S. 1997. Departmental quality ratings and visibility: the advantage of size and age. The American Sociologist, 28：89~101

Bansal P, Clelland I. 2004. Talking trash: legitimacy, impression management, and unsystematic risk in the context of the natural environment. Academy of Management and Business Research, 29 (1)：21~41

Barth M, McNichols M, Wilson P. 1997. Factors influencing firms'disclosures about environmental liabilities. Review of Accounting Studies, 2 (1)：35~64

Baum J A C, Oliver C. 1991. Institutional linkages and organizational mortality. Administrative Science Quarterly, 36：187~218

Bewley K, Li Y. 2000. Disclosure of environmental information by Canadian manufacturing companies: a voluntary disclosure perspective. Advances in Environmental Accounting and Management, 1：201~226

Blyskal J, Blyska M. 1985. PR: How the Public Relations Industry Writes the News. New York: William Morrow

Brammer S, Pavelin S. 2008. Factors Influencing the quality of corporate environmental disclosure. Business Strategy and the Environment, 17: 120~136

Brown N, Deegan C M. 1998. The public disclosure of environmental performance information: adual test of media agenda setting theory and legitimacy theory. Accounting and Business Research, 29 (1): 21~41

Callison C. 2003. Media relations and the Internet: how fortune 500 company websites assist journalists in news gathering. Public Relations Review, 29 (1): 29~41

Cameron G T, Sallot L, Curtin P A. 1997. Public relations and the production of news: a critical review and a theoretical framework. In: Burleson B. Communication Yearbook 20. Newbury Park: Sage

Clarkson P M, Li Y, Richardson G et al. 2008. Revisiting the relation between environmental performance and environmental disclosure: an empirical analysis. Accounting, Organizations and Society, 33 (4~5): 303~327

Czarniawska-Joerges B. 1989. The wonderland of public administration reforms. Organization Studies, 10: 531~548

Darrell W, Schwartz B N. 1997. Environmental disclosures and public policy pressure. Journal of Accounting and Public Policy, 16 (2): 125~154

Deegan C, Rankin M, Voght P. 2000. Firms' disclosure reactions to major social incidents: Australian evidence. Accounting Forum, 24 (1): 101~130

Deephouse D L. 1996. Does isomorphism legitimate? Academy of Management Journal, 39: 1024~1039

Deephouse D L, Carter S M. 2005. An examination of differences between organizational legitimacy and organizational reputation. Journal of Management Studies, 42 (2): 329~360

Dowling J, Pfeffer J. 1975. Organizational legitimacy: Social values and organizational behavior. Paciffic Sociological Review, 18 (1): 122~136

Dye R A. 2001. An evaluation of "essays on disclosure" and the disclosure literature in accounting. Journal of Accounting and Economics, 32: 181~235

Fombrun C, Shanley M. 1990. What's in a name? Reputation building and corporate strategy. Academy of Management Journal, 33 (2): 233~258

Freedman M, Jaggi B. 2005. Global warming, commitment to the Kyoto protocol and accounting disclosures by the largest global public firms from polluting industries. The International Journal of Accounting, 40 (3): 215~232

Frost G. 2007. The introduction of mandatory environmental reporting guidelines: Australian evidence. ABACUS, 43 (2): 190~216

Galaskiewicz J. 1985. Inter-organizational relations. Annual Review of Sociology, 11: 281~304

Gandy J O H. 1982. Beyond Agenda Setting: Information Subsidies and Qublic policy. Norwood: Ablex

Hannan M T, Freeman J. 1984. Structural inertia and organizational change. American Sociological Review, 49: 149~164

Hughes S, Anderson A, Golde S. 2001. Corporate environmental disclosures: are they useful in determining environmental performance? Journal of Accounting and Public Policy, 20 (3): 217~240

Janis I L, Fadner R. 1965. The coefficient of imbalance. In: Lasswell H, Leites N. Language of Politics. Cambridge: MIT Press

Jepperson R L. 1991. Institutions, institutional effects, and institutionalism. In: Powell W W, Dimaggio P J. The New Institutionalism in Organizational Analysis. Chicago: University of Chicago Press

Li Y, Richardson G, Thornton D. 1997. Corporate disclosure of environmental liability information: theory and evidence. Contemporary Accounting Research, 14 (3): 435~474

Lindblom C. 1994. The implications of organizational legitimacy for corporate social performance and disclosure. Paper presented at the Critical Perspectives on Accounting Conference, New York

McCombs M, Carroll C E. 2003. Agenda-setting effects of business news on The Public's images and opinions about major corporations. Corporate Reputation Review, 6: 36~46

McCombs M, Reynolds A. 2002. News influence on our pictures in the world. In: Bryant J, Zillmann D. Media Effects (2nd ed). Mahwah: Lawrence Erlbaum Associates. 1~16

McCombs M, Shaw D. 1972. The agenda-setting function of mass media. Public Opinion Quarterly, 36 (2): 176~187

Meyer J W, Rowan B. 1977. Institutionalized organizations: formal structure as myth and ceremony. American Journal of Sociology, 83: 340~363

Neu D, Warsame K, Pedwell K. 1998. Managing public impressions: environmental disclosures in annual reports. Accounting, Organizations and Society, 23 (3): 265~282

Newson M, Deegan C. 2002. Global expectations and their association with corporate social disclosure practices in Australia, Singapore, and South Korea. The International Journal of Accounting, 37 (2): 183~213

Parker L D. 1986. Polemical themes in social accounting: a scenario for standard setting. Advances in Public Interest Accounting, 1: 67~93

Parson T. 1960. Structure and Process In Modern Societies. Glen-coe: Free Press

Patten D M. 1992. Intra-industry environmental disclosures in response to the Alaskan oil spill: a note on legitimacy theory. Accounting, Organizations and Society, 17 (5): 471~475

Pfeffer J, Salancik G R. 1978. The External Control of Organizations. New York: Harper and Row

Phillips D J, Zuckerman E W. 2001. Middle-status conformity: theoretical restatement an empirical demonstration in two markets. American Journal of Sociology, 107: 379~429

Scott W R. 1995. Institutions and Organizations. Thousand Oaks: Sage Publication

Singh J V, Tucker D J, House R J. 1986. Organizational legitimacy and the liability of newness. Administrative Science Quarterly, 31: 171~193

Staw B M, Epstein L D. 2000. What bandwagons bring: effects of popular management techniques on corporate performance, reputation, and CEO pay. Administrative Science Quarterly, 45 (3): 557~590

Suchman M C. 1988. Constructing an institution ecology: notes on the structural dynamics of organizational communities. Paper Presented At The Annual Meeting of The American Sociological Association, Atlanta, GA

Suchman M C. 1995. Managing legitimacy: strategic and institutional approaches. Academy of Management Review, 20 (3): 571~610

Wartick S L. 1992. The relationship between intense media exposure and change in corporate reputation. Business Society, 31: 33~49

Zimmerman M A, Zeitz G J. 2002. Beyond survival: Achieving new venture growth by building legitimacy. Academy of Management Review, 27: 414~431

第八章　结论与研究展望

第一节　主要研究结论

本节回顾了国内外的环境会计理论研究和企业环境信息披露实证研究，并分析了我国企业环境信息披露的现状、影响因素以及动机与作用，得出了下列主要的研究结论。

一、环境会计的理论研究

首先，在与传统会计的关系上，环境会计是对传统会计的反思与发展。环境会计研究对会计的决策有用性目标和新古典经济学理论基础的挑战，不仅是为环境会计自身的发展构建理论体系，也是对传统会计的反思与发展。关于环境会计的目标和理论基础的讨论使研究者清醒地看到自由市场在公共领域中的缺陷，认同会计是社会进行沟通的方式。由此，环境会计研究自然而然地朝着批判性的方向发展，开始思考民主社会中一种新的可能和角度，即像会计这样的制度安排具有推动社会变革的能力。这在本质上是重新审视会计与社会的关系。会计研究不仅要发展新的和更好的会计，而且要克服现有的阻碍会计发展的制度性障碍。

其次，在研究方法上，环境会计研究本质上是规范性的理论研究。正如 Ramanathan（1976）所说，会计理论和会计实践的发展都离不开以目标为指引的内在一致的概念体系。环境会计作为一个新领域，在概念上尚缺乏共识，在实证研究中的发现也是众说纷纭，急需发展出一套坚实和富有解释力的理论体系。所以，许多学者将环境会计研究的重点放在了规范性的理论研究上。同时，环境会计的实证研究先天不足。环境会计研究的对象是市场失灵导致的社会和环境问题，在实证研究中既无法基于主流的代理理论等提出检验假设，也难以依据资本市场数据直接进行验证。借用罗宾逊夫人在《经济哲学》中的观点，即所有的研究都是规范性研究，因为它反映了研究者对于社会应该如何组织的价值判断。

最后，在研究内容上，环境会计研究是多学科融合的产物。尽管环境会计主要是在经济学的语境中展开讨论的，并在政治经济学中找到理论依托，但它融合了经济学、管理学、社会学和政治学的思想，开阔了会计研究的理论视野。

二、企业环境信息披露的实证研究

企业环境信息披露的实证研究，在研究思路和研究方法上都要突破基于资本市场的"主流"研究范式。

　　首先，从研究思路上看，企业环境信息披露的实证研究研究要突破传统会计的框架和理论基础。正如 Gray（2002）所分析的，将环境会计的实证研究放入陈旧的传统会计之中，既无助于环境会计的实证研究的发展，也不利于传统会计自身的发展。环境会计不是对传统会计的扩充，而是有别于传统会计的一个新领域。传统会计的重点是社会问题对企业的财务影响，而环境会计的重点是企业活动的社会影响；环境会计与传统会计服务于不同的利益关系人；传统的财务信息需要用货币进行计量，而环境信息可以采用货币计量，也可以采用非货币计量，甚至可以采用描述性的方法。因此，在以古典和新古典经济学为基础的自由市场经济理论和企业理论框架下讨论企业环境信息披露的实证研究，将难以建立起真正的企业环境信息披露的实证研究理论体系。企业环境信息披露的实证研究需要突破新古典经济学的局限，建立新的理论基础。企业环境信息披露的实证研究是对企业与社会关系以及会计在这种关系中作用的重新审视，需要依托政治经济学和政治哲学构建企业环境信息披露实证研究的理论基础和理论体系。

　　其次，从研究方法上看，已有的实证研究在方法上较为多样，包括了基于资本市场的经验研究、问卷调查法和内容分析法等，但得出的结论却较为散乱和不一致。由于缺乏像财务报告那样规范、可比的企业环境报告，企业环境信息披露和环境表现数据的可获得性和可靠性较低，影响了实证研究的科学性。环境信息披露实证研究中共同存在的样本和数据的局限性影响了研究的外部有效性，同时检验变量，特别是解释变量的选取和计算以及检验方法的设计较为粗糙，影响了检验的内部有效性。目前国际上通行的方法依然是内容分析法和专家评分法，通过严格和科学的编码方法，以及不断校正评分专家之间的偏差，提高数据的内部一致性。

三、我国的企业环境信息披露实践

　　本书以我国重污染行业所有 A 股上市公司为研究样本，根据样本公司 2006～2008 年发布的年报和独立报告，对其环境信息披露进行了描述性分析，总结和揭示了我国企业环境信息披露的现状和特征。

　　从年报来看，我国企业在年报中披露环境信息的比例近年有显著提高，2008 年达到了 94%，部分行业已达 100%。可见，在年报中披露环境信息已成为我国重污染行业上市公司的普遍做法。年报中的环境信息披露呈现如下特点：①年报中披露的环境信息披露数量呈现显著增加的趋势，但在数量增加的同时，质量却出现了下降，存在较明显的重数量、轻质量的情况；②年报中的环境信息披露水平在行业间和内容上都存在显著的差异；③在披露内容上，很少有公司完整地披露了各项环境信息，而是有选择地大量披露正面的和难以验证的描述性信息，回避可能有负面影响的资源耗费以及污染物排放的信息。其意图很可能是迎合监管者以及社会公众的环保要求，以规避监管和树立良好形象。

从独立报告来看，样本期间，重污染行业上市公司披露社会责任报告的数量和比例呈现上升的趋势，从 2006 年的 7 家，即 1％，迅速上升到 2008 年的 159 家，即 32％。凡是披露了独立报告的，其中都有披露环境信息，并有如下特点：①独立社会责任报告中环境信息披露的质量均不高，普遍低于年报；②独立社会责任报告中环境信息披露水平在行业间和内容上也同样存在显著差异。采掘业披露的信息数量最多，信息质量最好；生物医药业披露的数量最少，质量也较低；③在披露内容上，"企业年度资源消耗总量"、"环保投资和环境技术开发情况、企业环保设施的建设和运行情况"、"企业排放污染物种类、数量、浓度和去向、企业在生产过程中产生的废物的处理、处置情况，废弃产品的回收、综合利用情况"等方面的信息较多，质量也相对较高，而"环保的费用化支出"、"有关环保事故、政府补助等信息"等方面的信息数量较少，质量也相对较低。

比较我国企业年报和独立报告中的环境信息披露，发现如下特征：①独立报告比年报披露了更多的环境信息，但信息质量低于年报；②在披露内容上，年报更多地披露"公司费用化支出"、"环保事故及政府补助"等方面的信息，而独立报告中"年度资源的消耗情况"、"环保投资和环境技术开发情况、企业环保设施的建设和运行情况"、"排放污染物种类、数量、浓度和去向、企业在生产过程中产生的废物的处理、处置情况，废弃产品的回收、综合利用情况"等方面的信息数量较多。可见，企业会分别采用年报和独立报告来披露不同内容的环境信息，而仅有年报或独立报告并不能反映企业环境信息的全貌，两者互为补充。

基于上述研究发现，本书提出以下两点政策性建议：①鼓励企业通过独立报告的方式披露环境信息。年报披露的是易于用货币衡量的环境信息，而用非货币化数量衡量或文字描述的环境信息难以在年报中充分反映，因此仅有年报并不能展现企业环境信息的全貌。从 Corporate Register 的统计数据可以看出，进入 21世纪，全球社会责任报告出现了迅猛增加的势头。Beaver（1998）曾指出，由于报告环境的变化，财务报告在 20 世纪 60 年代出现了一场从"历史观"向"报告观"转变的"会计革命"。可以预期，企业对外报告在 21 世纪将经历从财务报告向责任报告转变的新变革，独立报告将成为企业对外披露环境信息的新方向。现在面临的已不再是是否应该披露独立报告，而是如何披露独立报告的问题。②规范企业独立报告，适时引入鉴证制度。目前，除上交所的三类上市公司和深交所"深圳 100 指数"公司外，大部分企业的独立报告属于自愿披露。从本书的分析结果来看，目前我国企业独立报告中环境信息披露的质量明显低于年报。为提高独立报告中环境信息披露的质量，有必要全面规范企业独立报告。其中，第三方鉴证是提高企业独立报告质量和可信度的有效方法。

四、我国企业环境信息披露的影响因素

公司特征和公司治理是影响企业环境信息披露最主要的内部因素。

从公司特征来看，影响企业环境信息披露的因素包括了公司规模、盈利能力、财务杠杆和行业性质。具体而言：①公司规模越大，企业环境信息披露水平越高。为了避免政治成本以及为了在社会公众面前树立良好的公司形象，大公司会积极披露环境信息。②盈利能力越强，企业环境信息披露水平越高。因为盈利能力好的公司更有能力承担环境责任，同时也为了将自己履行环境责任的情况传递给相关利益者，将自己与其他公司区别开来，会披露更多环境信息。③财务杠杆越高，企业环境信息披露水平越高。上市公司在披露环境信息时会考虑公司的财务风险以及来自债务人的压力。④行业性质不同，企业环境信息披露的水平会存在显著的不同。

从公司治理方面来看，影响企业环境信息披露的因素包括了股权性质、董事会效率、监事会制度和环保机构的设置。具体而言：①国有性质的控股股东在提高环境信息披露水平方面起到了积极的作用；②环保机构的设置是改善公司环境信息披露水平的重要因素；③作为公司治理制衡机制的独立董事、审计委员会和监事会对环境信息披露有一定的促进作用。

五、企业环境信息披露的动机与作用

本书根据我国重污染行业上市公司的大样本数据，分别从经济学和政治社会学两个方面检验了企业环境信息披露的动机和作用。

首先，在我国推出"绿色证券"政策，对重污染行业上市公司实行再融资环保核查的制度背景下，从资本市场出发研究企业环境信息披露的经济性动机和作用，发现有再融资需求的企业会更加积极地披露环境信息，并且企业环境信息披露有助于降低企业的权益资本成本。具体而言：①再融资需求会显著促使企业提高环境信息披露水平；②对于有融资需求的企业而言，来自国家环保部门的再融资环保核查压力比地方部门的核查更能显著促使它们提高环境信息披露水平；③企业披露的环境信息能显著降低权益资本成本；④再融资环保核查政策能显著影响环境信息披露降低权益资本成本的作用；⑤再融资环保核查政策的执行力度同样会影响环境信息披露与权益资本成本的关系。这些发现证实了企业环境信息披露具有资本市场交易的经济性动机和作用，同时，政策的监管力度也在其中发挥了积极作用，但可能存在的地方保护主义影响了"绿色证券"政策的执行效果。

然后，从政治社会学的角度进一步地检验企业环境信息披露的合法性管理动机与作用，发现：①媒体有关企业环境表现的报道，无论是报道的数量还是报道的倾向性，都能显著提高企业环境信息披露水平；②当地政府部门对企业环境信息披露的监管力度能显著增强舆论监督对企业环境信息披露的促进作用；③企业环境信息披露能显著改善由媒体报道的倾向性反映出来的环境合法性水平。这些发现证实了：一方面，合法性管理是我国企业披露环境信息的重要动机。面对社会和公众关注其环境表现而形成的合法性压力，企业会通过提高环境信息披露水平做出回应，进行合法性管理。另一方面，环境信息披露是企业进行合法性管理的有效手段。无论是增加环境信息披露的数量还是提高环境信息披露的质量，都能有助于企业改善社会和公众对其环境表现的评价，提高合法性水平。可见，舆论监督在促进企业环境信息披露中起到重要的作用，同时，各地政府的监管力度，能为所在地区营造一个鼓励环境信息披露的氛围，使得舆论监督能发挥更积极的作用。因此，媒体要更加积极地报道企业的环境表现，并更多地扮演"趴粪者"的角色，充分发挥舆论监督的作用。此外，政府对环境信息公开的监管作用不仅仅在于直接管理企业的环境信息披露，还在于调动社会和公众的参与和监督，为环境民主提供制度保障。

第二节　研究展望

本节全面描述了我国企业环境信息披露的现状、特征以及影响因素，并且从资本市场和合法性管理的视角验证了企业环境信息披露的动机与作用，但要揭示企业环境信息披露的决策机制，在研究内容和研究方法上还有待从以下几方面加以深化和改进。

一、企业环境信息披露的制约力研究

无论是企业环境信息披露的资本市场研究还是合法性管理研究，都是从环境信息披露对企业有利的方面，如降低资本成本、提高合法性水平等展开分析，至今尚未有研究讨论环境信息披露给企业带来的成本。

环境信息披露不只是带给企业合法性利益和经济利益，同样会给企业带来成本，并且披露成本一直是自愿性信息披露研究颇为关注却也未能深入研究的一个问题。披露成本是抑制完全信息披露的各种力量（Healy, Palepu 2001）。多数研究者认为，可能影响竞争优势的专有成本是抑制完全信息披露的主要成本（Verrecchia 1983, 2001; Bostosan, Stanford 2005; Verrecchia, Weber 2006）。但是，行业竞争水平并不代表全部的专有成本。Healy 和 Palepu（2001）认为，专有成本假说可能会延伸到信息披露的其他外部性，如 Watts 和 Zimmerman（1986）提出的政治成本。Berthelot 等（2003）就指出，环境信息披露可能会引发第三方（监管者、环保组织、社会等）的行动，导致政治成本。所以环境信息披露为研究信息披露的政治成本提供了很好的样本。

我国"绿色证券"政策出台后,有融资需求的企业既希望通过充分披露环境信息,减少投资者对企业环境风险的不确定和信息不对称,降低资本成本,但又顾虑详细或过度的环境信息披露会带来更为严格的环境监管措施,引起公众的关注,尤其是环境表现较差的企业会更为谨慎。所以,企业的环境信息披露政策需要在经济效益和政治成本之间进行权衡。由于我国目前并没有明确的企业环境信息披露规则,所以企业在披露方式和内容的选择上有很大的酌定权。本书观察到我国企业环境信息披露虽然在数量上有显著增加,但在内容和方式上存在很大的不一致性,这是否是披露效益与披露成本权衡的结果?

如果能在环境信息披露研究中,引入具有外部性的政治成本,并在分析模型中同时分析披露的效益与成本,将有助于揭示企业真实的披露决策过程。

二、企业环境信息披露的决策者行为研究

环境信息披露研究与基于资本市场的自愿性信息披露研究存在相同的问题,都将研究的关注点放在企业身上,却忽略了企业信息披露的真正决策者——管理者,未能揭示管理者的有限理性对信息披露决策的影响。随着行为经济学和行为金融学的兴起和发展,管理者作为一个有限理性的决策者,其行为特征对信息披露的决策会产生什么样的影响,将是一个非常有趣的问题。

Beyers 等(2009)提醒,"进行披露决策的是管理者而不是'企业'"。也有一些研究者提出"股权激励假说",研究管理者的理性自利行为(Aboody,Kasznik 2000;Core 2001)。但心理学的研究却发现,人并非完全理性,人在做决策时的信念和偏好会出现系统性的偏差(Kahneman et al. 1982)。Aerts 等(2006)观察到加拿大、法国和德国等大企业的环境信息披露存在行业内模仿行为,并且这种模仿性还受到行业中其他企业相互模仿的倾向的影响。这种有意识模仿别人决策的行为在行为金融学中被称为"羊群行为"。

无论是从理论分析还是从国外已有的研究发现来看,企业环境信息披露中很有可能存在管理者羊群行为。我国的市场环境能为研究这一现象提供很好的样本。Bikhchandani 和 Shaima(2001)专门提到,"羊群行为在新兴市场的研究需要更多的努力,可以找到更大的羊群行为倾向。在这些地方,由于对财务报告的要求较弱、会计标准较低、市场环境更加不透明,规则执行的力度较松,而且信息获取成本较高,更可能发生羊群行为"。

如果能将社会心理学引入自愿性信息披露研究,分析企业环境信息披露中是否存在管理者羊群行为及其形成机理,将有助于了解企业自愿性信息披露决策过程中管理者的行为特征及其影响。

三、丰富和拓展研究方法

本书首次运用我国的数据构建反应我国企业环境信息披露水平的 EDI 指标、衡量合法性压力的 J-F 指标，并通过手工收集数据建立了我国企业环境信息披露和企业环境表现新闻报道的数据库。在研究中，通过大样本数据对企业和市场的行为和表现进行了检验。但是对企业环境信息披露的分析还需要结合多种研究方法，做到客观数据分析与主观态度剖析并重，点与面结合，才能使得研究结论具有较高的可信度和科学性。建议在今后的研究中可以补充以下的研究方法：

（1）案例分析。从重污染行业上市公司中选取"绿色证券"政策出台后完成了股权再融资与没有进行股权再融资的两组公司，一是分析企业环境信息披露的时间序列变化，二是比较两组公司环境信息披露情况的横截面差异。由此，验证企业是否出于融资动机改善其环境信息披露，而这种改善是否在融资完成后消失。

（2）问卷调查。一是以机构投资者和中小投资者为调查对象，设计有关环境风险重要性和环境信息有用性的问卷，了解环境风险对投资者决策的影响以及不同披露方式和不同类别的环境信息在投资决策中的作用；二是以企业高管为调查对象，设计有关环境信息披露动机的问卷，了解信息披露决策者对环境信息作用的主观认识。

（3）实地访谈。直接对企业高管进行访谈，分析环境信息披露决策过程中管理者是否存在羊群行为。为了保证访谈的有效性，访谈前先对访谈者进行社会心理学研究方法的训练，并将访谈者控制在三人以内，使用结构性问卷进行访谈，并测量访谈的效度和信度。

本章参考文献

Aerts W, Cormier D, Magnan M. 2006. Intra-industry Imitation in Corporate Environmental Reporting: an international perspective. Journal of Accounting and Public Policy, 25: 293~331

Beaver W H. 1998. Financial Reporting, An Accounting Revolution (3rd edition). Upper Saddle River: Prentice Hall

Beyer A D A, Cohen T, Walther B R et al. 2009. The financial reporting environment: review of the recent literature. Conference Paper, JAE Conference at the MIT Sloan School of Management

Botosan C A, Plumlee M A. 2005. Assessing alternative proxies for the expected risk premium. The Accounting Review, 80 (1): 21~53

Gray R. 2002. The social accounting project and privileging engagement, imaginings, new accountings and pragmatism over critique? Accounting, Organizations and Society, 27 (7): 687~708

Healy P M, Palepu K G. 2001. Information asymmetry, corporate disclosure, and the capital markets: a review of the empirical disclosure literature. Journal of Accounting and Economics, 31 (1~3): 405~440

Ramanathan K V. 1976. Toward a theory of corporate social accounting. Accounting Review, 51 (3):

516～528

Verrecchia R. 1983. Discretionary disclosure. Journal of Accounting and Economics, 5: 365～380

Verrecchia R. 2001. Essays on disclosure. Journal of Accounting and Economics, 32 (1～3): 97～180

Verrecchia R, Weber J. 2006. Redacted Disclosure. Journal of Accounting Research 44: 791～814

Watts R L, Zimmerman J L. 1978. Toward a positive theory of the determination of accounting standards. Accounting Review, 53 (1): 112～134

附录 媒体对公司环境表现报道的分类标准

1. 正面报道

正面报道主要包括以下几类：

（1）企业过去已经实现节能减排和降低能耗等；

（2）企业现在或未来将采取相关措施实现节能减排和降低能耗等；

（3）投资环保型或节能降耗型设备；

（4）开发环保型产品；

（5）原先未通过环保审核，后来采取措施环保达标或通过环保审核；

（6）得到政府的环保补贴；

（7）企业项目投资符合环保要求；

（8）分公司或者子公司的相关正面报道。

2. 负面报道

负面报道主要包括以下几类：

（1）因环境问题受到行政处罚；

（2）被环保部点名批评；

（3）环保不达标；

（4）发生环境事故；

（5）上市或再融资之前未通过环保审核；

（6）企业因污染严重被迫迁出城区或居民密集区；

（7）分公司或者子公司的相关负面报道。

3. 中性报道

中性报道主要包括以下几类：

（1）国家或环保部颁布法规对该企业所在行业提出相关环保要求；

（2）其他公司购买或者引入本公司的环保型设备或者产品；

（3）接受环保部门的环评或检查，但还未公布结果；

（4）其他未直接或者未正面对企业环境表现进行评价的报道；

（5）分公司或子公司的相关中性报道。